张晓帆

著

青山如是

QINGSHAN RUSHI

 中国文史出版社

图书在版编目（ＣＩＰ）数据

青山如是 / 张晓帆著. -- 北京 ： 中国文史出版社，
2020.12
　（跨度新美文书系）
　ISBN 978-7-5205-2628-9

　Ⅰ．①青… Ⅱ．①张… Ⅲ．①散文集－中国－当代
Ⅳ．①I267

　中国版本图书馆 CIP 数据核字(2020)第 236661 号

责任编辑：全秋生

出版发行：中国文史出版社
地　　址：北京市海淀区西八里庄路 69 号　　邮编：100142
电　　话：010－81136602　　81136603　　81136606 （发行部）
传　　真：010－81136655
印　　装：北京温林源印刷有限公司
经　　销：全国新华书店
开　　本：787×1092　　1/16
印　　张：15.75　　　字数：248 千字
版　　次：2021 年 3 月北京第 1 版
印　　次：2021 年 3 月第 1 次印刷
定　　价：49.80 元

目录

CONTENTS

第一辑　乡风客韵

第二辑　岁月情歌

第三辑　赣南味道

第四辑　青山如是

第一辑

乡风客韵

尽管故园已隔几千里，尽管思念的人儿远在天涯，尽管这桥不是当年的那座灞桥，那柳也不是当年的柳，但是这意境却让我无法不销魂。露华重重，对岸，弦音泠泠，若即若离。故园归未得，多少断肠思。"东门门外多离别，愁煞朝朝暮暮人。"再一次吟哦起古人的诗句，让心灵来一次穿越时空的旅行，来到那个曾经让人动容的时间与空间吧……

红　尘　柳

　　柳是神州大地上一个普通的树种，却又是千百年来中国诗词歌赋中的一道亮丽的风景。鹅黄加墨绿，是柳的色润，婀娜加温婉是柳的格调。柔长的柳枝摇曳着，轻舞着，缠缠绵绵，穿过厚重的史书，拂过岁月的烟尘款款而来，在今天依旧勾勒着江南的诗韵，刻画着塞北的苍凉。在塞北的烟尘和江南的丝雨中，柔肠百转，醉舞千年。

　　"南竹北柳"，我北方的家乡没有竹子，但自古以来便广植垂柳。也许，柳是适合北方生长的树种，我一直觉得北方的柳，比起地处亚热带的赣南的柳更加飘逸柔美，更加风情万种。柳的生命力顽强，无意插柳柳成荫，只要随意插到土里一段枝条，她便可以生根发芽，不需刻意呵护，便可以蔚然成林，插到哪里，活到哪里，年年插柳，处处成荫。她尤喜邻水而生，沿堤成林。而貌似出身低贱的垂柳却又有着与生俱来的高雅气质和绰约风姿。垂柳是美丽的、多情的，她仿佛善解人意，懂得人心，北方人视她为吉祥树。

　　孩提时代，每到清明这天，家家户户都早早折来柳枝插于门上和水缸中，然后再用柳枝折成帽子，戴在头上，据说这样可以解毒辟邪。后来大了，听村中有文化的人说此俗是为了纪念"教民稼穑"的神农氏。清明插柳还有一种说法，就是北魏贾思勰在《齐民要术》里说的那句话："取柳枝著户上，百鬼不入家。"我的家乡还有"清明不戴柳，红颜成皓首""清明不戴柳，死后变黄狗"的谚语。

　　再大一些的时候，便在诗词歌赋中找到了她。"昔我往矣，杨柳依依"，从《诗经》时代起，文人骚客们就开始借咏柳以赋别情。折柳赠别是古代旅行习俗的一种，他们常常在短长亭或者渡口旁折柳相赠。汉、唐两代，都以长安为都城，而灞桥是出入长安的必经之地。自汉以来，送行者皆至此桥，折柳与行人赠别。有些史书上说"柳"与"留"字音相谐，取眷恋难舍、殷勤挽留之意，或曰祝颂平安。汉人折柳赠别的风俗，在《三辅黄图·桥》有详细记载：灞桥在长安东，跨水作桥，汉人送客至此桥，折柳赠别。灞桥，从此就成了千古离别之地的代名词。

到了唐代，折柳赠别的风俗更为盛行。唐代长安灞桥两岸，堤长十里，一步一柳，由长安东去的人多到此地惜别，折柳枝赠别亲人。李白有词云："年年柳色，灞陵伤别。"灞桥一带，绿柳成阴，景色宜人，"长安陌上无穷树，唯有垂杨管别离"；"此夜曲中闻折柳，何人不起故园情"。唐代诗人写出了许多出色的咏柳赠别诗句。柳多生长在岸边水旁，而那时离人多乘船而去，在水岸柳下离别，念去去千里烟波，离愁别恨恰似一江碧水，折一枝柳执手相赠，怎能不无语凝噎。那个年代，以柳枝问情，曾演绎了多少金兰知己的离情别绪，又惆怅了多少才子佳人的旧爱新愁。

千年以后，歌手张咪的一曲《灞桥柳》揪住了多少离人的心弦。听着这如泣如诉的歌曲，总是静默地流出一行清泪，虽没有大江东去浪淘尽的豪迈，却能让隐隐听到的、随流水远去的桨声在心里卷起千堆雪。古往今来，是谁把离愁遣入我的梦？是谁让思念泪湿我的枕？灞桥伤别，虽然时隔千年，却依然能在今日让我生出隐隐的心痛，剪之不断，挥之不去。也许，这就是炎黄子孙早已老在根里、嵌进灵魂深处、植入前世今生的深情大爱，是一种无法挣脱的、无法躲避的情愫。"青青一树伤心色，曾入几人离恨中。"我喜欢灞桥这份淡淡的忧愁和等待，也喜欢这些发生在柳雾含烟里的故事，千百年来，缓缓地讲述，静静地存在。这灞桥柳浮动的殇情，怎能不叫人怆然涕下。

我喜欢柳，喜欢历代文人笔下以柳喻人的传奇故事，唐代许尧佐的《柳氏传》是我最爱的经典。《柳氏传》又名《章台柳氏传》，说的是风尘女子柳氏与大唐才子韩翊的爱情传奇：大唐才子韩翊乃一寒士，与富而爱才的李生为友。李有歌伎柳氏，慕翊之才，李生知其意，便行成人之美，将柳氏嫁与韩翊。后值安史之乱，翊与柳氏离散，柳氏剪发毁形，遁于法灵寺。两京收复后，韩翊使人以练囊盛麸金，并赋词一首："章台柳，章台柳！昔日青青今在否？纵使长条似旧垂，也应攀折他人手。"潜寻柳氏。寥寥一行字，道尽了六年离散的无奈与牵挂，韩郎的情义是这样地缠绵，怎不让人泪涌？柳氏捧金鸣咽，左右凄悯。凝眸着捧在掌心里的温情，相思自指尖处弹出的颤动，随着血液汩汩流动，流淌进心灵的最深处。人隔天涯，可心在咫尺。此刻，你虽然触摸不到我温热的泪，却能会心感应，我虽然内心大恸，但流出的却是幸福的泪水，这一刻，仿佛又看到了心的灵犀，而这灵犀，是相知、相爱、相守的升华。于是，柳氏展开一方素笺，素笺如心，过去的风花雪月，过去的恩爱，都在墨迹里凝结成思念，凝结成这一首小令："杨柳枝，芳菲节，所恨年年赠离别。一叶随风忽报秋，纵使君来岂堪折！"我就像这柳枝，心意缠绻，柔情万种，曾经经受多少风吹雨打。六年里，多少迷惘，多少惆怅，多少旧恨新仇，带着相遇的美丽，相守的幸福，相离的痛苦，相望的牵挂，相思的无奈，丝丝扣心房，老了容颜，损了残年。

极喜欢主人公的这两阙小词唱和。多么凄绝千古而又艳绝千古的词句！即使罅隙横在当中，即使心在滴血，即使强忍着心中的大痛，却依旧风雅着，用一首小词表达着最深的爱。刀光剑影，鼓角争鸣，烽火狼烟中，才子佳人，历尽人世的悲欢离合，最终冲破命运的藩篱，破镜重圆。这个圆满的结局，令人艳羡不已。"章台柳，章台柳，昔日青青今在否？纵使长条似旧垂，也应攀折他人手。""杨柳枝，芳菲节，所恨年年赠离别。一叶随风忽报秋，纵使君来岂堪折！"写尽了一腔抚今追昔、柔肠百折之相思痴情和疑虑焦灼的无奈。浊处未必浊，清处未必清，章台，这个游冶之地，却生出这样凄婉美丽的爱情故事，可见，"情"字是古往今来大写的一笔。红尘之所在，必是纷纭芜杂的。多情应笑我，至今仍在他们的故事里感动，流着自己的泪，而此刻，我愿意化作一株柳，在悠悠岁月、滚滚红尘之中，冷眼看尽世间的悲欢离合。

"一颗樱桃樊素口。不爱黄金，只爱人长久。学画鸦儿犹未就。眉尖已作伤春皱。扑蝶西园随伴走。花落花开，渐解相思瘦。破镜重圆人在否。章台折尽青青柳。"二百多年后，东坡先生用这首蝶恋花诠释着风雅与风流。章台柳，在诗词里美轮美奂了千年……

"长亭外，古道边，芳草碧连天，晚风拂柳笛声残，夕阳山外山……"这悲凉的歌声伴着城南旧事，从幼小时候起就一直吟唱，直到现在。翻遍史书，唱尽离歌，柳，真的是无处不在。

我所居住的全南小城，柳竟出奇地少。但是，这几年，随着政府一江两岸的开发，桃江河两岸变成了风景如画的沿江公园。种植了许多园林树木，其中不乏名贵的树种。但我在其中看见了柳，我最钟爱的树，我的故人老友。在河岸一座拱桥旁边，六棵垂柳一字排开，柳枝柔柔，丝丝缕缕披拂而下，随风飘摇着，如长发垂腰的江南女子那般婀娜、温婉。独在异乡为异客，旧识唯有江南柳。这一帘柳阴，便可以把我的心留住。我常常在蒙蒙的细雨中，或者在薄雾笼罩的拂晓和黄昏，独自在江边散步，看烟雨轻拢慢拂着丝丝柳枝，流连在那一片柳阴之中，感觉她总能带上我轻轻穿越时空的重重记忆，走进千年的传说和诗词歌赋里，走进我的乡愁里。

那一日，临近黄昏时分，骤雨突降，连日来的焦躁情绪随着燥热一起被涤荡得清清爽爽，城市的各个角落也都被冲刷得干干净净。感觉心情很是惬意舒爽。晚餐时，特地开了一瓶珍藏许久的红酒，与先生小酌几杯，两杯下肚，就已微醺，收拾完碗筷，站在阳台上临风醒酒，见一轮弯月竟然穿过厚厚的云层挂在空中，月亮里是桂树的家，而那一刻我却想念着江边那几株垂柳，便提议一家人去桃江边散步。不多时，便来到江边，两个稚子雀跃着在前面奔跑嬉戏，我和先生在后面悠然踱着步。雨后凉风习习，吹皱了一江春水，天上的云层依然厚重，月亮时隐时现，影子倒映在水中，随着水波轻轻动，隔岸二龙戏珠雕塑下的广场，跳舞的女人们因为地面有些积水而没来，隐约看见几个排练扇子舞的老人就着古典乐曲翩然起舞。

那一刻，薄雾笼纱，烟水迷茫，依水而行，柳丝若梦，周边的空气中弥漫着一股略带苦涩的柳的清香，让人如醉如痴，不知是水因柳而香，还是柳因水而秀。坐在大理石条凳上，只要一抬手，便可以触摸到柳丝。看眼前江水悠悠，月影重重，仿佛看见了光阴的流动，不知怎的，突然潸然泪下。

江南的烟霭、江南的丝雨、江南的诗情、江南的画意，此刻尽在眼前的风景中。诗情画意的江南，总是像一个情窦初开的少女一样，带着那么多朦朦胧胧的美，总有着那么多的浪漫情怀，总是期待着那么多美丽的故事发生。朦胧的天，朦胧的月色，不经意中与我朦胧的心境邂逅，那是一种似有若无、如梦似幻、带着淡淡的诗意，和着千般哀愁、万种柔情的感觉，真的很喜欢这种感觉，没有其他的行人，倒可以随心所欲，肆意而行，以至于自言自语，自吟自唱，如醉如痴如梦呓般。那一刻，我就是醉在江南柳阴下的梦中人，对着梦中情人，说着梦中话，诉着梦中情，演绎着梦中的故事。江水悠悠，月光朦胧，夜色清浅，凭栏远眺，不觉相思顿起，愁肠百结。清冷的风带来隔岸的乐声，如仙乐缥缈，让人无限遐思，而这一曲正是《春江花月夜》，漫过光影变幻的江水，扑面而来。

滚滚红尘里是谁种下了爱的蛊，茫茫人海中谁又喝下了爱的毒？突然想起藏在心灵深处的一个人。红尘里与你相识、相知，是温暖，也是感动，是缘分也是悲哀。也许千年的修行，千年的等待，只为今生与你擦肩而过时，能够静静地回眸一笑吗？此刻，多希望你能带着万般遗憾，轻轻对我说："昔日青青今在否？纵使长条似旧垂，也应攀折他人手。"这一句，足以温暖一生。

二月的春风真似剪刀，把一怀的愁绪，剪得丝丝缕缕垂下。此刻，柳的影子被冷月倒映在江水中，忽忽悠悠地飘荡着，也难绾系也难留，就像那个虚幻的"缘"字，缘来缘去缘如水。在这淡淡风中，握住你的"长发"在胸前，感受一分温暖，一分相思，一点离愁。独坐在你的光影里，割舍所有的尘缘，忘记所有的旧梦，在心中奏一曲《云水禅心》。一念彼岸，一念此岸，隔着心的距离。心有多远，谁又能了悟呢？今生今世，我注定是一个孤独的灵魂舞者，带着一腔的幽怨，用无穷的思念，走自己的路。

尽管故园已隔几千里，尽管思念的人儿远在天涯，尽管这桥不是当年的那座灞桥，那柳也不是当年的柳，但是这意境却让我无法不销魂。露华重重，对岸，弦音泠泠，若即若离。故园归未得，多少断肠思。"东门门外多离别，愁煞朝朝暮暮人。"再一次吟哦起古人的诗句，让心灵来一次穿越时空的旅行，来到那个曾经让人动容的时间与空间吧……

忽然听见小儿子喊妈妈的声音，远远地看见老公和儿子们来了。收拾一下思绪，回到现实之中。突然想到要去进修一个月，等到回来时，柳苞当化作一城风絮。记忆里，那飘荡的柳絮，就像一个个缥缈在空中的传奇神话，不觉又有些伤情，唉，总是明年再见隔年期。

江 南 夜 雨

　　江南是多雨的。今年气候反常，雨水格外地多。往往日落黄昏时还没有欲雨的迹象，而在夜深时，雨却不约自来了。淅淅沥沥，淅淅沥沥地淋湿了万物，也淋湿了心绪。

　　今夜，雨又不约自来。或许是近来心里颇不宁静吧；或许是日里饮多了茶吧；或许是晚餐独酌了一小杯酒吧，最重要的或许还是自己独居一室的缘故吧。在这样的意境中，夜雨就像一张重重的心网，把我网在中央，任心事挣扎飘零，浮想联翩。

　　今夜，听雨，往事就着雨声起落，想起我和你的初见。

　　我是喜欢雨的，可惜，你我初见的华北大平原上，雨却出奇的少。从前，在每一个难得的雨天，我们都是多么的惬意。我在你的伞下，总是调皮地探出头来，让雨丝滑落脖颈……你总是嗔怪地用食指轻弹我的前额，把伞移到我的头上，任雨打湿你的衣衫。后来我随你来到烟雨的江南，多少次在夜雨中，依偎在你的胸前，就着雨声，侧耳聆听你的心跳，我说我喜欢江南夜雨，我愿让一生的时间止于那一刻，让美好定格于永恒……

　　而今夜你不在身边，只有夜雨敲打着我的无眠。心，就像断了弦的筝，再也无法弹出从前的天籁。在这样凄清的雨夜，黯淡了心情，只有把寂寞写成怀念。

　　今夜，听雨。窗外，夜雨中，风乍起，翻动着蕉叶竹梢，一如翻动着从前的彩笺尺素，这一刻，突然想起很多年前我写给你的诗句。雨滴落在楼下花园里的梧桐叶上，惨惨戚戚，如落魄的诗人般，吟哦着没有读者的平平仄仄。风夹着雨丝忽地潜入窗来，搅乱了我的心绪，我仿佛穿越时光的隧道，飘然走进唐诗宋词中。

此刻，雨时大时小，时紧时慢，敲打着邻家屋顶的铁皮瓦，嘈嘈切切，如古老浔阳江上歌女的琵琶声，幽幽诉说着她的沧桑。

我仿佛看到千年前羁旅在巴山蜀水的诗人，正秉着一盏红烛，挑灯写信，把深深的思念和浓浓的歉意写进夜雨中，寄给远方的卿卿。而唯独忘了，自己正守着残荷，独听巴山夜雨的凄凉。那一刻，因为心中有了共剪西窗烛期盼，诗人的心在冰冷的夜雨中，必是温暖的。江南夜雨，你是何其风雅风情也。

时光追溯到八百年前，夜雨如注，荒凉的孤村里，一个老人蜷缩在白屋的冷榻上，却想着自己破碎的山河，恨不能金戈铁马，为国戍边，驱除胡虏。江南夜雨，何其豪迈也，你壮了诗人的万丈豪情。

雨落在赣南的红土地上，想起多年前，曾在夜雨中借着微弱的路灯，在灶儿巷中独行，脚步在青石板上叩响百年的寂寥……

雷声乍响，魂悸魄动，一切的遐思戛然而止，所有的一切都远去了，唯觉时之枕席。风渐大，雨渐紧，顾影自怜，聆听着自己怦怦的心跳。你可知否，风雨飘摇入梦，远比铁马冰河入梦更难抵挡。

关 西 风 流

关西虽是乡镇，但交通发达，京九铁路、赣粤高速穿镇而过。但这儿还没有完全被人类文明所破坏，绿树村边合，青山郭外斜，环境很是怡人。关西镇群山合抱，自古就有"六山一水二分田，一分道路与庄园"之说。这庄园指的就是一座座围屋。漫步镇中，一条条卵石铺就的巷道连接着一座座保存完整的古民居，经过数百年风雨的剥蚀，巷道虽显得有些残破，却正像一段段延伸着的历史。踩在上面，就像踩着前尘旧事，有回归远古的感觉。关西镇有围屋四十余座，关西围是点睛的一笔。

关西围方方正正，兀立在田畴。周围绿树环绕，碧田铺展，视野相当的开阔。当眼神撞到那青灰色的高高的围墙上时，内心顷刻间就迸出了火花。这墙厚重雄浑，四角的碉楼雄壮威严，剥落的墙皮和斑驳的青苔，昭示着它的年轮，有一种震撼人心的、冷峻沧桑的豪放美。

细雨霏霏，正适合怀旧，缓缓走进那包着铁皮的厚重的大门，踏进那有着无尽传说的迷宫般的"回"字形深宅大院，庭院深深深几许的慨叹不觉油然而生，一入侯门深似海的感觉也渐渐滋生。围内房屋俨然，巷道也是卵石铺就，前厅后厦庄严肃穆，整洁宁静。撑着伞漫步其中，第一感觉就是古色古香。烟雨迷蒙中，小巷幽深，粉墙碧瓦，正是我喜欢的格调。围屋里的居民大多搬迁到外面，九幢十八厅，房屋大都闲置着。围内每一厅都有着美丽的传说，每一幢都有着动人的故事。一扇扇精雕细琢的窗棂紧闭着，一道道厚重的红漆斑驳的木门紧锁着，不知尘封了多少悲欢离合的故事。往事越百年，墙还是当年的墙，窗还是当年的窗，只是不见了纱窗下当年那些鲜活的面孔。围内的墙壁、房梁、窗棂和门框中有许多图案精美的石雕、砖雕、木刻，内容多是描绘历史故事、民间传说，或者利用事物的谐音或形状，用以寄托吉祥如意、福寿康宁之类的美好寓意。如马上封侯、万象更新、倒福禄（倒葫芦）、牡丹、蝙蝠、桃子、石榴等等，反映了客家人对美好生活的向往和崇德慕贤的美好精神境界。走进它，感觉看见的不仅仅是一座风雨飘摇的老围屋的新旧兴衰，而是在解读徐氏家族的繁华和落寞。所有的厅堂都好像是有灵气的，都像在无言地向我们诉说着历史。仿佛一双双眼睛就在那窗棂下火辣辣地窥视着我们，不觉让人凝神屏息，整冠理履。眼前一片宁静，就像一幅恬静的岁月画卷，令人有一种恍如隔世的感觉，在这样的意境中，突然间觉得自己也有了一种遗世独立的美，就像穿越了时光的隧道，走进了远古时的世外桃源，不知有汉，无论魏晋。在这清幽寂静中，涤荡了心灵，内心的浮躁渐渐远去了，淡忘了红尘中的纷繁复杂。

木楼梯吱呀颤动，一阶一阶就像一段一段的历史，踩着它就像踩着一段段的往事。爬上传奇和轶事堆砌成的楼头，看到了历经几百年的风雨剥蚀，楼上的墙皮已经剥落，十分陈旧，但四周刚直的棱角、突出的碉楼及梅花枪眼，仍在显示着围屋曾经强大的防御功能。站到关西围的制高点远眺，对面西昌围密密匝匝的黑色瓦顶尽收眼底，如今虽然很多都已破败不堪，但是依稀可见雕梁画栋，暗示着老围当年的辉煌。远处镇里的一座座围屋，也在展示着昔日的豪华与气派。这些具有丰厚文化底蕴和历史渊源的建筑，都可以让我们想到这个古镇昔日的繁华与喧嚣。而今，围屋的居住和防御功能渐渐退出历史舞台，但这种独特的文化却依旧源远流长，它承载着客家人对祖先的追思。围屋，这特殊的建筑，在岁月的流光里渐渐落魄但永远不会失魂，因为，这千百万客家人就是围屋的魂。

有人说："凡是有太阳的地方，就有客家人的足迹。"有人说："有海水的地方就有华人，有华人的地方就有客家人。"还有人说："中华民族是牛奶，客家这一支系则是奶酪。"客家人勤劳质朴，聚族而居，荣辱与共，休戚相关，共同演绎着宗族的兴衰，对和平、美满、富裕的生活深深地向往。他们用多种方式表达着心中的企盼，一代又一代人用自己的智慧与勤劳尽情展示着风雅与风流，留给后人宝贵的物质和精神财富。

"几代南迁客，到此不堪忧。"一个多世纪来，一代代徐氏子孙在关西围繁衍生息，一幕幕的故事在围屋里面上演着。人生如戏，岁月如歌。当岁月流逝，一个个故事在历史的长河中落幕后，围屋早已把它凝固成立体的诗篇，凝固成永恒，成为它不可或缺的传奇。走进它，就像读一本厚厚的史书，每一章节都耐人寻味。

在围屋下厅的门口，遇到一个白发老妪，戴着斗笠提着一个装着香烛的篮子蹒跚而行，天蓝色的衣衫，面容和善、慈祥，和我相视一笑，透露出客家女人的淳朴善良，让人感觉十分亲切。有人说"客家男人是牛奶，客家妇女则是奶酪"，客家妇女可称得上是中国劳动妇女的最美典范。千百年来在大山深处，默默地为中华民族的灿烂文化写下了不朽的篇章。其中也不乏一些彪炳史册的杰出女性，如宋庆龄、何香凝等。女人才是围屋这座大宅的真正主人、灵魂所在。是的，也许正是因为有了她们的坚守，围屋才有了生气。从青丝到白发，她们的悲欢离合、喜怒哀乐，她们一生的爱恨一世的情怀，为古老的围屋增添了让人咀嚼不尽的韵味。

客家人极其好客。当我走进角落里的一个院落时，看见一间小屋子里有人声，便好奇地走过去，一位五十上下、身形高大魁梧的男子满脸笑容地迎过来，他身后的女人正在炸一种绿色的油果。"坐、坐、坐，食茶、食茶！"男人把我们让到隔壁的客厅。一杯自制的手工明前茶，一碟红瓜子、一篮糍粑，片刻间摆到古朴的茶几上。一杯热茶下肚，我们就被他的热情诚挚所感动，完全消除了陌生感。他说自己是围主徐老四的嫡系子孙，自小在围屋中长大，爱这围屋，儿女们都已成家立业在县城工作，他舍不得离开这里，因此依旧居住在这里。他说，他没事时就为游客当义务解说员。提起祖先徐老四，自豪之感溢于言表，这样的自豪是发自内心的，令我们羡慕不已。他说，村中族人对于祖先留下的古老建筑都很有感情，维护得相当好，这不完全是为了名利的，是有感情的。这点我相信。我游过一些古村，如龙南杨村燕翼围、全南雅溪的雅凤围和广东和平著名的林寨古村等，许多村中子弟提起声名显赫的祖先以及祖先留下的事物，都是无比自豪与崇敬的。

"你们知道为什么围屋是'回'字形吗？因为这里是我们的根，我们徐氏子弟不管走得多远，心里总是想家乡，总有一天会回来的，这'回'字形的围屋在呼唤他们回家呢。"听到这一句，我突然间泪流满面，作为远离家乡的游子，我深深理解这种根对绿叶的呵护、牵挂及绿叶对根的无尽思念。正聊着，他的女人端了一大海碗油果走进来。笑吟吟地对我们说："食油果，趁热吃，蕲艾油果。"我吃了一块，顿觉清香可口。而这时，他又说："这是糯米蕲艾油果，糯米黏稠，象征情浓义厚，蕲艾可以暖胃保健，再过几天就是清明了，我们要去晒先主的地，还要做春卷、黄元米果呢，这些都是有讲究的，春卷是卷住春天的意思，春天象征希望，黄元米果金灿灿的富贵吉利，打制过程复杂，要众人齐心合力才行，总之，都是祈求国泰民安的意思，咱客家人一辈子不求大富大贵，就图个平安团圆顺气……"后来，他就主动给我们当起了义务导游和解说员，一直陪我们游完整个围屋。他执意先带我们到上厅，那里有他们徐氏历代名人的牌匾，他说："我们徐氏历代文人辈出，仅在道光、咸丰年间就出了三个翰林，龙南历史上总共只有四个翰林，三个是我们徐家的，其中徐思庄书法十分了得，被尊为'徐派'，曾国藩的儿子曾纪泽曾拜他为师，就连咸丰皇帝也十分赞赏徐派书法，经常召他进宫讲授，尊他为老师，就是现在，徐派书法也很受重视的，也有名家收藏，去年还有人专程为这个来探访围屋呢，了不得啊，能当皇帝的老师！"他的自豪之情洋溢在脸上。他还说，"我们关西围还有一位才女钟君岚，她是翰林徐德周的夫人，娘家在里仁，一次在回娘家的路上遇到县官，不畏权势，拒不让路，县官差人去责问，她随口吟一联'翰林妻子进士女，举人媳妇解元姑'，这样显赫的家世，慌得县官立马下轿拜见。"

有了他的讲解，我们对围屋有了更深层次的了解。他执意不收费，我们便邀他在围屋一家客家餐馆里共进晚餐。一大沙煲土阉鸡汤、一大碗客家酿豆腐、一碗头凤眼珍珠、一盘梅菜扣肉、一盘野生蕨菜、一盘炸河鱼，佐餐的自制豆腐乳，剁辣椒，自酿的客家米酒，不仅让我们大快朵颐，还从中感受到客家美食源于自然的质朴美味。席间，他说："你们还没去小花洲呢，一般人都只游围内，而忽略小花洲。你还不知道吧，先祖徐老四除了大房赖氏夫人外，还有两房妾室，是从江苏的苏、扬二州娶回来的，她们在他落难之时曾经倾其所有，解囊相助，我老祖也是重情义的忠义之士，发达后就迎娶了她们，她们当年就住在小花洲，我带你们去看看吧，小花洲在西门外，先带你们去戏台吧，那离西门近。先说戏台吧，围屋主母赖氏大夫人是戏迷，因此，围内专修了戏台，每到重要的节日围里都会连唱几天大戏……"

那戏台是在花园中辟出的一块长方形的砖铺台子，戏台正前方是一座只有围栏没有窗户的二层小阁楼，是主人们听戏、休憩、吃茶点的场所，两侧都有木楼梯上下。登上阁楼，坐在简易的长凳上闭目冥想，脑海中倏地就出现了这样的画面：戏台上出将入相，锣鼓声渐紧，生旦净末丑，演绎着别人的故事，醉了围屋主母赖氏夫人的心。因痴迷戏剧，这一刻她正被剧中人的命运扣住心弦，而徐氏老爷却悄悄退出门，前往西门，到小花洲与二位红颜喝酒赏月去了……

　　傍晚时分，踱步到高墙外的别院小花洲。小花洲是围主徐老爷为他当年的红颜知己，来自苏、扬二州青楼的两位爱妾张氏修建的，具有江南水乡的格调，是极好的休闲娱乐场所。我们在感叹徐老爷重情重义的同时，也在他的商贾铜钿气中嗅到了一丝儒雅的气味。如今，亭台楼阁成了残垣断壁，舞榭歌台，风流已被雨打风吹去，只剩下几株芭蕉、几竿修竹，一口小水塘昭示着百年前的婉约，诉说着主人当年的风雅。百年前这里曾是莲叶田田，鱼戏其间，朱唇唱曲，皓腕采莲。明眸皓齿今何在？香魂一缕随风散。相传，徐老爷经常在这里弹琴、对弈、饮酒，与两位爱妾醉里吴音相媚好。当春风又绿江南岸，二位南国佳丽可曾垂泪忆江南？想姑苏城外寒山寺，二十四桥明月夜？秋风乍起，秋雨潇潇，可曾留得枯荷听雨声？胃知乡愁，可曾想起家乡的莼羹鲈脍？只是天遥地远，郎情妹意难归吴。突然想起一首穿越电影《大玩家》中的歌曲："你是左眼睛，我是右眼睛，一起看红尘中浮光掠影。"在人生最美丽的时刻，曾经有人把自己当成掌心的花儿，是何等的幸事啊。这斑驳的故事里，依旧沉淀百年前的婉约。放慢脚步，轻轻叹息，唯恐惊动香魂，就让这两颗沉睡的灵魂，永远沉醉在童话般的梦境中吧。前尘旧梦成云烟，当时光把一切都漂洗得干干净净的时候，今天的我，还在替她们重温着那分梦境中的甜蜜。此刻，置身其中，仿佛置身在古老的戏文中，仿佛自己就是百年前那段传奇里的主角，幸福和着泪水洋溢在脸上。这时，天竟又淅淅沥沥地下起雨来，打在芭蕉树上，落在水塘中，泛起一个个涟漪。风摇竹影有声画，雨打芭蕉无字诗，突然间就多了一分莫名的忧伤，当年楼上的二位张氏如夫人，在这样烟雨的黄昏是否会勾起淡淡的乡愁呢？是否怀抱琵琶，用吴侬软语唱一曲家乡的小调抒怀呢？

　　离开关西的时候，暮色降临，雄峻的围屋与远处隐隐的群山静默相对，百年来相看两不厌，就像一幅浓墨的山水画卷。围屋门前的青石板上，还有几个满脸皱纹刻画着沧桑的老人家坐在那里悠闲地抽着烟，聊着天，向好奇的游人讲述围屋的传奇和自己年轻时的故事。瓦屋顶上升起的袅袅炊烟，和着雨雾升腾，整个古围屋笼罩在一片缥缈的云雾之中，那淡淡的白色烟霭，仿佛是上天垂下的白色纱带，把围屋与云霭合成一体，仿佛要把古围屋与这个世界隔开，隔在那尘世之外，时光的彼岸。此时，天宅相依，人宅相映，岁月静好。我沉醉在这分宁静里，物我两忘。

古老的关西围，你是客家人灵魂的寓所，心的永远栖息地，你深刻的内涵，像一部巨著，让人们解读百年，品味百年。

骑楼的守望

每座城市里，都有一些瑰丽诱人的角落，让这座城市神秘迷人。

我们医院后面是小城的老城区，其中最长的一条街道官称解放路，但因其临桃江，小城的人们习惯上叫它为河边街。河边街，是小城唯一幸存骑楼的街道，"南国多雨天，骑楼避风雨"。骑楼是岭南的特色建筑，大约在清末民初时传入赣南。青砖砌就的廊柱，外面粉着白灰，杉木楼板，楼上用木板代替青砖做外墙的阁楼，雕花的小轩窗，一切都在诉说着它曾经的辉煌。这条老街历尽了世事的沧桑沉浮，百年的岁月里，不知承载过多少过往行人的匆匆步履。而今，两旁的骑楼都已经很破烂，墙皮有些脱落，露出一块块青砖，墙上用墨汁写的字也已模糊。竹制的晾衣竿、木制的栅栏、又长又窄的木楼梯……一切看似简陋而又破旧，却又把这座城市的历史信手拈来。年长者，可以从中寻到逐渐被淡忘的童年记忆，感受那种怀旧的情怀；年轻人则可以在其中看到本土文化的历史渊源，以此来探寻小城的多元文化及各年龄段各阶层人们的生活面貌。光阴流逝，带走了许多陈年旧事，只留下这满目苍凉。一栋栋骑楼，除了楼下的大排档、食杂店、刻碑坊、香烛店、瓷器店等，阁楼上多已不能住人，只堆放一些货物或者杂物。如果你想寻觅小城的古老文化和特色文化，一定要来这里。这里有老妇人挑着箩筐卖蓝巾帕、各种头上的装饰品、绣花围裙、婴儿虎头鞋等；有小摊卖烫皮和蕲艾油果、石磨豆腐花、黄酒、磨斋等特色客家食品，还有坚守在逼仄阴暗老屋里满腹故事的客家老人。

老街的中部有一座骑楼，阁楼外墙板壁上雕刻着精美的百鸟朝凤、二龙戏珠、鸳鸯戏水、海棠花等图案，显得尤其与众不同，也许在当年属于豪宅。

许多年前，这栋骑楼一定是主人最引以为豪的财产。每次从楼下经过，我都禁不住浮想联翩，仿佛看见一个世纪前骑楼的落成典礼：张灯结彩，高朋满座，肴香酒洌，觥筹交错，穿着绸缎长袍马褂戴着瓜皮帽的主人笑容可掬，站在门口拱手招呼着来客的场景。阁楼的廊檐下每天都晒着几件老年女式服装，说明还有人长住在这里，而且是一个老年女人。我每天都是在早晨买菜或者晚上散步时经过这栋骑楼，夏天只看见开着窗户，没有见到过楼上的人，这谜一样的人到底是谁呢？

　　不知道什么时候，骑楼对面开了一家棋牌室，老板是我一个同事的远房亲戚，和她一起去买菜时，我们经常到那里驻足寒暄一下，渐渐地也就熟络起来。随着时间的推移，我无意中得知，那老板竟是阁楼上老人的亲戚。

　　一个轮休的日子，我一早就来到骑楼对面的棋牌室，并不打牌，和老板闲聊着，只是为了观察骑楼上的动静。大约九点钟的光景，骑楼的窗户突然打开，看见一位老妇人出现在窗前，她的手里好像提着什么东西，天蓝色的半旧衣衫，花白的头发，古铜色的满脸皱纹的干瘦面庞，阴郁麻木的面目表情，看上去就像从旧戏文里走出来的。与她眼神交汇的一刹那，我突然打了个寒战，不由得移开目光，低下头来。但是，我感觉楼上的老妇人还在看着我，不用再抬头看她的脸，我就能感觉到她目光的犀利和神秘。忍不住再抬头看看，果然不出所料，她还在盯着我，大概看见我也在盯着她，她匆匆闪身进入阁楼内。但，不多时，又看见了她出来，她用一根带叉的竹枝往廊檐下的竹竿上挑湿衣服，脸上还是那种麻木的神情，但是在麻木中似乎又透着一种淡然的神态，她朝我们这里看了一眼，嘴角竟然泛起了一丝微笑，只一瞬，便又毫无表情地闪进阁楼，并且啪的一声关上了小轩窗。老板也在目不转睛地看着她。我讪讪地对他说："对面楼上这老人家挺有意思的，不愿意人家看她，把窗户都关起来了。""你说她啊，她是我的大姑啊，你没见刚才她在对我笑吗？这就是最好的表情了。""你大姑？"我惊呼一句，心里美极了，歪打正着，我算是找对地方，找对人了。

　　"我大姑，以前是县城下圩村有名的美人，人称下圩一枝花呢。从小订的娃娃亲，就是谢坊的曾家，也是有名的大户，夫婿在赣州府读书，擅长绘画和木刻，你看那板壁上都是他的杰作呢，室内还有很多呢。我爷爷喜欢女婿喜欢得不行，十七岁上就给他们成了亲，谁知道，第二年就开始闹日本了，我姑父毅然投笔从戎，开始还有信归，可是后来就没有了消息，我大姑就等啊，等啊，等了十年都没有音讯。爷爷和他的夫家都劝她另作打算，可是她坚决不肯，她执意要等，就这样等到现在。这骑楼，历经了很多自然和政治的风雨，最后我爷爷临终前留给我大姑了，那里面有我姑父的木刻，这些年全靠那些陪着她过光阴呢，她在这里面住了一辈子，现在九十岁了，这几年几乎不下楼了，都是靠我来照顾她的生活起居，她还在等呢，我之所以到这里开棋牌室，就是为了照顾她啊。"

原来这骑楼里竟然藏着这么凄美的爱情故事，我大吃一惊，几近泪下。抬眼再一次仔细观望这座旧阁楼，无限感慨涌上心头。阁楼上的风景是老妇人和她当兵夫婿的杰作，可是却痛了我的心。虽然我只是一个观风景的局外人，但是，我被她的故事感动着，愿意在她的窗前站成一棵树，在那里陪她同呼吸，共流泪。

多年以前，站在阁楼上远眺，可以看到满眼的山，满眼的树，满眼的桃江碧波。她每天斜倚在楼头凭栏远眺，不知哪一条是遥远的兵哥哥归来的路。而今，视线被远处的高楼遮断，只有从木阁楼的花格窗里观望天空。现在，正是七夕时节，天上繁星点点，牛女相会，可她就算跨越银河也无法与他相见。她不怕天遥地远，此刻，只愿能飞奔到他面前，可他的兵哥哥在哪里呢？可惜她不是神仙，无从知晓，唯有靠回忆来慰藉自己。往事如烟，梦绕魂牵，增添着她心中的思念，纵然望断天涯，消退了红颜，也要等她的兵哥哥万年。

半个多世纪过去了，木楼依然存在，那故事已经被风吹雨打得斑斑驳驳，随光阴远去，淡出人们的视线，只留下苍凉的世事和她垂暮的面容。往事在她的心头刻上了历史的沧桑，这条老街日渐古旧，这座骑楼日渐颓废，门还是当年那扇门，窗还是当年那扇窗，木刻还在，只是不见了刻的人。日复一日，年复一年，她一个人居住在空旷而又低矮的阁楼上，伴着寂寞度日。每天靠回忆和擦拭木刻打发时光。她不是接受宿命的安排，而是一切都是出于自愿。心甘情愿地在现代的城市中画地为牢，过着欧洲修女一样的生活。她的眼神被岁月打磨得阴郁而又犀利，但是丝毫看不出幽怨。她以固守传统礼仪的方式，维护着心头的大爱。我想她一定是个情痴，但也是被现代文明遗弃的可怜人。可是，他的侄子说，她并不觉得自己可怜，她相信爱情的承诺，她只是在等，等待夫君的归来，只是时间长了些。那分爱始终在她的心头，那个人始终在她的心中鲜活着。突然想起我的姥姥和她失散多年的妹妹的故事。我的姥姥有个习惯，每天梳妆时一定拿出一个银钗，看了又看，插在头上对着镜子照了又照，然后再拿下来，小心翼翼地放在妆盒里。银钗是她妹妹当年送给她的嫁妆，她的妹妹二十年代曾在沈阳读大学，经常参加爱国学生运动，后来莫名失踪了，新中国成立以后，虽多方查找，却再也没有了音讯，她只有睹物思人，以此怀念妹妹。一次，我说，姥姥，你妹妹就算没在战乱中死去，说不定现在也去世了，不是每个人都和你一样是老寿星。姥姥生气地说，不可能的，我都还活着，她是不会死的，她怎么会死呢？是啊，思念的人永远活在心中的。

知道老妇人的故事后，我突然对人生有了不同的理解。衡量一个人是否虚度此生，应该有两个标准，一是她有没有值得回忆的往事，二是她是否出现在别人的回忆里，多年以后，是否有人还记得她曾经出现在自己的视线中。我想老人家是做到了的。

天空还是那片天空，大地还是那片大地，老街还是那条老街，骑楼还是那座骑楼，痴心的人儿还在执着地守望着。这看似普通的街巷、骑楼却蕴涵着那么丰富的历史，那么动人的故事。岁月的河流从街口涌到街尾，始终带不走小城人们对这条老街的深深眷恋，带不走这一片滚滚红尘中情的传奇。

牡丹亭上三生路

一

　　初识《牡丹亭》，是我六七岁的时候吧，正月时节，姥姥家的村里照例请戏班唱大戏。东北有童谣："拉大锯，扯大锯，姥姥家门口唱大戏。接闺女，唤女婿，小外孙子也要去。今儿搭棚，明儿挂彩，羊肉包子往上摆，不吃不吃吃二百……"就是描绘去姥姥家看戏的情景。那时还没上小学，但我是属于早慧的孩子，能听得懂戏文，如黄梅戏《女驸马》、评剧《牧羊传》《茶瓶记》，京剧《铡美案》等农村常唱的曲目，很被长辈们赏识。记得那次因为二舅母的娘家人来走亲戚，姥姥一家人陪客迟到了，晚上七点半钟的光景才到场院的戏台。台上一个穿一袭白衣、头戴白花连脸色也画得惨白的小旦正咿咿呀呀地唱着，听腔调不是黄梅戏也不是评剧、京剧，听声音凄凄怨怨的，戏台正中挂着一顶薄薄的纱帐，纱帐后烛火正明，一个书生抱着一幅美人画像伏在一张桌子上，似睡非睡，梦呓般痴痴地叫着："俺的姐姐，俺的美人！"一连叫数次，每叫一次，帐外的白衣小旦便飘忽忽地转一下身，哀哀地唱着，声音逐渐哽咽。因为来得晚，位置不好，离得远，又露天戏台人声嘈杂，我听不清她唱的是什么词，只是觉得唱腔很感人，懵懵懂懂地看完了后面的整幕戏。只听村里人称老秀才的三姥爷对姥姥说，这出唱的是昆曲《牡丹亭》，是古往今来的戏中第一。从此，这《牡丹亭》就刻在了我的心坎上。

　　再识《牡丹亭》，是十年以后中考后等待放榜的日子，借了表哥的一本《红楼梦》，如醉如痴地读着。忽然读到林黛玉刚走到梨香院墙角上，只听墙内笛韵悠扬，歌声婉转，唱道："原来姹紫嫣红开遍，似这般都付与断井颓垣。"林黛玉听了，倒也十分感慨缠绵，便止住步侧耳细听，又听唱道："良辰美景奈何天，赏心乐事谁家院。"听了这两句，不觉点头自叹，心下自思道："原来戏上也有好文章。可惜世人只知看戏，未必能领略这其中的趣味。"又侧耳时，只听唱道："则为你如花美眷，似水流年……"林黛玉听了这两句，不觉心动神摇。又听道"你在幽闺自怜"等句，亦发如醉如痴，站立不住，便一蹲身坐在一块山子石上，细嚼"如花美眷，似水流年"八个字的滋味。忽又想起前日见古人诗中有"水流花谢两无情"之句，许多伤春之辞，都一时想起来，凑聚在一处。仔细忖度，不觉心痛神痴，眼中落泪。这为数不多的几句戏文便勾起了黛玉对自己身世与处境的感伤。"如花美眷，似水流年"，直到今天，许多人感怀伤春时仍然喜欢这样轻叹一声，说的虽是戏中词，道的却是人间情愫。因此，不光是黛玉，我在书上看到这几句唱词，也被打动，牡丹亭竟是这么凄美的戏曲，于是便有了看一整出戏，或者读一遍原著的欲望。可那时是八十年代，还没有电脑，一时无法实现。幸好，表哥知道后，又让同学帮我弄到了一卷元曲《牡丹亭》。

　　《牡丹亭》是戏剧大师汤显祖于一五九八年以唐人话本小说《杜丽娘慕色还魂》为基础而创作的。说的是宋南安太守杜宝的女儿杜丽娘与岭南书生柳梦梅因梦生情，为情而死、为情而生的故事。原来有小时候看的那幕戏竟是《牡丹亭》里幽媾那一场。那穿白衣戴白花脸色惨白的小旦竟是因情而死的丽娘鬼魂。至今犹记得戏中丽娘的那几句韵白："泉下长眠梦不成，一生余得许多情。魂随月下丹青引，人在风前叹息声……"

　　小的时候看戏剧《牡丹亭》并不很懂，只是被那段凄婉的唱腔感动。也不过是觉得那幕戏中小生英俊、小旦漂亮而已。只是那时看到杜丽娘身着白裳、头戴白花、咿咿呀呀呜呜咽咽地唱，唱得听者动容落泪，虽不甚明白剧情，心中却很是同情。那时我以为哭泣就是一个人最忧伤的时候。读了《牡丹亭》后始知独自承受一分难与人言说的心事，一分不能言表的苦，这心事又只能在心里反反复复地翻江倒海，情郁于中而不能发之于外，无处话凄凉才是最苦的境界，这是可以让人抑郁而亡的，如杜丽娘、《人面桃花》中的少女、《红楼梦》中的黛玉。记得多年前，在一部电视剧中看过一个情节：一位大家闺秀深爱一个穷小子，为世俗所不容，最后劳燕分飞，但女子却为之遁入空门，独坐青灯古佛前终此一生。她圆寂时留下遗言，火化后若有舍利子，一定等到某人来时呈给他看。若干年后，当年的穷小子已是耄耋之年，功成名就，历尽千难万险找寻到此处，徒儿尊师父遗言拿出舍利子，那人老泪纵横，他说，他也终生未娶，那舍利子是自己深爱的女子内心的情结所化生的……记得当时看到那场景几乎哭到崩溃。

我国的戏剧，带神话色彩的太多，剧情大胆火辣，穿越时空，虽然荒诞离奇，但却依旧能感人，如《牡丹亭》，主人公为情，生者可以死，死者可以生。能说现实生活中不能说的话，能穿透世俗的城墙，我想这可能就是戏剧的功效。也许这种超凡脱俗，让意境飞翔起来，正是艺术的特点。

《牡丹亭》里杜丽娘死前曾自描春容并题诗云："近睹分明似俨然，远观自在若飞仙。他年得傍蟾宫客，不在梅边在柳边。"柳梦梅拾画后，和诗曰："丹青妙处却天然，不是天仙即地仙。欲傍蟾宫人还远，恰似春在柳梅边。"两人阴阳相隔，却心有灵犀，依然可以靠诗传情，超越人世之浪漫。想起美国穿越大片《惊情四百年》，伯爵在伦敦街头见到自己前生的恋人时说的那句精典的英文台词：I have crossed oceans of time to find you.（我跨越浩瀚的时间海洋来寻找你。）这种隔世相望的情怀是戏剧中的经典，最是动人心弦。一句"不在梅边在柳边"是杜丽娘对柳梦梅梦中一见便钟情的佐证。情不知所起，一往而深。情是那年宝黛初会，眼前分明是外来客，心底却是旧时友；情是张爱玲初会胡兰成，只一句话，就让她在他面前甘愿"低到尘埃里去"；情是仓央嘉措爱次仁旺姆，不为修来生只为途中与你相见；情是但丁初见贝德丽彩，一瞬间惊为天人，浑身每一根细小的毛孔都在震颤……

有了情也就有了不幸。丽娘做了那一场春梦，和柳生有了梦中情之后，就再也放不下下了，世间唯女子最傻最痴情，为情可以将自己低到男子脚下，既便是像张爱玲这样不羁的旷世才女，于千万人之中，于千万年之中，时间无涯的荒野里，没有早一步，也没有迟一步，遇见了她想遇见的胡兰成，也把那颗高傲的心变得很低很低，一直低到尘埃里，还要自己培上土，使这分情生根发芽，深深植根在土壤里，无法自拔。只是，它所开放出的尘埃的花朵，被胡兰成无情的双手一抚，顷刻间零落黄泥碾作尘。再超凡脱俗的人，也逃不脱情感所带来的忧伤。就算是聪明绝顶、风华绝代的张爱玲，在这段情感面前，也无法只轻轻地说一句："哦，你也在这里吗？"

情不分国界，不分种族。想起《茶花女》中的女主角玛格丽特临终前所说的话："阿尔芒，生命可以结束，但我对你的爱是永不会结束的，我爱你！"是的，生命可以结束，对一个人的爱是不会结束的。就如丽娘，可以为梦梅而生为梦梅而死，即使在另一个世界，依然可以隔空相望。

幽媾、冥誓后，当杜丽娘求他，让他掘开她的坟墓以便她还魂。他没有犹豫。明朝的例律是最严酷的，掘坟是要斩首的。梦梅冒着杀头之罪，不顾个人安危，只祈求掘坟时莫惊动了小姐，毅然掘了坟，杜丽娘因此起死回生了。爱，在这里有了变换阴阳、起死回生的法力。世人皆赞叹柳梦梅掘坟前的果敢，也庆幸于杜丽娘竟然真的起死回生。世间情痴不独中国的白面书生。为爱而掘坟的痴情者，中外皆有之，如《茶花女》中的阿尔芒。玛格丽特死后，他的情人阿尔芒怀着深情大爱和万分愧疚的心情掘开她的坟墓，一定要亲见其尸才能相信她的死亡，一定要为她另择一处永久的墓地。这是西方的故事。遗憾的是，他看见的是心爱的人那腐烂的、散发着浓郁尸臭的遗体，玛格丽特没有在中国式的故事中复活，只是，阿尔芒怀着万分爱怜与崇敬的心情，亲手为她迁葬，在她的墓前摆满圣洁的白色茶花，她在他的心中永生，这也足以告慰她在天之灵了。

《牡丹亭》在舞台上经久不衰，一演四百年，不知震撼了多少人的心灵，赚走了多少人同情的眼泪。四百年，可以使江山失色，沧海改变。不变的是，人们对它的热情依旧。因梦生情，为情而死，再为情而生。牡丹亭演绎了一曲爱情大戏，让人沉醉于舞台的角色和剧情之中，仿佛要离开这现实世界而去。在《牡丹亭》里，爱情被赋予了神奇的力量。甚至可以超越生死。当有爱情驻扎的最好时光因为岁月的流逝、生死的屏障而被迫终了，我们用有轮回和缘分的信念来慰藉自己，来战胜自己，从而获得生生世世的永恒。

问世间情为何物，直教生死相许！写到此处，不知为何，突然想起终身仰望、爱慕林徽因的金岳霖。他爱她，可她名花有主，于是他不是赠送明珠、暗度陈仓，而是选择与她比邻而居，仰望她，守望她的幸福。她的幸福就是他此生最大的快乐。天妒红颜，五十一岁时她去世了，他却依旧不改初衷，他依旧爱她，为她终生未娶。很多年后的一天，他突然大摆宴席，请很多老朋友们吃饭，大家百思不得其解时他却说："我今天请你们吃饭，是因为今天是徽因的生日！"满座听闻皆掩泣。每次读到此，我都会禁不住泪流满面。金教授心甘情愿地爱了她一生。他的爱，就像盛在玉碗里的冰雪，晶莹、圣洁。爱一个人，是真心希望他（她）过得幸福，爱一个人也真的是可以超越生死的。原来，爱竟可以这样，不是一朝一夕，而是渗透血液，深入骨髓，植入前世今生的。人生自是有情痴，此情无关生与死。

我还喜欢一封情书，就是前文提到的，被人唾骂了近百年的中国"负心郎"的典范——胡兰成在那时代写给张爱玲的情书——《我身在忘川》。"梦醒来，我身在忘川，立在属于我的那块三生石旁，三生石上只有爱玲的名字，可是我看不到爱玲你在哪儿，原是今生今世已惘然，山河岁月空惆怅，而我，终将是要等着你的。"

"终将是要等着你的"，我每次读到这一句，就忍不住热泪盈眶，我不去想它的前因后果，甚至它的出处，我只觉得我读到的是尘世间最美的情书。许多年过去了，在忘川河畔的胡兰成，你一定还在等着"看到你变得很低很低，低到尘埃里，开出花来"的张爱玲吧？

二

先时，只知道《牡丹亭》的发源地在江西大余而并没有仔细去查询大余在江西什么位置，甚至不知道它隶属于哪个市。也许是天意吧，若干年后，自己竟然定居赣南，我所居住的小城与大余一样都隶属于赣州市。早就听人说过，大余县有一个牡丹亭文化公园。这个公园位于县城的东山脚下，章水之滨。园内古木参天，有牡丹亭、芍药栏、绿荫亭、丽娘冢、梅花观、梳妆台等景观，其中牡丹亭构建精巧，为园中十景之最，但是一直没能前往。偶然在QQ空间里看到一位文友上传的去牡丹亭采风的照片，突然间有了一种去造访的冲动。一念起万水千山，两百多公里的距离已经不能阻隔。于是，我在网上对他说下周我想去牡丹亭，以圆我三十多年的梦。那位文友说，不去也罢，你身体不好，那地方阴气重，我去过的，不知怎的，那里的花花草草一年四季都长得出奇地好，树木也是，遮天蔽日的，显得很是阴森。我很感动于他的这分关心，可是我还是决定辗转赣州去大余。到牡丹亭公园大门口时已经是下午三点多的光景，看园的老人满腹狐疑地看着我，说现在园内没有一个游客，你要进去吗？我点头称是。

不到园林，怎知景色如此！园内古木参天，曲径通幽。的确，这里的草木也是知情的，在这样的仲秋时节，还是蓊蓊郁郁。不自觉地就想起那丽娘就是在四百多年前的中秋之夜带难解的情结逝去的。人道是春华秋实，那丽娘在初春时节种下了一颗爱的种子，可是秋天并未收获果实，而是怆然而逝，且不说她日后还魂，就想她病重时自描春容后那闺怨："春香，也有古今美女，早嫁了丈夫相爱，替他描模画样；也有美人自家写照，寄与情人。似我杜丽娘寄谁呵！"那场景就不免让人同情万分。再前走几步，一座高大的亭子就与我不期而遇了，亭基由花岗岩石块精砌而成，有两米多高。台基之上便是八角形的牡丹亭。牡丹亭，我三十年魂牵梦绕的地方，我来了，一个人，孤独地来了，来这纯美的爱情圣地，追寻我的一个梦。拾级而上，里面是青砖铺的地面，显出丝丝古韵。在这遮天蔽日的园中，这一处倒也显得空旷开阔，仿佛是一座舞台，四百年前的故事就是在这里上演。

来时看过大余网的简介，知道这牡丹亭公园是二十世纪九十年代在此选址重修的。但是，我依然把它当作那故事的发生地。这重修的牡丹亭还看不到沧桑的印迹，当年的一切却已是沧海桑田。也许是带着寻梦的目的，带着故事情节而来的原因吧，一个人的牡丹亭，更易伤情，清风徐来，看四面竹树环合，坐在这牡丹亭上，就像坐在自己的三生石上，想起自己的生前身后事，不知怎的，自己总是觉得好像在等待着什么。难道是等待着那些剧中的人物粉墨登场吗？我宁愿相信，每个人都是有前世今生、前尘旧梦的，只是，忘记了自己的旧精魂。不知怎的，忽地就落下泪来。"良辰美景奈何天，赏心悦事谁家院……"清逸婉转的昆曲，突然在我耳畔响起，原来是园中的音响，内心忽地很感动，这分明是守园的老人为我一个人播放的。这又瞬间把我的思绪拉到剧中，一幕幕剧情如飞轮般在我的头脑中快闪，一个个鲜活的面容在我眼前轮番亮相，从第一出直到最后一出。最后剧情停留在这牡丹亭里：游园、惊梦、寻梦。闭上眼睛，让所有的思绪暂时停滞。仿佛见一位少女，莲步轻移，款款向我走来，脸上并无油彩，正是丽娘，跨越四百年的沧桑岁月向我走来，"如花美眷，似水流年"两句唱词自内心突起。她仿佛是我的至交旧友，隔空相遇，惆怅情人远相访，此身虽异性长存。那眼神哀怨凄婉，仿佛在说：I have crossed oceans of time to find you。

穿过四百年的烟尘岁月，我知道她那被《诗经》吹醒的心，在庭院深深里悸动，却无处话凄凉。高墙深院里，她无法如那千年前的那女子一样提篮去河中的小岛上采荇菜，可那千年前那关关的鸟叫声却触动了她的心弦；窈窕淑女君子好逑，可彼君子兮，又在何方？纵使河中洲上荇菜参差，而高墙深院之中的你，安能左右流之？彼君子兮，否寤寐思服？纵河边荇菜参差，她不能左右采之、左右芼之，君子啊，你可曾想到要琴瑟友之，钟鼓乐之？彼君子兮，在何方兮？一个影子，一袭白衣，翩然而来，她看不到他的面貌，只有给自己一个梦。戏剧中的她就卧在闺房，恹恹地睡去。在梦里，她遇到了彼君子，他并未骑白马只是白衣如雪，风华正茂，执柳枝立于梅树下，说："姐姐，你既淹通书史，可作诗以赏此柳枝乎？小姐，咱爱煞你哩！"后来在众花神的庇佑下，竟与其成就美事。这就是她的君子，她的真命天子，一生情感的寄托。可是梦终究会醒的。母亲，惊醒了她的春梦。她揉了揉眼角，睁开双眼，发现不过是一场春梦，眼前依旧是自己十几年的闺房。再去园中寻梦，看看周围，书生不见了，虽然牡丹亭畔芍药栏前春光依旧，但在杜丽娘眼里，已是"凄凉冷落，杳无人迹，好不伤心也"！依旧是熟悉的亭子，依旧是姹紫嫣红开遍，依旧是良辰美景奈何天，没有情人的世界一片灰暗，便纵有千般风情，更与何人说？一滴清泪徐徐落下，一种相思油然而生，一个郁结悄然而结。诗意的梦换来了此生不散的哀愁，换来香魂一缕随风散……

站在丽娘冢前，并不遗憾没祭品祭奠香魂，因为，我知道，她不在这墓中，他是被柳生掘坟而还魂去了的。陈寅恪说："情之最上者，世无其人，悬空设想，而甘为之死，如《牡丹亭》之杜丽娘是也。"这是世人对她最高的礼赞。多少年来，不知有多少痴男怨女为她的结局感到欣慰，她或许不曾想到过，她就是那个日后让人羡慕的奇女子，这段故事也注定会和她一起流传千古！

《牡丹亭》问世后，就有各地争相修建牡丹亭甚至争抢故事的发源地。除江西大余外，福建南安、江西临川，甚至昆曲的故乡江苏昆山也有。在"2006中国·遂昌汤显祖国际学术研讨会"上，谢传梅提出了"大余是《牡丹亭》故事策源地"的新观点，用翔实的材料、确凿的证据，引证了这个观点，得到了众多国内外专家学者的认可。从此，确定大余就是《牡丹亭》故事策源地，解决了四百多年来关于《牡丹亭》故事源头之争问题。其实，早在一九一八年重修"牡丹亭十景"时，大余县知事吴宝炬就曾作诗赞咏："摘艳光寒亭上日，还魂影合镜中鸾。梦梅梦柳三生石，怜我怜卿一样看。"讲述了府衙园林与《牡丹亭》互为因果，相得益彰的关系。昆山是昆曲（昆剧）的发源地，而汤显祖的《牡丹亭》大多以昆曲形式演出，所以在昆山也有纪念性的建筑——牡丹亭。当一个昆山籍的文友告诉我说，那座精致的牡丹亭就位于昆山市区的亭林公园内，亭旁小桥流水，亭上匾额辉煌，是游人赏玩的好去处时，我却有些失落。后来他有所察觉，又安慰说："昆山的牡丹亭是昆曲中的，但是汤显祖的《牡丹亭》是天下人的，而真正的牡丹亭是你们江西大余的。在昆山修牡丹亭最主要是为了彰显汤显祖这幕剧作的不朽精神，其次还有做昆曲发展的里程碑的作用。"我又稍感受用。

明朝永乐年间，著名戏剧家王思任说："乞韦驮尊者丞镇此亭。天下之宝，当为天下护之也。"这也许是古往今来牡丹亭得到的最高评价。因此，我们江西人更应该倍感荣耀、倍加爱护此亭。

远处的夕阳和公园内的百年古树交相辉映，让我仿佛穿越时空，置身于几百年前的宋朝。奇怪一下午竟只有我一名游客，守园的老人像是不放心我的安全，走过来，却又不忍心打扰我这分独处的宁静，遮遮掩掩地藏在香樟树后面。广播中依旧在播放着昆曲《牡丹亭》，只是此时我已经忘记了仔细听一下唱的是哪一段了，是时候回去了。

走到门口处回望，那老人正微笑着看着我，我也微笑着向他点头致意。而此时，昆曲《牡丹亭》依旧在唱着。不知怎的，我总觉得有人在我身后大声吟诵着："情不知所起，一往而深，生者可以死，死者可以生，生而不可与死，死而不可复生者，皆非情之至也。"

寻 常 巷 陌

　　漫步赣州城区，总能寻觅到古塔、古宅、古井和古树。而最让人流连的是老城区那一条条老街、古巷。如果说赣州城是一部图文并茂的古典文学巨著，那么这一条条老街、古巷就是其中的一首首最清丽最婉约的小令，一幅幅古朴淡雅的画卷。漫步老城区，在某一条繁华大街的转角处不经意中就能和它们不期而遇，它或幽深或逼仄，以一段不长的路隔开了两个世界。它虽在城中间，但没有城市的喧嚣、吵闹，犹如波涛汹涌的大海中的一个港湾，温馨宁静。古巷两侧建筑物的墙壁已斑斑驳驳，爬满了青苔，用指尖轻轻一画，就能留下一道道刻痕，仿佛就是岁月打下的烙印。小巷幽幽，埋藏着无数美好的记忆与故事……它伸向哪儿，故事就流传到哪儿。而真正记载下小巷历史的，恐怕就是这亘古不变的鹅卵石巷道了。因此，踏上这无数痕迹的鹅卵石巷道，也就走进了古巷幽深的历史。

　　拂去时光的青苔，有多少往事被岁月掩埋？在每一个巷口驻足观望，一座座古宅高高的门楼，看上去气派依然，一切如同旧日的模样，但是内里却破败不堪。除了几经修缮的灶儿巷外，其他的街巷大都破败不堪，在这里，仿佛看得见历史的厚重沧桑，让人心中生出隐隐的痛。

　　灶儿巷又称皂儿巷，因清代多住官府的皂隶而得名，是赣州古城区的名片，也是游人光顾最多的地方。几百年来巷子几经兴替，建筑风格多样，现在看到的建筑物都是经过维修或者重建的。瑞昌生、筠阳宾馆、义兴号、董府，这些都是灶儿巷里的经典建筑，各具特色，从中能看出历史的积累和延伸。而今，这些几经修缮的建筑物上，依旧处处布满了光阴打磨的印记，触摸着它，就如触摸着厚实而真切的历史肌肤。走进它，古韵、古朴、清新、淡然扑面而来，让人感到时光犹如在这里放慢了脚步。它仿佛是沙漠中的绿洲，我们可以在这里放牧心情。巷子里除古建筑外，还有几栋现代的住宅楼，也许有人会感到遗憾，但是我却觉得这其实并不是败笔。因为，置身其中，仿佛穿梭在时空隧道中，在历史与现实之间游走，在古典与梦幻中漫步。很多宅院的檐下挂着鸟笼，养着画眉和一些我不知名的鸟，啁啾着只有公冶长才听得懂的语言，不知是刻意还是偶然，经常有人在清晨和黄昏播放《高山流水》等古典音乐，这些更给巷子增添了丝丝古韵。聆听着古意呢喃，呼吸着悠远的气息，经过某个大院的门口时，总能联想到深深的庭院中，有妙龄的女子执一柄桃木梳，坐在雕花的妆镜台前，就着心事，细细梳理如云的鬓发；有少妇斜倚着楼头的栏杆翘首期盼当差的夫婿归来。那时，真的会突然忘记了今夕何夕，自己身在何处……

数百年的绵延时光里，光阴的故事渗透于灶儿巷的每一个院落。一处气势非凡的大院落的门敞开着，里面种着一些茉莉、苏铁、桂花、滴水观音等花卉，院子略显古旧，但收拾得很干净。门口的石凳上，坐着两位穿着很休闲的老妪，正低头缝着什么，姿态十分优雅，走近一看，年长的一位，戴着老花镜，专注地绣着一只很有特色的婴儿虎头鞋的鞋面，稍稍年轻的那位，在绣着现代的十字绣。发现我立在面前，两位老人都抬起了头，友善地朝我笑笑，她们面容慈祥，肤色白皙，很有丰韵，年轻时一定是风姿绰约的美女，她们曾是古巷哪一家的淑女名媛抑或阔太呢？我不得而知，时光更替，纵使落尽了铅华，却还在一颦一笑中明净着、清丽着、优雅着。

与众多的古巷相比，灶儿巷人气最旺盛，当然，这人气指的是游人。灶儿巷多了一分市井的商贾气，少了一分居家过日子的生活气息，也许它只适合外地游客来赣州老城寻访各种古宅深院，探访宋城的历史吧。与之相比，我更喜欢周边那些原汁原味的、杂乱但是充满生活气息的平常小巷子，喜欢在晴晴雨雨中，看小巷里芸芸众生万象。悠长的坛子巷，也是我最喜欢去的地方之一。

晴空下的巷道，洒落了一地的光影，一位挂着拐杖的老人独自蹒跚地走在坛子巷的石板路上，她的手里提着一只小竹篮，里面装了一些不知名的淡黄色的棒状花蕾。我一路尾随着她，穿过几条幽深的巷道，直走到姚衙前巷的东园古井旁，看她在井旁的长条石上坐下来，从篮子里拿出细铁丝样子的东西，把那花蕾三五个结成一串，放在竹篮里摆好，正在诧异间，却见两个打扮时尚的青年女子走上前来掏出两枚一元硬币，拿走了两串花蕾，我才恍然大悟，哦，原来这竟是出售的商品。不知出于什么，我也凑上前去，掏出一元硬币，随手拿起一串，在鼻前嗅嗅，一股清香扑鼻而来。我问她："阿姨，这是什么花？"谁料，老人家说的方言我竟听不懂，只有懵懵懂懂地看着她。她似乎也很着急，一边一字一句地说话，一边还打着手势。可我依然不懂，而且局促不安起来，走也不是留也不是。一位在井边汲水洗衣的阿姨连忙告诉我说，这是玉兰花，这老太太是香港人，闹日本时逃难过来的，一辈子说不好赣州话，我们听惯了，倒能听得懂哩，他老头倒是地道的老赣州呢，瞧，那边了。顺着她的手一看，一个拄着拐杖的老先生提着一个小马扎正朝我们走来，他坐下来，看了一眼老伴，又看了一眼我手里的花串，说："这是玉兰花，你不是南方人吧？"我说是东北人之后，他很兴奋，他说他年轻时曾经在哈尔滨工作过。我们就亲切起来，当我说出喜欢赣州这座又有历史渊源又有文化底蕴的城市后，他当即竖起大拇指说："有眼光就是有眼光！三山五岭八景台，十个铜钱买得来。三十六条街七十二条巷。要了解赣州，首先要弄清楚这些啊！"他这座山那座台，这条街那条巷地耐心给我讲解了半天，但是因为太抽象了，除了知道郁孤台的那座贺兰山也叫田螺岭外，到底还是弄不清。想要了解一座城市的历史，真的是没那么简单。

最喜欢春日的黄昏。满城桐花尽开，淡淡的紫色，如诗如梦，纵横交错的众多古巷，在巷口主街桐花的映照下，流溢着温馨、淡雅的色调，勾起人们无尽的情思，沉淀着虔诚千年的古韵。住在巷子深处的人们踏着落日余晖各自归宿，木门前翘首期盼的老妇，也许在盼着儿女回来吃一顿团圆饭；垂钓归来的老翁，正喜气洋洋地从自行车上卸下自己的战利品，脸上写着收获与尽兴的幸福。归栖的鸟儿被嬉戏的孩童们惊得盘旋着不敢归巢。流年在这里回转，恍惚成久违的童话。斜阳草树，寻常巷陌，演绎着普通市井人家的故事，宛如平常一段歌。当黄昏的余晖消尽，乘凉的老人们摇着蒲扇，端着一杯清茶，聚集到一口口古井边，你一言我一语地摆着龙门阵，从池梦鲤的状元桥说到曾几的文清路，从一代儒将王阳明说到玉岩居士阳孝本，从福寿沟说到旧城改造，从古浮桥说到三江六岸。仿佛满城都是圣人，古今皆是贤士。话里话外，洋溢着自己是赣州人的荣耀。

在阳明路与一条不知名小巷的交会处，看见一位清瘦的老人，坐在一座破败宅院门口的泡桐树下，拉着二胡。我不知道他拉的是什么曲子，但是却听得出老人琴声里流出的凄美和悠扬。老人很专注很陶醉的样子，路灯下，他那张清瘦的、刻满深深皱纹的脸被映照成古铜色，他的头随着二胡的节律摇晃着，脸上的表情时而忧伤，时而又会在某一段铿锵有力或者欢快的节律中悄悄地露出一丝淡淡的笑意。那颤动的琴弦仿佛就是他自己一生曾走过的路，而此时他正在茫茫人海里找寻着一位故人，诉说着一缕无尽的相思。那些在他身边走过的行人，看到他，也是表情各异，偶尔有人驻足倾听，而他却似乎并不受干扰，依旧忘我地拉着琴。或许是在琴声里默默回忆着他一生曾经演绎过的悲欢离合吧；或许是用琴声来表述他生命里流淌着不灭的坚韧意志吧；抑或是用琴声来诉说着他曲折跌宕的心路历程吧。天边新月如钩，琴声里，桐花一片片飘落。"微月照桐花，月微花漠漠。怨澹不胜情，低回拂帘幕。叶新阴影细，露重枝条弱。夜久春恨多，风清暗香薄。是夕远思君，思君瘦如削。但感事暌违，非言官好恶。奏书金銮殿，步履青龙阁。我在山馆中，满地桐花落。"胡琴中表述的就是这意境吗？我不知道，在那遥远的地方，是否也有一个心有灵犀的人在用琴声和着相思，或者能感知有人在月夜下为他（她）拉琴呢？我深深地被震撼了。而那时，不知怎的，我的耳际突然响起周传雄的歌《寂寞沙洲冷》，脑海中倏地想起东坡的词：缺月挂疏桐，漏断人初静。谁见幽人独往来，缥缈孤鸿影。惊起却回头，有恨无人省。拣尽寒枝不肯栖，寂寞沙洲冷。

人是感情的动物，是最喜欢怀旧的。尽管沧桑的岁月里，曾留有许多遗憾甚至苦难，但是，仍喜欢沉浸在回忆里，也许是用过去来肯定现在的自己吧。小巷是最适合怀旧的地方。如果在文山会海中你累了，在飞机的轰鸣火车的嘶吼中你倦了，就来这里走一走吧，让思维与肉体暂时游离，给心灵一分遐想的空间，让焦躁的情绪在这古巷的情怀中渐渐平复，让负累的心灵得到放松。这样，能或多或少给自己几丝安慰，减少些许的孤独、无奈、愤懑与茫然。在这幽深的巷道、悠长的视线中，宋石、明砖、清瓦的古韵中，总让人能感受到唐诗宋词里的浪漫和风雅，让心灵能得到片刻的解脱和释然。如果在蒙蒙细雨中，那就更别有一番韵味了，默默吟咏着和雨巷有关的诗词曲赋，聆听着自己踢踏在青石板上的足音，你看着雨巷中的风景，雨巷中的人们看着你，以你为风景，你们一起谱写着一首江南情怀的幽曲。这飘逸着诗情、充满着画意的情调，使人忘却了人生的沉浮。

古巷除了有经久不衰的历史文化，还有跳跃在舌尖的经典美食。作为一个东北来赣的新客家人，虽然定居在赣南十几年了，但我对面食和重口味的小吃还是情有独钟的。方杆巷的众多饺子店是我常去大快朵颐的地方；钓鱼台的陕西肉夹馍、武大郎烧饼、手撕饼都是我喜爱的；人民巷里的几家特色菜馆也是我们经常光顾的，喜欢那里的瓦煲牛肉、赣州小炒鱼和特色啤酒鸭，也喜欢追逐着挑着担子走街串巷的大娘、阿嫂们的鲜嫩豆腐花还有客家米酒。在小巷里饮着文化，咀嚼着风情，品味着历史，好不惬意。文化味、古风味甚至腐朽味和着饭菜的香味构成了这别具一格的小巷味。

古巷，好似一杯酒，是窖藏在民间千百年的陈年佳酿，香远情浓，愈老愈醇；古巷，好像一首歌，一代又一代，一年又一年，口口相传，深沉咏唱，唱得桐花飘落，唱得月光长泻。就算青丝成了白发，无论在漫漫旅途还是天涯海角，多少天涯游子还在回望。这些巷虽然会被时间风化，但是永远不会被遗忘的，和那些最古老的文化一样，流传千年，从来不需要被刻意想起，永远也不会忘记，它们永远在城市的一隅默默坚守着它们的传奇，展示着最古老的文化。一座座幽深的院落，一堵堵斑驳的墙砖，一扇扇虚掩的大门，一个个银发的背影，一生默默地守候，殷殷地期盼，这一切都将定格在深深的寻常巷陌之中，随着时间的推移，愈发动人。

八境台下阅沧桑

台 城 风 雨

经典的城市，大都有着经久弥显、卓尔不群的"灵性"和"气质"。赣州素有千里赣江第一城、江南宋城、客家摇篮等美誉，是中国魅力城市和江西三座国家历史文化名城之一，而最能诠释一座城市历史的，莫过于古城墙的存在了。

城楼、城门与城墙好像都是旧小说中的故事，在现代人的印象中似乎距离非常遥远，但在赣州却真实地存在着。壮观的城楼、雄峻的城墙、巍巍的古塔、苍茫的赣水，组成一道别样的风景线，这座城市的历史渊源和文化底蕴总是通过它们传出神韵。

八境台是赣州古城的灵魂，而那迤逦的城墙正是它偾张的血脉。八境台始建于北宋嘉祐年间，千年来，几经兴替，现存者乃一九八三年的仿宋式建筑。台城依墙而筑，高三层，飞檐斗拱，画栋雕梁。虽是仿制品，然登斯楼也"览群山之参差，俯章贡之奔流"却仍"可以茫然而思，灿然而笑，慨然而叹"。站在八境台的最高点向四方远眺，无论宋时八景石楼、章贡台、白鹊楼、皂盖楼、郁孤台、马祖岩、尘外亭、峰山，还是清时八景三台鼎峙、二水环流、玉岩夜月、宝盖朝云、储潭晓镜、天竺晴岚、马崖禅影、雁塔文峰等大都湮没在现代文明里。然，对着苍茫的赣水，大江东去浪淘尽千古风流人物的慨叹却油然而生。而这风流人物正是高炎、卢光稠、孔宗翰、池梦鲤、

33

曾文清、阳孝本、王阳明、杨筠松……

城市如人，有生命周期，有兴衰存亡。宋城赣州，从开辟鸿蒙到钟灵毓秀，有着数不清的"人生"阅历、精彩片段，引无数来者竞折腰。"江山留胜迹，我辈复登临"，每每看到这一切，总是让人忍不住感慨万千，忍不住去回顾历史，搜索自己所知道的与这座城市有关的历史人物、历史片段，让那一些瞬间，那一些片段，温暖整个远去的曾经。"落其实者思其树，饮其流者怀其源。"看到这城楼与城墙，总是忍不住要问：筑城者何人？我想赣州的史册上一定彪炳着这几个人的名字——东晋南康郡（今赣州）太守高炎，他最先夯土筑城，造就了赣州城的雏形；第二位是卢光稠，在五代群雄割据时萌发了称王的念头，将高炎时代圈就的城区扩大，形成王城的规模，不料却英年早逝，出师未捷身先死。他抱憾而去了，但，赣州城的规模却被他扩大了约两倍的面积；第三位人物也是赣州历史上最举足轻重的人物——孔宗翰，他是孔子第四十六代孙，北宋嘉祐年间（1056－1063）担任赣州知州。也许是受其先祖孔圣人"仁政、礼治"的政治思想影响吧，孔宗翰为官一任，造福一方，见"州城岁为水啮，东北尤易垫圮"，于是"伐石为址，冶铁固基"，将土城修葺成砖石城，建城楼于其上。为了解除江水年年灌城的灾害，他用铁水浇固城墙石基，用砖石全面改砌城墙，逐渐把土城墙改砌成砖石城墙，因而他成了赣州宋代砖砌城墙的创始人。也许是骨子里还有其老祖孔圣人的文艺基因吧，风流倜傥的孔宗翰还特意在三水交汇处的城墙上砌了一座石楼，营造起一处可以让文人雅士们临江览胜的去处，这便是最初的八境台。也正是这位仁政、爱民又多才的生于北方齐鲁大地的知州，在登台远眺之时对着江南如画的风景，才情大发，创作了一幅山水画卷《南康八境图》。后来，他与大文豪苏轼在密州相遇，出示此图，请其作诗。苏轼顷刻间被图中那旖旎的风光陶醉，文思泉涌，于是便有了《南康八境图八首并序》传世。令人尤为感动的是，彼时，孔君已离开赣州，调任山东密州，然还是念念不忘虔城美景和百姓。我尤其喜欢那序："《南康八境图》者，太守孔君之所作也。君既作石城，即其城上楼观台榭之所见而作是图也。东望七闽，南望五岭。览群山之参差，俯章贡之奔流。云烟出没，草木蕃丽。邑屋相望，鸡犬之声相闻。观此图也，可以茫然而思，粲然而笑，慨然而叹矣。苏子曰：此南康之一境也，何从而八乎？所自观之者异也。且子不见夫日乎，其旦如盘，其中如珠，其夕如破璧，此岂三日也哉。苟知夫境之为八也，则凡寒暑、朝夕、雨旸、晦冥之异，坐作、行立、哀乐、喜怒之变，接于吾目而感于吾心者，有不可胜数者矣，岂特八乎。如知夫八之出乎一也，则夫四海之外，恢诡谲怪，《禹贡》之所书，邹衍之所谈，相如之所赋，虽至千万未有不一者也。后之君子，必将有感于斯焉。乃作诗八章，题之图上。"寥寥数百字，虔城美景，跃然纸上。后十七年，坡公谪惠州过郡，得以遍览所望八境者，深感原诗"未能道其万一也"，遂作《八境图后序》曰："南康江水，岁岁环城。孔君宗翰为守，始作石城，至今赖之。轼为胶西守，孔君实为代，临行出《八境图》，求文与诗，以遗南康人，使刻诸石。"只可惜，那时孔宗翰已经去世了。后来苏东坡数访虔州，为八境台赋诗作序的历史佳话也流传至今，八境台也和苏子的诗一起名震天下。

青山依旧在，几度夕阳红，往事悠悠越千年，沧海桑田里，朝代更迭中，人世几回伤心事。多少纷繁复杂的世事都灰飞烟灭，与这座城市有关的多少英雄豪杰都湮没在这滚滚红尘。淡忘了卢光稠、孔宗翰的故事，远去了杨筠松的传说。曾经的一切都如飘过八境台上空的白云、掠过城墙上的清风一样，来了去，去了来，然，国破山河在，城春草木深。尽管城上的面孔换了，猎猎旌旗换了，但，八境台依旧在，城墙依旧在，依旧静默地守望春秋的变换，冷峻地阅尽历史的兴衰，可以说，古城墙是一部阅不尽的史书，是一首气壮山河的史诗，是一幅城春草木深的画卷，是不会被湮没被遗忘的，它已经物化成永恒了。

漫步在古城墙上，昔日驰骋过千军万马的禁地，如今已成了人们闲庭信步的场所。在古城墙上保留有数以万计的铭文砖，上面记载着烧造时间、督造人姓名、烧造窑址等，据统计，共有各种不同内容的铭文城砖达五百二十一种。最早的一种铭文砖记于北宋熙宁二年（1069），最晚的一种铭文砖记于民国四年（1915）。这些铭文砖就像一页页立体的史书，让人翻阅千年，百看不厌。抬头仰望高高的八境台，阳光正从顶部的琉璃瓦上散落下来，晃着人的眼，刹那间给人一种时光错落的感觉。多少个相似的黄昏阳光穿越这楼台这城墙啊，只是不知道当年台上兴叹者何人，台下驻足者阿谁？千古悠悠，物换星移，昔人已去，台城空留，真的有一种怆然而涕下的凄然。

时代变迁中，昔日壮丽古城墙，如今有很多都变成了断壁残垣。沿着八境台下的瓮城向北门方向行走，看见城墙的石缝中，生长着一些不知名的灌木丛，南国雨水丰沛，竟也郁郁葱葱，一丛丛从墙缝里探出脑袋，舒展着身躯，就像满怀孝心的儿女撑起的一把把小伞，风风雨雨中庇护着它们的母亲古城墙。还有几簇开着艳丽的花朵，给这生硬晦暗的石壁增添了几分生气。

华灯初放的夜晚，登城散步，远眺苍茫赣水，近观一城灯火，在古与今的文明落差中，依然能感受到它给人带来的震撼与思考。这一块块古韵悠悠的墙砖见证了当年古城墙的雄浑气势，在朦胧夜色中更显出岁月的沧桑与厚重，它们在与现代建筑的比较中，有一种卓尔不群的凄怆美。让人仿佛走进了时光隧道，远古时曾经的辉煌与现在的繁华一一浮现在脑海中，一种特别的情愫随着夜色油然而生。

从孔宗翰时代起，赣州古城墙就有着御敌和防洪的双重功效。随着历史的发展，冷兵器时代那种防卫功能早已消失，老城墙已完成了它御敌的历史使命，但它还在承担着防洪的使命。在北门城楼的侧面墙上，还挂着一块警示牌，提示当水位超过一定数值时，负责人要关闭北门的防洪闸门。无论过去还是现在，老城墙都竭尽全力庇护着她的子民，现在到了该我们保护她的时候了。这使我想起自西津门处登城，那一段缺乏关爱已坍塌成残垣断壁的城墙：塌毁大半的城墙上，旅葵旅谷没肝没肺地兀自青黄着，那一块块残缺的城砖，是不会谎报年轮的，那种苍凉也是伪造不出来的，让人心痛让人心碎，我仿佛从中看到了岁月那狰狞的面孔。踩着残垣断壁走在那段颓废的城墙上，总是觉得脚下在锥心地疼痛，无法言说，唯有久久凝望苍穹，送怅惘和暗淡目光与长空。那种沧桑至极的美，至今震撼着我的心灵。

那一段城墙下是西津门的炮台，看到那些，最容易让人遐思，每次走到那里，我都会浮想联翩，眼前仿佛出现了刀光剑影的厮杀场景，耳边也响起鼓角争鸣的声音。是啊，千年以来，围绕着这一堵古城墙，该有过多少生死拼搏，有过多少亡命厮杀啊！太平军的两次攻城，红军的六次攻城，那悲壮至今还在天地间回荡。而今，虽然说，暗淡了刀光剑影，远去了鼓角争鸣，但那用无数生命与鲜血写成的一页页鲜活的历史，是永远无法抹去的。这又使我想起八境台下面的瓮城，半圆形的瓮城，城墙的下半部分有五六米高，是由条石砌就的，这些条石长短不等，有些条石已被时光打磨得斑斑驳驳没有了棱角，风化成了赤色，上半部分有两米多高，由青砖砌成，顶端还有排列整齐的雉堞。城内还有上下两层藏兵洞，有点类似罗马角斗场，站在瓮城俯瞰，可以看到两江合一的婉约景致。在这风景如画、极致婉约的地方，那夺命的厮杀显得多么残酷。不知道当年那藏身于洞内的士卒，可否有那样一瞬间被这婉约的风景融化？他们想到了什么？乡关吗？亲人吗？在这两江交汇、合二为一的婉约之地，我不愿去想这些，因为我宁愿相信，它的防洪功能大过防御功能。古城墙下的龟角尾公园和八境台公园，如今已成为赣州百姓娱乐休闲时的最佳去处。早晨晨练、晚上纳凉，日里打发时光。晴朗的夏日里，三五个老友，找一处阴凉的角落，或摆起几张方凳，或干脆席地而坐，打几圈牌下几盘棋，抑或拉一支二胡，唱几曲采茶戏……那种神韵，那分惬意，不免让人羡慕。入了夜，城墙也不寂寞，城下公园里的空旷地，成了人们跳健身舞的场所，从那里流淌出最时尚、最市井又最温婉的音乐，转出简单却又欢快的舞步。

每逢假日，八境台下面游人如织，从他们那愉快的表情和如花的笑靥中就能够看出，这时代人们的生活真的很美好。这些，当年筑城建台的孔使君没有看到，为之作序赋诗的东坡公也没有看到，我想，这国泰民安、安乐祥和的景象正是他们所期望的。真想在台下捧诗文而立，高声吟诵："坐看奔湍绕石楼，使君高会百无忧。三犀窃鄙秦太守，八咏聊同沈隐侯。""故国千峰外，高台十日留。他年三宿处，准拟系归舟。"倘若孔使君与苏子此刻正在台上把酒临风，故国神游，这一切能系住他们的归舟吗？

老码头情思

千古以来，码头（渡口）就是一个承载离愁别绪的地方，龟角尾也不例外。自两晋时期始，北方连年战争，因躲避战乱而南迁的客家先民多半从这里弃舟登岸，踏上赣南的红土地，在这里落地生根，成为中华民族独特的一支民系——客家人。"客家赣南"也成了这一方水土的代名词。

"客家"二字，最早见诸文字的是在康熙年间广东河源紫金县的地方志。后来，广东和平县进士徐旭首次为客家正名，曰其为："今日之客人，其先乃宋之中原衣冠旧族，忠义之后也。"一九三三年，客家学者罗香林详细论述客家之源，有了五次大迁徙的立论。按照他的立论，客家是指从西晋永嘉之乱开始，中原汉族居民历经五次大规模南迁抵达赣、粤、闽交界处，经过千年演化最终形成的相对稳定的民系。翻阅大量的书籍后，始知，"南迁"这两个普通的汉字，这里却有着不同寻常的动感。赣州是南迁先民的最初落脚点，而八境台下的龟角尾老码头，是先民们登岸的地方，所以在我心中有着很重的分量。

初到赣州时，总把龟角尾老码头当作可欣赏的风景来看待，去看了后总会觉得有些失望，总是觉得老码头的名气远大过实质的观赏性，不过时时在心里安慰自己：为着客家先民南迁登岸处的气魄也该去看一看呢，有这么悠远的历史撑腰呢，倒也不会过于枯燥的，也值得去吧。

老码头建于何年？何人所建？我无法考证。现在看到的是由一块块条石砌就，一级级台阶直伸到江面，台阶左右两侧各种着一棵大榕树，树龄越二百多年。左边那棵傲然挺立，冠如巨伞，遮天蔽日，枝叶随风摇曳，仰望树冠，总觉得它在诉说着什么，就像一位父亲用刚毅而无奈的目光注视着远行的儿女；右边那棵向江面倾斜着，一枝巨大的枝丫直伸到江面数米，枝叶亲吻着江水，仿佛是来送儿女远行的慈母，难舍那份离情，匍匐在地伸出手臂扯住儿女的衣襟，看了总让人联想到肝肠寸断的别离。老码头是最能见证一座城市的历史和文化传承的，赣州是客家摇篮，常住居民中有百分之九十五是客家人，而他们的先人又是从这里上岸进入赣州的，那么，这座城市的历史和文明就是从这里开始的。这两棵老树，和码头一样，阅尽人世的沧桑。

也许是因为自己也是塞北游子的缘故吧，在赣南日子久了，总喜欢来这里感受乡愁，来到此处，码头那份特有的情怀总是很轻易地触动我心底最柔软的部分，心底的暖香不经意间就沾染了这分忧伤，时常一个人站在夕阳下的江边，看天边的晚霞，望着被霞光染红的苍茫赣水，不知怎的，我的心中总是会涌起一阵阵莫名的感伤，自己的思绪也仿佛游进了历史的长河。透过江面的薄雾，放眼烟波深处，看着波涛汹涌，在这古代运送物资和送行人远足的江面上，我仿佛看到千帆竞发、百舸争流的场景，仿佛看到神州大地上，客家先民五次大规模南迁的悲壮。或许是善感的缘故吧，站在这老码头旁，总是浮想联翩。想若干年前，客家先民们背井离乡，跨越千山万水，历尽千难万险，从富庶的中原大地来到这蛮荒之处，旅途劳顿，神情疲惫，忐忑地走向赣州这个未知的彼岸，那该是怎样的一种心境呢？那一双双幽怨的眼睛在今天仿佛依旧灼痛着我的心灵。

而千百年来，在南迁的滚滚人流之中，文人雅士也应不计其数，一个个面如冠玉的书生，挑着书箱背着瑶琴弃舟登岸，从这个现在叫作龟角尾码头的地方，心怀忐忑，投入另外一个陌生，该留下多少嗟叹啊，我仿佛还能听到他们那颗善感的心因为激动而发出的怦怦心跳声，江面那一浪一浪的波涛，仿佛就是他们的心电图曲线。

文人雅士都是善感的，乡愁是他们永恒的话题，而人们大多喜欢从哪里来就到哪里去怀旧，龟角尾，这个弹丸之地，一定承载了太多的忧伤。千年前，在这里，是谁独立寒秋，凝望远方，看江水悠悠，落月摇情，想乡关万里，碣石潇湘，叹今夕何夕，欲乘月归去。千年前，是谁抚琴弄水，以解相思，冷月清流，在水一方，在江枫渔火的背后，独对岁月的苍凉？又是谁在这里执手相看泪眼，无语凝噎？人生代代无穷已，江月年年只相似，一年又一年，青丝垂暮，一代又一代，几度轮回，时光渐老，思念的背影却被拉长，千年以后，一样善感的我，依然揣摩着他们那一颗颗善感的心；千年以后，我一个客居客家之地的游子，徘徊在这行将淡出上千年世事纷呈的码头，依旧感慨万千，替他们重温着那分凄然。

在赣州进修的时候，如果不是下大雨，我每天都在傍晚时分从西津门登上城墙，到北门处下来，到龟角尾停留一个小时左右，沐浴着江风，无比惬意，身心感到极其放松。有一段时间，经常邂逅一对父子，父亲坐着轮椅，儿子小心翼翼地推着，沿着江边的护栏转来转去，然后，停在老码头左边的那棵大榕树下，老人静静地坐在轮椅上，凝视着远方，儿子就扶着轮椅立在他的背后，老人的头发有点长，儿子时不时就帮他拂一下被江风吹乱的头发，真是一道感人的风景。有几次我都想走上前去和他们搭讪一下，可是终是没有勇气。有一天，儿子指着不远处的另一棵大榕树说："爸，前几天我在办公室看见《赣南日报》登了一组赣州的老照片，其中有一张是这龟角尾码头的，拍的是一个起重吊臂，就在那棵大树后面，编者还特地加了一段注释，让读者们注意起重机后面的大榕树呢，看了好亲切啊，我把报纸给你带回来了，等回家我找出来给你看看！"老人仰起头看着儿子，脸上露出了笑容，看得出他好开心好兴奋，我甚至看见了他眼里溢出了泪水，也看见一串口水从他的嘴角流出，儿子忙掏出纸巾给他擦掉。我控制不住走上前去问道："您说的意思龟角尾码头以前也承载货运吗？"男子看着我愣了一下说："你不是赣州人吧，龟角尾以前是赣州最重要的仓储码头，赣州地理位置优越，'南控北越，北达三江''据五岭之要会，扼粤闽之要冲'。是重要的水上交通枢纽，是南北方水运货物的中转和集散地，你看这里河滩空旷，水位深，又是千里赣江的源头，得天独厚啊，赣州以前没有铁路，过去，包括新中国成立后直到七十年代末，许多物资都是从这里运进运出的，清朝时这里还有义渡，就是免费为江两岸的居民送人送物，赣州人自古就古道热肠呢。我父亲就是码头工人，我对龟角尾好有感情的，小时经常跟父亲来玩，父亲中风了，偏瘫、完全性运动性失语，但是他心里明白，能听得懂我们讲话，所以我每天傍晚都推着他来这里，人都是怀旧的，我知道他对这里感情深……"我再次低头看了看老人家，他的眼里再次蓄满了泪水，但是却笑着向我张开嘴巴发出啊啊的声音致意。我也微笑着向他点头致意，不知怎地，我的眼泪也下来了……

我慢慢地踱步到合江亭里，远眺苍茫的赣水，一艘捕鱼的小船正从落霞染红的江水里缓缓驶来，欸乃的桨声里，一圈圈涟漪荡向江岸，捕鱼人那摇橹的姿态瞬间让我陶醉，"舟行碧水上，人在画中游"，在现代文明高度发达的今天，能看到这幅画面，真的令人感动不已。这美好的景象，也会让我暂时忘却感伤，可是脚下江岸上那搁浅的残舟依旧震撼着我的心灵，刹那间又让人想起那令人白发顿添的怀念……岁月渐渐远去，回忆和怀念，却永远在人们的心间。如今，渡口的那两株大榕树更加苍劲了，渡口的石阶缝隙里也长满了青苔，它在时间之流里空旷、悠远、寂寞地存在着，聆听来自不远处繁华城市的喧嚣。霞光透过繁密的榕树叶子，洒在一级级台阶上，留下渡口沧桑而美好的记忆，偶尔一阵风吹过，落下一两枚枯叶，仿佛是一帧帧记录渡口年轮的标本。

每次来到这老渡口边，总会莫名地感动，甚至默默地落泪，自己也不清楚，是为了自己那远在天涯的故乡，那逝去的韶华，还是为千古以来，在这里上演过的那船载江承的离愁。江水悠悠，涛声依旧，心事随着流水汩汩地流淌，那翻滚的浪花，不经意中翻动我曾经青春的韶华。掬一捧沾了思念的霞光，洒进北去的江水，那泛起的淡淡涟漪，是我无穷的思绪。我的客家先民们，此刻的我，是否亦如千年前的你？如今，我已在这里落地生根，面对着日暮时分浩渺的烟波，有时会突然间无比感伤，不知道该想南北方哪一个家。此刻，我真想化作一株榕树，远离红尘的喧嚣，只安静地站在这里，见证一年年的草长莺飞，千帆竞过。

龟角尾，曾经繁荣的码头，已被漫长的岁月遗忘，早已没有渡船停泊，没有货物转运，只有鸥鸟飞过，留下悲凉的啼鸣。"相比较你往日的容颜，我更爱你这张饱经沧桑的脸"，这也许是对老码头最好的诠释。历史总是在不停地遗忘，这个历尽悲欢离合也曾经举足轻重的码头如今已颓废在了千年的尘埃中。不是遇到像我这样多愁善感的人，恐怕也不会把它的故事从故纸堆里翻出来。如今，江水依旧，两岸风光却已迥异。在古老的码头处，再也没有了离人苦苦等待的船。只有一首电视剧的插曲在我的耳边响起："古渡口，千里我来访你，故地重温当年的故事。石阶依旧，印满岁月的足迹，缆桩如故，系着不尽的情思。年轻的艄公，似曾相识，那条渡船，飘向哪里……"

那么，就用这首歌来结束我的这段文字，告慰我无端善感的心吧。

纪 念 坛 下

客家南迁纪念坛位于八境台下的龟角尾公园内。分为基座和铜鼎两部分，基座仿北京地坛的建筑形式，寓意客家人的根在中原，同时也体现了客家人以农为本的特色。它的三层基座、五级踏步都有着深厚的寓意。基座分为三层，象征着客家民系形成的三个阶段，五级踏步象征客家人的五次南迁。最精髓所在是基座上安放的高达五米、直径四点一米、重达八吨的三足大铜鼎——客家先民纪念鼎。据介绍，此鼎是仿照西周时期大克鼎，由青铜铸造而成，是目前客家地区第一大鼎。鼎上有华南理工大学客家研究所所长谭云亨先生所题的铭文：吾客家先民本炎黄子孙，肇自中原，两晋以降，因迫生计筚路褴褛，辗转南迁至赣南、闽西暨粤东，见山川毓秀乃辟家园生息于斯，时逢盛世岁在甲申，又值如斯木本水源恳亲盛会，择此北瞻中土东望八闽南眺五岭之赣江源头，筑圣坛铸宝鼎勒金铭以纪之，唯祈秉吾客志、彰吾客魂、聚吾客心、昌吾华夏矣！

颂曰：尊祖炎黄　中土发祥　兴诸赣闽　南粤其昌

脉续九州　帆济五洋　日久彼境　亦即故乡
围楼雄峙　山为歌场　门悬郡望　谱陈庭厢
汉唐风韵　习俗源长　崇德敦教　耕读自强
爱吾家国　传统维扬　客家儿郎　七尺昂藏
坛载厚重　鼎铸辉煌　光前裕后　硕勋流芳

鼎，自古就是一种神秘而重要的器物，古代视为立国的重器，是政权的象征。在这三水交汇、雄奇的八境台下，客家先民登岸处的龟角尾建客家南迁纪念鼎，更加有着深远的纪念意义。鼎庄严肃穆，静默中飘逸着一种客家人特有的亘古执着的精、气、神。就如藏民信徒朝拜大昭寺、穆斯林圣徒朝拜麦加一样，纪念鼎是客家人精神和情感的依托地。很多客家人来到此处，也是虔诚顶礼膜拜。

一位鬓发如银的老太太提着袋子到大鼎下，把手里的东西悉数放到地上，闭上眼睛，双手合十，虔诚地向大鼎拜了几拜，然后又提起东西退下来，坐到一棵榕树下的石凳上，把袋子里的东西掏出来，放到石凳中间，原来是核桃。她拿出一个小夹子，开始夹核桃，奇怪的是，她似乎对核桃仁没有多大兴趣，只是随便地放在一个塑料袋子里，而是每夹开一个核桃，总是小心翼翼地把两瓣核桃仁之间那层木质的状如蝴蝶的薄膜拿出来，放到一个容器里，令我诧异万分，不觉走到近前仔细观看。她对我友善地笑笑，我也笑笑算是打招呼了。我说阿姨，你把核桃仁中间的膜留起来做什么呢？她竟对我说这可是好东西，宝贝啊，你不知道？这是一味中药，叫作分心木，有补肾、固肾的作用，治疗尿频、尿多、腰酸，还可以活血、补血，最主要的是可以治疗顽固性失眠，有特效呢，只要每次三克，早晚泡茶喝就行，要坚持喝久一点时间，没副作用的……原来这样，作为临床专业毕业的医生，我真的有些羞惭。想着自己也有失眠的毛病，回去不妨试试吧。继续闲谈中，她说她姓张，祖籍河南濮阳。老人说，你知道吗？那里可是张姓的发源地啊，我们老祖叫张挥，那里有他的祠堂和陵墓呢，我父亲那辈人曾回去拜谒过，可惜我没回去过，听说广东梅州有中华百家姓祠堂，有老祖张挥的牌位和画像呢，真想去看看啊，可是没有机会，远，太蹩脚，年轻人没时间带我们去。分心木是当年我们家老祖先从中原南迁到这里时，水土不服思念家乡，害了严重的失眠症，幸好有从家乡带来的核桃，不知怎么突发奇想，用分心木这东西泡水，吃了就好了，偏方治大病啊，一传十十传百，就流传下来了，分心木，分心木，这名字就有意思啊，我老祖先们从中原逃难来到这里，可不是心酸、心碎，分了心了，不易啊，唉……现在好了，天下太平了，不用背井离乡了，条件好了，交通也发达，满大街核桃卖，这不我又买了几斤，砸开，核桃仁给孙子、外甥们吃，健脑益智，这宝贝我自己留着用，我害失眠症等好多慢性病得长期服用的，只是要积攒这么多分心木也很不容易，得慢慢积攒，不然就要到中药店去购买了，我感觉药店的怎么都不新鲜，还是自己买来好，对了，这东西能补肾温阳，对咱女人冬天手脚冰凉，也有效呢，这也是我们先祖的秘方呢，你也告诉你朋友吧，反正没副作用，她笑了笑，诚恳地对我说。你看我这篓子，是柳条编的呢，也传了有三代，据说也是先人们回祖籍时带来的，还是我从娘家顺来的呢，说完老人又咯咯笑起来。我仔细看了看，确实是柳编工艺，只是上面涂了油漆，可能是年代久远的缘故吧，看不出确切的颜色了，又像红色又像紫色。我突然想起，我娘家也有一个和这几乎一模一样的篓子，用来装围棋的，据说也有些历史了，看来，这还真是北方的物件。可惜，晚上打电话给母亲，问起来，母亲说，几次搬家，前几次还在，现在不知道哪去了，大抵被小辈们当杂物给扔了，唉……

大鼎下面一排榕树下，还有很多打陀螺兼卖陀螺的人。他们个个技艺高超，换着花样挥舞着手中的鞭子，一个个大小、形状、花色各异的陀螺在地上飞舞着。那陀螺有的直径达十几厘米，有的小巧得用拳头可以攥住。有的带彩色的花纹，有的带彩灯，让人眼花缭乱，有的还发出奇特的鸣叫声，我看了非常眼热，这正是小时候我们常玩的游戏啊，我一直认为这是属于北方人的，没想到在这里竟然这么火爆。小时候，在家乡，每到严冬时节，江河封冻，我们一村的小孩子便都来到冰面上，拿着自制的皮鞭和梨木雕琢的陀螺，大显身手，一决高下。但是我那里，陀螺并不称作陀螺，而是叫"冰猴"。如今在几千里之外的南国再次看到，感觉万分热切。一位打陀螺的老人停下来，见我观看得如此痴迷，和我攀谈起来，他说他的那个带白色褐色条纹直径十几厘米的陀螺叫大力陀螺，全钢制作的，重量有十斤呢，那个会发光的陀螺叫激光陀螺，发光不是因为装了彩灯，而是有什么高科技解释的原理呢，他说他一时也说不上来了，那个小巧的会发声的陀螺叫鸣声陀螺，古称空钟，中间是镂空的，因高速旋转时有空气出入才会发声。他说不要小看了这简单的玩具，很有历史的，宋朝就有了，叫千千，明朝时正式叫陀螺，还有诗为证呢：杨柳儿青，放空钟；杨柳儿活，抽陀螺；杨柳儿死，踢毽子……（后来，我在百度里查到，这首民谣出自明代刘侗、于奕正合撰的《帝京景物略》一书，那里确有对陀螺的描写）我不禁感叹：小小的陀螺学问还真大。当我问及他陀螺是否与南迁有关时，他说那肯定有关系的，我们都是客家人，祖籍在北方中原一代，这东西肯定是随人迁来的，那边纪念坛的大鼎上有铭文记载我们客家人南迁呢，你有没有去看看啊？见我点头，他又向对面的两棵大榕树下的古渡口努努嘴说，你可晓得？那里就是我们祖先登岸的地方，世客会时立了一块牌子：客家先民登岸码头，不知啥时被人毁了。我在这里打陀螺，还有怀念故土的意思呢。我特别感动，很想说，我的皇天后土啊，你看见了吗？纵时光更替，岁月流逝，可是绿叶对根总有无穷的思念。

每次去纪念坛，总有很多感慨，夜里，闭上眼睛，总是觉得有一个峨冠博带的老者影子在我面前飘来飘去，总是联想到那老者在当年的某一个节日带着一群族人在这纪念坛处撮土为香，对着北去的苍茫赣水遥拜故土。仿佛看见一颗颗思乡的心、一行行男儿的泪。心痛再一次袭来。我的客家先民，八境台上是否曾有过你手搭凉棚在落日的余晖里北望乡关的身影？古渡旁的两棵榕树是否当年你亲手所植？数度枯荣，一代代传承至今，大鼎是否就是你的灵魂栖息地呢？

寻味钓鱼台

　　初来赣州，听到公交车报"钓鱼台"这个站名，着实把我吓了一跳。"钓鱼台"这三个字可非同等闲。不觉让人浮想联翩，联想到中国国家领导人进行外事活动和国家接待各国元首的那个超星级宾馆——北京钓鱼台国宾馆。而赣州的钓鱼台巷却属于居民区，是一条寻常巷陌。它长三百余米，宽不到三米，赣州市民俚语曰："三山五岭八景台，十个铜钱买得来。"钓鱼台就是其中之一。其名字由来倒还是有些历史渊源的，据同治《赣县志》记载，小巷中段原有一口小水塘，塘边有一棵古榕，旁边建有一庙，曰姜太公庙，巷以庙得名，概取太公钓鱼之意吧。随着时光的流逝，城市的发展，水塘、古庙和古榕早已荡然无存。小巷两端连接厚德路与大公路，中通宫保府与黄土井。在宋城赣州众多的古巷中，这条巷既没有名胜古迹也没有历史传说，按道理算是不起眼的地方，但是，虔城人却妇孺皆知，因为，这条普通的巷子却是赣南地区最负盛名的美食街。

　　民以食为天，从没有什么可以束缚中国人在饮食上的智慧，从远古开始，人们就怀着对食物的向往，在不断的实践中寻求着吃的灵感。一分分灵感、一个个故事成就了一道道的美食。因为疆土辽阔，自然环境和气候差异大，饮食也就有了明显的地域性。每个地方都有自己独特的地方小吃。它虽然登不了大雅之堂，但却是探寻一个地方饮食文化的最好去处。而说起小吃，人们往往会想到中国几条著名的小吃一条街，如，北京前门大栅栏、上海城隍庙、成都宽窄巷、西安北院门、南京夫子庙、丽江四方街……其中夫子庙的鸭血粉丝、西安的凉皮、肉夹馍，享誉全国。

　　赣州的钓鱼台是微缩版的小吃街，但是浓缩的往往是精品。这里店铺林立，每家店都有自己所独有的特色小吃，独树一帜。受条件限制，钓鱼台的店铺面积都很小，除了几家由临街的一楼套房改装成的店铺稍大外。大多都是不足十平方米，室内的每一寸空间都得到合理利用，麻雀虽小，五脏俱全，在室内装潢方面，店家们都是煞费了一番苦心的，且不说都有整洁、舒适的共性，走进每一家店，都有让人耳目一新的感觉，特别是那几间小清新特色的饮品店，就那么三五个平方米，走进去，优美的音乐声立马把外面喧嚣的市井隔断，让人有说不出的愉悦，点一杯自己喜欢的饮品，听着耳边似曾相识的乐曲，慢慢品味，让人十分舒爽惬意。

　　与别处不同的是，钓鱼台小吃街并不是一味地汇集本地小吃，而是百花齐放，百家争鸣，汇集全国各地的风味小吃。本地的有赣南小炒鱼、四星望月、客家酿豆腐、信丰萝卜饺、南康荷包胙、安远三鲜粉、炒田螺、南昌水煮等等，全国知名的品牌有南京鸭血粉、淮扬系列糕点、重庆酸辣粉、成都担担面、东北饺子、武大郎烧饼、湖南臭豆腐、兰州拉面、杭州小笼包、天津狗不理、山西刀削面等等，不胜枚举。

　　在这充满生活气息和情调的巷道上缓缓穿过，就算不吃什么，光看招牌，看特色，就感觉瞬间穿过了大江两岸，走遍了南北西东一样。看着巷子里人们的欢快表情和吃相，会突然感觉寻常百姓的生活其实真的很美好。钓鱼台在这吃的喜悦氛围之中便也有了自己的个性，火辣与素净，浪漫与柔情，令赣州人在听采茶戏、看三江六岸之外，有了可以品味自己细腻生活的地方。

　　我算不上是吃货，但是却喜欢小巷文化，也喜欢去品尝深藏在小巷中的那些美食，其中，我最喜欢吃的莫过于陕西的肉夹馍。我经常光顾的这家肉夹馍店就在从厚德路方向进巷口的不远处，除了卖肉夹馍，还兼营陕西凉皮和酸辣粉。店主是陕西人，他们一家都在这里做生意。制作肉夹馍的主要是一个年轻的小伙子。因为生意极其火爆，小伙子每天都埋头忙碌着，很少与人交流。每次来赣州，我必到此处报到，买一个肉夹馍，叫一碗酸辣粉。我天生喜欢烤制的面食和各种饼类，除了吃，还喜欢看制作方法。

　　肉夹馍的做法看似简单，其实也有不少学问和技巧包含在其中。肉夹馍分为两部分——肉和馍，馍是白吉馍，肉是腊汁肉。白吉馍和腊汁肉都是店家事先做好了的，属于半成品吧。有顾客来买时，再现场制作。先把白吉馍放在一个特制的烤炉里，烙几分钟，这时间和火候也是有讲究的，出炉时白色的表面上被微微烤出了几圈土黄色。腊汁肉有肥有瘦、香味十足，盆里还有褐色的汁，通红油亮，香气四溢，真是令人垂涎啊！据说腊汁肉是用独有的配料、秘方配制的。小伙子把白吉馍从中间切开，但不会切到底，接着把剁好的腊汁肉拌进香菜末和青辣椒末，夹在白吉馍中间，喜欢吃辣的人还可以在里面加上点剁朝天椒，这样，肉夹馍就做好了。馍表面松脆、内心软绵，吃起来外焦里嫩，色香味俱全，好吃至极。

　　记得那一次，我是下午两点左右才到钓鱼台的，巷子里的客流量比正午时要少一些，径直走到肉夹馍店，看见店里竟少有地清静，只有三两个顾客在就着酸辣粉吃馍，小伙子依然忙碌着，把那些做好的白吉馍面团摆好，放在一个纸箱里。我要了一个肉夹馍和一碗酸辣粉，小伙子这次的馍烙得似乎十分精致，肉量也夹得大。"这馍怎么烙得这么漂亮啊？好像有花纹似的。"我惊讶地说。小伙子笑了笑说："还可以，现在不太忙，烙得仔细些，你看这图案像不像一个汉朝的瓦当啊？"我仔细观察片刻，连声说："像，真像呢！这馍为什叫白吉馍呢？"他说："这是根据我们陕西的地名命名的，是有历史传说的。"偏偏这时，又有顾客来买馍，因为忙，我就没再追问。但是我相信他的话。绚丽的餐桌上，也许每一道美食的背后，都有一个动人的故事呢。这次的馍尤为好吃，我连声赞叹。刚好他也闲了，就接着说："肉夹馍听起来好像是肉重要，但是馍也是关键啊，要求很高的，现场制好的白吉馍形似'铁圈虎背菊花心'，皮薄松脆，内里软绵，出锅的白吉馍不但表皮要焦香酥脆，馍瓤绵软可口，馍的外形搭眼一看，不带火色的地方是不允许带一点杂色的，洁白如玉，带火色的地方呢，火色深度要恰到好处，色如褐翡，是很有特色的，不同于普通的烙饼，有些高手能烙出'龟背梅花心'图案，我还达不到那水平呢！"他不好意思地笑笑。这时巷里走来一群人，小伙子放下手里的东西，停下话茬，用秦腔一样的声调对着人群高喊了一声："正宗陕西凉皮儿肉夹馍……"那声音雄浑醇厚，不觉让人联想起八百里秦川的无尽传奇……

　　信丰萝卜饺，是我最喜爱的客家特色美食，每次去赣州，必去巷子里品尝。信丰有三宝：酱油、瓜子、萝卜饺。其以软、嫩、香、滑等为特点，非常受人喜爱。与北方饺子不同的是，它的皮儿不是由面粉做的，而是由木薯粉做成的。馅的主料是白萝卜，辅料有鲜鱼、猪肉、香葱等。用油、盐、酱油、鸡精等等和着少量薯粉拌匀，包成月牙状，入笼后开水蒸锅旺火蒸十五分钟即可。再以麻油、陈醋、酱油、辣椒粉等佐餐。

大概是五月份的一天，我去巷子里吃萝卜饺。正赶上新鲜的饺子出笼，热气腾腾地端上来，但见饺皮儿晶莹剔透，饺馅若隐若现，让人垂涎欲滴，我用筷子夹起一只，左瞧右看，对着这尤物就是不忍心下口。对面桌一位老者"吃"地笑出声来说："看身形你不是赣南人吧，以前没吃过吧？"我对他说我虽是北方人，但是来赣南多年，喜欢吃这萝卜饺，经常来吃。他听后边点头边开心地说："你识货，萝卜饺好啊，萝卜开胃顺气，清热泻火，吃了啥烦恼都忘了，可以养颜健身啊。""那不就成了忘忧草了？这么说我得多吃点。""哈哈，是！我年轻时跑运输的，几乎走遍全国，大餐咱吃不起，小吃那可以说是吃遍了南北西东啊，可我还是好家乡的这一口啊，就是给我一桌子山珍海味，满汉全席我也不换啊。哈哈……"这时，坐在她身边的老妇也笑着开口说："死老头子又信口开河了！他是我老伴儿，我娘家就是信丰人，做这个，我也算拿手，我们都爱这一口。不怕你笑话，三年困难时期，我正怀着崽，就想吃这一口，可那时穷啊，一直吃不上，做梦都想吃，有一次，半夜三更的，我做了一个梦，梦到自己吃着一笼热气腾腾的萝卜饺，哎呀，那个香哟，老伴把我摇醒了，我的嘴巴都还在吧唧、吧唧咀嚼着呢，这才感觉手有点疼，原来竟是咬着自己的手指头，我当时还怨他搅了我的美梦呢，唉！一直吃不上，一直馋，后来有一个走四方的湖南仙妈子（巫婆），给我出了一个方法，让我往十个手指甲缝里涂猪油，说是那样就解馋了。没用。现在想起来真是荒唐，亏我当时也信她。后来还是我大弟弟想法子给我弄了几个吃了，现在人老了，手脚不利索，也懒了，自家不做了，每周要来这吃一次，这家店是我们信丰老乡开的，地道，口味好。"店主笑眯眯地听着，好像还有点羞赧似的。他看上去很内向、憨厚，他走过来，对我说，"你知道吗？信丰萝卜饺上电视了，还是中央台呢！中央十三套新闻频道，节目详细介绍了信丰萝卜饺从和面、擀皮、备料到饺子皮和包饺子制作过程，时长一分钟呢。在采访的时候，厨师说的还是我们信丰话呢！"他的脸兴奋得红通通的，骄傲的表情溢于言表。可不知怎的，我的眼睛竟湿润起来。在一个人的心目中，自己家乡的美食，永远都是最好的啊。

胃知乡愁。饮食，是一个游子融入当地生活的最大障碍。游子，更多的时候是在喧嚣的市井中寻找那一句滚烫的乡音，在林林总总的小吃店南北风味中寻找那一缕家乡的味道。记得当年我和先生在石家庄读书时，在吃学校周边的河北特色小吃时，他总要提起他家乡的一种食品——磨斋，说得眉飞色舞，那滋味就像是天上没有、地上难寻似的。当我随他来到赣南后，发现那磨斋不过就是大米打成粉，加上槐花和黄柴（当地一种灌木）灰蒸熟了切成段，佐以香葱、辣椒、酱油而已，可他说起来却总是两眼放光，恨不得能上街练个摊儿以飨北方的父老乡亲们。他对磨斋的钟爱简直到了顶礼膜拜的地步。如果要给这分爱加一个期限，我想那是用一万年来形容也毫不为过。多年以后，我恍然明白，他那时渴望磨斋的背后，其实是在想念他那个远在几千里外的南方家乡。而今，在钓鱼台，远远地望一望打着我家乡特色的店铺招牌，心就醉了。真的呢，当我看到"东北饺子王"饮食店的一刹那，总是很激动，恨不得放声大吼一声："我的家在东北松花江上……"进得店去，吃一碗家乡风味的食品，看一看店里装饰的东北风格，和老板或者服务员用家乡的方言唠上几句嗑，心绪就渐渐平复下来，仿佛回到了家乡，投入了母亲的怀抱。土炕热，小曲香，乡音多滚烫。那一刻，也突然理解了《笠翁对韵》中张翰"莼羹鲈脍竟归吴"。西晋文学家张翰在洛，见秋风起，因思吴中家乡莼菜羹、脍鲈鱼，感叹曰："人生贵得适意尔，何能羁宦数千里以要名爵？遂命驾归。"令张翰弃官而返乡的这两道苏浙佳肴，就是他的家乡菜——"莼羹鲈脍"。因思念家乡的美食而竟至辞官归家，真性情中人也。

　　蒋氏父子到台湾后，嘴里喊着"反共复国"的口号，但却从不排斥大陆的食品、物品。屡次让他的亲戚毛瀛初去香港想办法，千方百计地到大陆为他弄去家乡慈溪才有的黄花泥螺。据说这泥螺又腥又咸，很多人都吃不惯，包括他的家人在内，而他却酷爱。曾想不明白，吃遍中西大餐的蒋氏父子因何如此青睐泥螺这不起眼的小吃。后来终于明白，无论是什么样的人，心中都有一个思乡的情结。也许蒋氏父子在乎的并不是东西好不好吃，而是在品尝这家乡的小吃时，能一解浓浓的乡愁，这可能是局外人所难以体验的。对游子，天价昂贵却千篇一律的大餐远不如正宗的家乡小吃更能唤起对乡情和亲情的记忆。足见美食与乡愁的渊源了！

　　不论美食藏在多曲折的巷子里，环境多么简陋，只要有特色，口味契合，就会有人慕名而来，倘若口碑好的老字号招牌，或者再加一点美好的记忆，那说不定一天爆几次棚也是常事。在吃的法则里，风味重于一切的赣州人从来不会把自己束缚在一张乏味的食品清单上。这条长不过三百多米的小巷，诠释了这一切。这里处处都藏着惊喜和美味，千变万化，老少皆宜。你可以吃得饱，也可以吃得好。每个年龄段，每个阶层都可以找到适合自己的吃食。可以花三块钱吃一大碗素面果腹，也可以花上百十块钱细细品尝各种精致的南北小吃。老年人念旧，来这里大多是吃一点绵软易消化的风味美食：福建馄饨、客家豆腐花、宁都肉丸、兴国米粉鱼，都是他们钟爱的。而津粉世家的酸辣粉、董记炒田螺、一家家烧烤店、串串香店、手抓饼摊等，大都为年轻人所青睐。每到周末和节假日，赣州几所大学的学子们便从四面八方聚集到这里，他们一个个衣着光鲜亮丽，脸上青春洋溢，给小巷增添了无限的生气，也给商家带来了无限的商机。一对学生模样的情侣，手里拿着一串卤豆腐，女孩吃一口，递给男孩，男孩吃一口再送到女孩嘴边，他们相依相偎，边走边吃，无比甜蜜，让人羡慕之情顿生，感叹岁月如流，不觉追忆起自己那美好的年少时光。

小吃代表着人类饮食和文化生活的精致化。在钓鱼台品尝小吃的同时，也在品味着赣州市民的生活与文化。反观那几条主街上，店铺的招牌上充斥着"奢华""上流""皇家"至尊""王者"等张扬、奢华与富贵的字眼。如此"大餐攀比、高档竞争"，其实是寻不到小吃中的美味与文化的，就剩下"烧钱"了。如果说穿上最得体的正装，到赣州的锦江国际酒店、赣电大厦、山水大厦、赣龙大酒店等消费是一种气度，如广告词中所说的：体现的是一种王者风范，让人一定要绅士、要淑女、要优雅、要高贵，让人循规蹈矩，正襟危坐，不苟言笑。那么来钓鱼台，完全是一种平民格调，一种真正的放松，因为小吃不必讲究礼仪。你既可以去四川麻辣烫那里辣得涕泪交流，在快感中尽情放纵心情，也可以去淮扬风格的小店中很淑女、很绅士地精尝细品。这里的每一家店都是感受乡情品味文化的家园，都是寻常百姓们的星巴克。来这里品味小吃，"一街走尽，味嚼九州"，犹如在时光里漫步，在故事里徘徊。

轻轻的我走了，正如我轻轻的来……

胡马依北风

那一日，文友小聚，相谈甚欢。席间，一位文友突然对我说："你说话和做事总是带着一股北风的味道。"大家听了都哈哈大笑。记得当时我听了心里不但不反感，反而还挺惬意的。随口回了句："那自然，我是北方人，胡马依北风，越鸟巢南枝嘛。"大家都竖起大拇指。

素喜《古诗十九首》，对那首《行行重行行》自然是极喜欢的。也许是因为际遇的关系吧，对"胡马依北风，越鸟巢南枝"这两句尤为喜欢，因为我是嫁到南方的北方人。定居赣南二十多年，依然保留着很多北方的习惯。北方的故乡是我生命的重要组成部分，我能不依恋吗？我经常也用这两句诗来安慰自己，但是从没有往更深层的意义上去想。

那年冬天，我带着小儿子去市里一个人造的景点——冰雪大世界去玩。这座城市的冬天也是温暖的，那天的气温更是达到了二十九度。我和小儿子在那个封闭的人造冰雪大世界里穿着租来的羽绒服嗨得昏天黑地。我多半是因为怀念过去的日子，而小儿子是因为第一次看见冰雪兴奋。滑冰、铲雪、捉雪花，竟然忙得我们在零下十几度的环境里热汗横流。

小时候，对于冰雪我是既喜爱又憎恶的。那时家里贫困，肚子里没有油水，身上没有御寒的好衣服。臃肿而又肮脏硬化了的棉衣，总是冻得我拱肩缩背不说，还常常使我羞愧难当，不敢傲气地站在人前。那时听老师说，南方气温高，四季常青，不用穿棉衣。所以我总是想要是生在南方该多好，就不用因为没有好的御寒衣服而挨冻受讥笑了。长大后，自己有能力了，可以买得起像样的御寒衣服，可又来到了地处亚热带的赣南，不用穿太厚的棉衣，我竟又怀念起北方的冰雪来，一种深深的失落，总是充斥着我的心。不知为何，我总是想起童年在北方牧马，马在春日里扑青时的场景：为了能吃上一口青草，一匹匹马冒着生命危险争先恐后地去悬崖边上，甚至坠崖丧命。我一直在想，如果把它们带到亚热带的南方，一年四季满眼的青草，它们会怎么样呢？会一生幸福地生活在满足里吗？还会想念北方的故乡吗？

从冰雪大世界出来时，已是正午时分。火辣辣的太阳照得刚从密室里出来的我几近眩晕。因为出汗和不知被多少人租穿过的羽绒服本身的气味，使得我浑身散发着一种奇怪的味道。换下衣服后，我站在更衣间的电风扇下，一阵狂吹，直吹到自己瑟瑟发抖。小儿子因为滑冰、铲雪、捉雪花玩得太累了，出了一身汗，换上自己的衣服后，就嚷嚷着"饿、饿、饿、饿死了"！等不及我带他出去饭店里吃，就在门口卖烤肠的摊子上买了几根烤肠和一杯奶茶，大嚼起来。我最受不了烤肠那种奇香冲鼻的味道，跟小儿子说我先去透透气，便向前面的空旷地带走去。远远地我看见那里长着几棵榕树，树下有几张长条靠背石椅，想着可以到树荫下去小憩。走到近前我才发现，榕树旁边的空旷地带竟是一个用不锈钢栅栏围起来的跑马场。

时值正午，没有人骑马，偌大的跑马场里空空荡荡的。马厩就在我的不远处，一个饲养员正在往一排洋铁皮做成的马槽里加青草。我看见七八匹马，黑色的居多，还有两匹白色的，都矮矮的。瞬间我就来了兴致，从小家里就养马，我对马是很有感情的。这几匹矮矮的马显然不是我家乡的品种。我心里一直嘀咕着这些马是什么品种，蒙古矮马？还是什么其他品种？同时我也在想着这些马真的很幸福，要是在北方，这样的隆冬时节，它们只能嚼干草了。正在这时，只见饲养员又从旁边一个带着铁门的马厩里牵出一匹高头大马来，边走边用当地的方言咒骂着。马是枣红色的，很瘦，但是却比其他马身形高大得多。我一直觉得马是北方的物种，自小我就是在马车上长大的，先前的生产队和联产承包后家里都养马，我对马有着特殊的感情。儿时牧马的记忆倏地浮现在眼前，瞬间使我心潮澎湃起来。在几千里之外的江南看到马，让我有一种他乡遇故知的激动。我忽地站起来，向马厩方向走去，正在这时，手机忽然响了，是母亲打来的电话。因为远嫁，中午和母亲煲电话粥成了我每天的必修课。这正是母亲吃过午饭收拾罢、准备上床睡午觉之前的时间段。母亲一向有这个习惯，午饭后，一般过四十五分钟再上床午睡，她说要等着饭菜消化一下才好，要不胃会反酸，这也就是我们医学里说的反流性胃炎。我很赞成她的这个习惯。母亲一般都是利用这个时间跟我煲电话粥，因为这个点我也刚吃过了午饭，说来好笑，她一是怕我直接上床，对胃不好，再是也心疼我下班后做了饭又要洗碗，用电话来牵制住我，这样我既不会直接上床又不用洗碗，老公看我有电话，肯定乖乖地去洗碗的，这也是一分掺杂着私心的慈母情怀吧。

我在榕树的阴凉里，背靠着跑马场的栅栏和母亲用我们的东北方言在电话里拉家常。因为远嫁，村子里每一个人都是我关注和惦念的对象，甚至连东邻的马、西邻的驴、前院的猫、后院的狗也都成了我惦念的对象，更甚连村口的老槐树、山上的古松都是我的关注对象。回去时，如果村里哪个地方少了一棵树，我往往一眼就发现。"羁鸟恋旧林，池鱼思故渊"啊。故乡的一草一木，甚至飞禽走兽对我来说都是亲切的。正聊得起劲，我突然觉得肩头好像被什么东西碰了一下，接着感觉有一股带着青草味道的热气喷在我的后脖颈处。我一惊，猛地回过头去。我看到，原来是那匹身形高大的枣红马正站在我身后用头蹭我的肩。我惊讶地望着它，和它四目相对的一刹那，那马似乎有些害怕，往后退了一步，但依然昂头望着我，嘴里突突突地吐着带着青草味的热气。"喂……喂……喂……，咋还不吱声了呢？你听不着吗？咋没声了呢？"母亲在电话那端大声地喊着，这时我才发现，慌乱之中我不小心按到了免提键。我赶忙对着电话说："妈，我在跑马场呢，我看马呢，这里有匹马跟我很亲，用头蹭我的肩膀。""咦，南方也有马？去你那几次，还真没看见，真是稀奇"！那马听到我与母亲的对话，忽然间又躁动起来。它又走到我面前来，用蹄子刨着脚下的沙土，嘴里"咴儿……咴儿……"地叫着，显出十分激动的样子。

马不会笑，可是我分明看到了它眼里荡漾着满满的笑意。我用手轻轻在它的天灵盖拍了拍，它欢快地又突突突地向我吐了两口气。这时，饲养员拿着鞭子咒骂着从马厩那边跑过来。没等他鞭挞枣红马，我就赶忙和他搭话。我问他："你们这里几匹马啊？""八匹。""都是什么品种的？怎么这匹马比其他的马高大很多呢？""这匹是不久前从东北买回来的北方马，老板花了大价钱呢！其他的都是我们江西武功山那里买来的小矮马。"然后又絮絮叨叨地用客家话对我说："黑马是为了那些参加各类考试的人准备的，他们在考试前来骑马，是想讨个吉利，成为出其不意胜出的黑马；白马是专门为情侣们来拍照准备的，白马土子嘛；这匹枣红马，是专门为那些现役军人和退伍军人准备的，它颜色好，高大威武，他们喜欢穿着军装骑这样的马拍照。可是老板看走了眼，这匹马你别看它高大威武，中看不中用，就数它最不好训，天天打都没用，没有一点灵气，听不懂人言！瞧它的膘都快掉光了，再好的青草都不愿意吃，老板后悔死了，怕死在手里。"我瞬间石化，我明白了，这枣红马不是听不懂人言，而是听不懂这里的南方话。它是听到了我和母亲打电话时的家乡话才跑过来跟我亲昵的，原来它也是他乡遇故知啊。它的"咴儿咴儿"的叫声，是在跟我诉说着它无尽的乡愁。禽有禽言兽有兽语，可它们的语言也跟人类一样，存在着诸多的语种，这匹马也有着它在动物世界里的乡音和方言。

中国的语言统称为汉语，也就是在汉民族中使用的语言集合，而普通话则是汉语中的集大成者。中国有九大方言，方言可以说就是乡音。"乡音"概而言之就是一个小众语言，多有地区特色。在我们这个疆土辽阔的国家恐怕有数万种之多，他们之中又多有联系，但也有区别，甚至同一个行政村里前村后村之间都有些差别。动物世界何尝不是如此呢？突然想起同事养着一条哈巴狗，是女儿从重庆带回来的，每天晚上让它趴到狗窝里睡觉时，同事总是打着重庆腔说："窝窝头，窝窝头。"我总是笑她。她说："你不信吗？如果换一种说法，它不会这么听话的，不是一天两天能听懂，得很长时间适应的。"于是她便给我实验起来。她大声地对那条狗狗说："去，到窝里去！"那狗摇着尾巴，睁着一双大眼睛，愣愣地看着她，就是不动地方……

东北与赣南隔着万水千山的距离，东北平原上出生的枣红马，自小听的是如我那样带着北风味道的东北方言，而却被卖到赣南，它怎么可能听得懂这里的客家话抑或赣州城里的赣普话呢？伯乐不在，谁知马心呢？谁又懂它的乡音呢？"它是东北马，听不懂你的南方话！"我对饲养员说。饲养员满腹狐疑地看着我。"你看，他就是听到我说东北话才跑过来的，你不要打它，它得慢慢习惯，它跟人一样，需要一个适应的过程。"正在这时，一个老妪推着手推车来这里兜售煮玉米，她说有两个品种，一是当地的甜玉米，还有北方的糯米苞。"甜玉米甜着呢，糯米苞香着呢。"她又说。我想都没有想，买下了两支北方品种的糯米苞和一支甜玉米。我讨好地把甜玉米送给饲养员。然后，我伸手把其中的一支糯米苞放到枣红马的嘴边，另一只手轻轻地拍了拍它的头，它一口衔了去，大嚼起来，喉咙里发出那种只有我能听得懂的欢快的咕噜咕噜的声音，这声音我太熟悉了，我从小就听惯了。吃完后，我又如法递上了第二支，马依旧欢快地大嚼着，我的眼泪却围着眼眶打转。"胡马依北风，越鸟巢南枝"，我拍着马头叹息着说。此时此刻，这句诗只有我和马懂得。这时，饲养员说："不早了，等下快有人来骑马了，我得把它牵回去了！""驾！"这回他说的是普通话。那马顺从地跟着他走了。"哆啰，哆啰（我们当地唤马的语言）……吁……"我在身后猛地喊了一嗓子，枣红马一惊，瞬间就刹住四蹄停下来，回头看着我"咴儿咴儿"地叫了两声。我看见了它眼里流下的泪，真的，是泪，一匹北方马在南方流下的眼泪。我朝它使劲挥挥手。"走吧，听话，驾！驾！"我喊着。马顺从地跟着饲养员走了，嘴里依然"咴儿……咴儿"地叫着。

"挥手自兹去，萧萧班马鸣。"我站在那里哀伤地念叨着。这是我今天为一匹马，一匹北方的马而读的第二首诗，我知道枣红马它能听懂。

苍茫的赣水在远处不停地向北奔流着，极目北眺，我感觉到了灵魂的苍凉。透过枣红马的叫声，我似乎触摸到了它的灵魂。枣红马一定也知道，那是家乡的方向。南方冬日里火辣辣的阳光照在马背上，这匹带着离愁别绪的北方马，这匹在乡音里流着泪的北方马，这匹在异地他乡里饱受着虐待的北方马，在无限凄凉中默默忍受着苦难。这个苦难的牲灵，让我的心震颤不已，我仿佛听到了它无声地诉说，这些诉说，将永远铭刻在我的心里，此后，会在我无眠的夜里，火一样地燃烧，灼痛着我的心。也许我走以后，东北方言在这匹枣红马的身上，将成为广陵散绝响。

回　家

　　"少小离家老大回，乡音无改鬓毛衰。儿童相见不相识，笑问客从何处来。"当他胸前挂着勋章，迈着沉重的步伐，蹒跚地踏上这片阔别七十二年的土地时，别说是儿童，就是好多耄耋老人也少有认得出他的。物换星移，七十二度春秋，真是太久太久了。眼前的一切，对他来说都是那样地陌生。但现场的气氛却是热烈的，人们不仅把他当成回家的游子，更把他当成一个英雄。鲜花、彩旗、乐队簇拥着他；市领导、县领导、乡镇领导一一和他握手致意。他饱经沧桑的脸上洋溢着浓浓的笑意，可是，笑容中却藏着深深的感伤。

　　七十二年，真是太久太久了，少年已成垂暮，青丝变成白发，这一切都禁不住让他怆然泪下。他的父母和唯一的弟弟都早已去世，幸好还有弟媳及一个侄子和一个侄女行着家乡的大礼来迎接他，他的心稍事安慰。在迎接的人群中，走出一个鹤发童颜的老人，一把握住他的手说："辉联，我是驼子，驼子啊，你不记得了吗？当年你就住在我家里啊，我们曾一起去砍柴，一起去玩水，一起在村头的古樟下玩打仗……"他擦擦眼睛，茫然地看着眼前的老人，脸上的表情十分复杂，像是忘记了一切，又像是想起了什么，老人拉住他的手，在众人的簇拥下走到村头的古樟下，此刻，他似乎恢复了些记忆，但一切又都恍如隔世，他双手抚摸着这个虽有好多树洞和枯枝但依旧葱郁的、和自己一样饱经沧桑的"老朋友"，半晌才喃喃地说："多年未见，我老了，你也随着我一起老了。"在场的人无不动容。他身旁的老人也趁机说道，"是啊，树老了，我们也都老了，从七十年前的'小朋友'也变成现在的'老朋友'啦。"而这时他猛然想起老人是谁，他拉着老人的手，说："你是驼子，你是卢起金啊。"随即，两位儿时的玩伴紧紧拥抱在一起。

七十二年前，他在学徒的店铺，瞒着双亲离家参加抗日部队，这是他第一次回家乡。历经七十多年的风风雨雨，家乡的景象早已超越了他的记忆，众多亲人早已逝去，走在这"陌生"的故土之上，似乎唯有这棵古樟，唯有这个儿时的朋友才能证明，这就是七十二年来他无数次梦回的故乡，而此刻他就站立在这片魂牵梦绕的土地上。

"爸、妈，我是个不孝之子啊，当年我投军是为了打日本鬼子，把鬼子赶出中国去，是为了保咱国家啊，自古忠孝不能两全，我没有尽孝啊，你们二老原谅我吧，现在我们打赢了，我们胜利了，我回来了……"他跪在父母荒草萋萋的墓前，老泪纵横。

……

几天后，他在记者的陪同下参观了南昌八一广场、人民公园等景点。在那里，他曾动情地说："祖国一片繁花似锦，如果有来生，我还愿意做一个中国人，做一名老兵，我还要不畏生死，保家卫国，我要捧一把家乡的黄土，装一瓶赣江水带回缅甸，因为，这可能是我今生最后一次回国探亲。"

他叫刘辉，今年九十二岁，现居缅甸南母丁，祖籍江西清江县阁山镇上卢村，也就是今天的江西樟树市阁山镇上卢村。他是中国远征军老兵。七十多年来，他一直流落在异国他乡，虽然他也在那里落地生根，娶妻生子，但他一直以中国人自居，为此他备受歧视。他没有资产，没有生活保障，但他有一颗中国心，因为他的家在中国。他有一件最珍贵的宝贝，几十年来从不离身，那是一张一九三九年印制的名片，上面用竖版书写着：刘辉（辉联），中国江西清江县阁山镇上卢村。

清 明 时 节

慎终追远是中华民族的传统美德，清明扫墓祭奠先人的习俗举国上下妇孺皆知。

清明节始于周朝。在古代，甚至到清末，清明节还流传着踢毽子、荡秋千、放风筝、曲水流觞等习俗。只是现代人生活节奏快，压力大，那些习俗都荒废了，以至于现在的青年人甚至都完全不知道这些习俗。著名作家冯骥才曾不无遗憾地说："当这些民俗消失殆尽时，清明节的内涵也将随之消亡了。"幸好，清明节自二〇〇八年定为法定假日后，这个传统节日的内涵渐渐丰富起来，人们在扫墓之外还可以去短途旅行、踏青、会友、植树等。

在赣南客家，扫墓是最重要的习俗。在全南，扫墓叫作"晒地"。如果在前一年新做了风水，第二年清明就要提前晒地，叫作"晒新地"。我家因为年下新做了公婆的风水，按乡俗要提早去晒新地。所以在清明前两周就选定了一个吉日。

清明时节雨纷纷，一点不假，清明前后雨水非常多，那天一早就开始下毛毛雨。南国春早，清明前后乡间已是草长莺飞，春意盎然了。吹面不寒的杨柳风夹带着泥土的芳香，扑面而来。村头的几棵柳树舒展着柔柔的枝条，三三两两的燕子，不时在天空掠过，有的站在电线上用嘴巴啄着自己的羽毛，好似在怜惜自己那被雨水打湿了的美丽衣裳。"清明前后种瓜点豆"，田野里，很多农民冒雨在忙着种花生。

"南北山头多墓田，清明祭扫各纷然。"现在生活条件好了，地下的先人们也跟着受益，前一年做风水的人家很多，各个山头上，满是带着供品去晒新地的人群。我们这里的习俗，人一旦入土为安，每次去墓地祭祀便不再哭泣，即使再悲伤也只能放在心里，在墓前要说吉利话，祈求泉下人保佑。所以人们的表情都不是很凝重。到了墓前，按规矩是先铲除墓地的杂草，填土、擦墓碑、摆祭品，然后再杀腌鸡，把鸡血洒在纸钱上，做成"花纸"，然后在墓前焚化，把整捆的香就着火焰点燃，每人拿三炷，到墓前去祭拜，边拜边说吉利的话。逝者为大，那一刻，无论老小，都是那样庄重、虔诚，在对逝者尊敬寄托哀思的同时也寄托了一分美好的愿望，也给自己一分安慰。

　　夫家是大家族，有七个兄弟姐妹，后代很多，人丁兴旺，这是我公婆在世时最引以为豪的事情，家里每次晒地都要排成一长队。离村庄最近的是爷爷奶奶的墓地，村中的长者们说爷爷是县里有名的才子，饱学之士，被村人称为"文曲星"，一笔字尤其出色，民国时代曾担任县国民政府的秘书，至今县里很多老建筑物上都还留有他的手迹。他为人谦和，心地善良，在非常年代，也没受到太多的刁难，只是后来家庭十分贫困，在贫病交加中去世了。他的墓碑上写有"人杰地灵"几个字，墓曾于八十年代重修过，风风雨雨几十年，到如今又已残破不堪，坟墓上的杂草疯狂、寂寞地生长着，青石板墓碑的苍苔上刻着岁月的沧桑。也许泉下生性风雅的爷爷就当这里是杜少陵之草堂吧。每次来祭祀，看到这样的景象，心里总有些愧疚，总是在想，有能力时一定要重新修整一下。再上面是曾祖父、曾祖母的墓地，曾祖父曾是十里八村有名的财主，家道在他那时代达到辉煌，光土地就几百亩，可是到如今却是一抔黄土掩辉煌，由于时代的原因，他们的墓只是一堆矮矮的土坟，墓门搭了几块砖，青砖上的名字和年代已经模糊了，因而，我至今不知道他的名讳。我婆婆在世时总是讲起，六十年代给他们做风水时没钱买爆竹，只好到梁上砍了些杉树枝放在铁桶里点燃，杉树枝燃烧时会发出噼噼啪啪的响声，经过铁桶的传导，声音更响些，以此来代替爆竹，在远处听到这声音，真的可以以假乱真呢，我不得不折服我婆婆的智慧和孝心。公公婆婆也都在古稀之年过世了，到如今也十年有余了，经过多年的筹划，终于在去年年底给他们修建了一处像样的墓地，大理石墓碑上嵌着一帧他们的合影，他们面容慈祥，脸带微笑，凝视着我们这些儿孙，总是让人想起他们生前的谆谆教导。细雨霏霏，思绪绵绵。在这样的意境中，站在亲人的墓前祭奠，闭上眼睛，往事历历在目。眼前浮现的是从前的画面，是那曾经熟悉的身影，是那一个个爱的片段。仿佛亲人们依旧行走在山间的田野里，行走在溪畔的水墨里，只是那身影渐行渐远，可是无论怎样，此生永远也走不出亲人们伤感的心底，走不出亲人们对他们的怀念。一种深深的怅惘涌上心头，一时间竟不知道自己该用什么词语来表达那如天空般宽广淳厚的亲情，该以怎样的方式来回报他们的深恩，唯有在烟雨中深深俯首，把这一缕感伤融进雨滴，洇濡心的宣纸。

人在雨中，往往滋生出些许的感伤，这雨在不经意中就触动了我胸襟中最脆弱的那扇窗，让我乡愁顿生。

小时候在北方家乡，清明节所有嫁出去的女儿都回娘家来扫墓。我们这些小孩子一大早就先起床去河滩上砍柳枝。砍一根粗枝，再砍一些打了柳苞的枝杈。粗枝用来挂鸡蛋。清明挂鸡蛋，是我们辽西独特的风俗。每到这一天，家家户户都用一个布袋子装一两斤大米，在米里埋几个鸡蛋，然后绑在柳枝上，斜挂在房梁上面，到立夏那天取下来蒸了吃，说是防止"苦夏"（以前物质生活匮乏，夏天天气热，油水少，很多人都会掉几斤膘，叫做苦夏）。那些打了柳苞的枝杈也有大用处，母亲把嫩枝弯成几个圈圈，分别插在水缸、淘水缸里，剩下的嫩枝，折成一个个大圆圈戴在家里人的头上，听姥姥说这是用来辟邪的。姥姥在给我戴柳枝圈时总是叨念说："清明戴柳，百鬼不侵；清明不戴柳，红颜成皓首；清明不戴柳，死后变黄狗。"长大以后，问村中有文化的七叔，他却说不是这回事，插柳戴柳是为了纪念教民稼穑的神农氏。

清明节，我们最高兴的除挂鸡蛋外还有吃秫米面萝卜馅的饺子。秫米就是高粱米。事先用石碾子把高粱米碾成粉，把萝卜切成丝，加葱、姜、酱油、味精等调料，有条件的人家还可以加点肉末。和好秫米面后，揪成一个个大剂子，也不用擀面杖，就用手拍成扁圆形，装很多萝卜馅，再捏几个褶，秫米面饺子就捏好了。这巨无霸饺子至少是普通饺子的三倍。秫米面的饺子只能蒸，是万万不能做煮饺的，因为秫米面粉属于粗粮低筋粉，会悉数化掉。这秫米面饺子闻起来香喷喷的，其实口感并不好，秫米面没有白面的麦香也没有那么顺滑，只是配上扫墓途中拔来的野葱苗调制的酱油，倒也别有风味。那时物质生活匮乏，能吃顿秫米饺子对我们来说都是一次牙祭。

小时候一直以为包秫米面饺子是我们家乡清明的风俗，却不知道完全是穷困所致，自九十年代后，就没有人包秫米面饺子了，而是代之以白面和肉馅的饺子。不知怎的，我却突然怀念起秫米面饺子那独特的滋味来。

在我童年的记忆中，耗子尾巴花（白头翁花）开了，春天就来了；杏花开了清明就到了。至今仍记得，清明前后，我满山疯走去寻找春天的痕迹，当我看到第一朵耗子尾巴花花蕾时那兴奋和激动的心情，仿佛就在昨天。多年以来，每次清明时节打电话给母亲，总是要问一问，园子里的韭菜出来了吗？大葱出来了吗？朝阳处的墙根底下，青蒿子出来了吗？杏花开了吗？自己都抑制不住兴奋。人在异乡，家乡的一草一木都关情。

我家的爷爷辈人我只见过两位，大姑奶和老姑奶（爸爸的姑姑）。爷爷奶奶都在父亲少年的时候故去了，父亲和姑姑、叔叔从小就是孤儿。我只记得姑姑年轻时总是说奶奶没有给过她多少母爱，自懂事起就病着，受病痛折磨脾气变得很坏，经常把气撒在她身上，说她做的家务不好，打骂她。姑姑每天都含着眼泪去上学，读到四年级就辍学了，她说奶奶患的是肺心病，非常痛苦，四十二岁就去世了，奶奶去世或许是她和姑姑的一种解脱。多年以后，姑姑也为人母，她却总是遗憾地叨念着说，奶奶其实好可怜，年纪轻轻就患了那样痛苦的病，换了现在，那样的病是不会死人的，一个母亲病入膏肓丢下自己几个年幼的儿女是多么痛苦的事情，你奶奶是死不瞑目啊。清明时节，姑姑总是买特别多的纸钱，流着泪在爷爷奶奶墓前焚化，这也是一种报答的方式吧。

而今，在几千里外的赣南，虽然风俗不尽相同，但是心中那种对祖先虔诚祭祀的心情是一样的。

在晒地结束后，我们一大家也去山野里踏青顺便摘野菜，掐艾草尖儿、采野芹菜、摘蕨菜，这些都是营养丰富口感好的绿色食品。与辽西不同的是，赣南客家清明扫墓吃得比较丰富，极具客家特色。炖土鸡汤、炸艾米果、煲客家酿豆腐、野芹菜炒腊肉，辣椒、姜丝爆炒蕨菜、艾叶煎土鸡蛋，再来一盘酸萝卜炒鸡杂，一桌美食就做好了。按风俗，还要先到厅堂去祭拜祖先，然后才能开宴席。清明也是继春节后第一个大团圆的日子，一家人互相说着祖宗保佑的吉利话，借着那先人们欣飨过的菜，饮一杯酒，以慰天上人间惆怅客。

第二辑

岁月情歌

只听说这世上黄连最苦，可是却不知道你的命比黄连还苦。我虽然从小失去亲生母亲，但是遇到善良的养父母，他们没有自己的骨血，视我为己出，虽然也不富裕，但是从小到大，我没受什么苦。看到你的家庭现状，我真的万分难过，你承受得太多了，你的弟弟还那么小，就失去双亲，真是太可怜了，你从十五岁就承担起全部的家庭重担，这不是一般的人所能够忍受的。

那一次执手

父亲六十六岁生日，按我们辽西的风俗，要大办的，我提前几天从江西赶回老家。

父亲的命运极其坎坷。我和弟弟商议，这次一定要把生日宴办得红火热闹，让他开开心。于是，我们决定把家里好好装饰一下。我们换了新窗帘，贴了墙纸，还定做了一套新家具。因为爸爸经常为村里人代写书信、礼簿、请柬之类，弟弟便给他定做了一张写字台。在收拾旧桌子的抽屉时，我在一个老式文件夹中发现了两封泛黄的书信，打开看后，百感交集，那竟是两封四十三年前的书信，我父母亲当年的"情书"。此前，我只知父亲自幼父母双亡，拉扯着十一岁的妹妹和七岁的弟弟艰难度日；母亲是养女，为了赡养养母，打着灯笼找没有父母的小伙子，不计较经济条件，不要彩礼，只要对方人品好，能接纳、赡养自己的母亲即可。父母的婚姻是母亲的远房三舅母撮合的。父亲初中毕业，母亲高中毕业，他们都很优秀，读书时都是学校里出类拔萃的学生，尤其母亲，是学校里有名的才女。虽然他们不是文人墨客，写不出惊世骇俗的爱情宣言，但是，他们字里行间流露出的真情实感，真的是令人动容，催人泪下，我不能不公之于世。问世间情为何物？直教生死相许。就让我们这些后辈看看寻常百姓的不寻常故事吧。那是一九七〇年，由于时代的特殊性，书信的开头结尾处都带有一些时代痕迹，我知道，大家要看的不是这些，故隐去，只节选两个最动人的章节：

"……前天去你家相亲时，当三舅母引着我站在村口的公路上，用手指了指不远处的一座小山丘，我看到山丘上孤零零地立着一座看上去有点倾斜的石头屋，只有一条羊肠小道和公路相通，道两边是萋萋荒草，枯黄枯黄的，在隆冬时节显得是那么凄凉。三舅母告诉我说那就是你的家。记得，我抬头望了望你，你当时是那样地局促不安，神情那么羞赧，我想，那一刻你一定在为家园的破败家境的贫寒而羞惭吧。我心里就禁不住同情起你来。你知道吗，你的眼神触动了我心底最柔软的那一块。到了你家，进了门去，环顾一下四周，"家徒四壁"这个词我想用在你家是最贴切不过了。我永远都忘不了映入我眼帘的场景：炕上是凌乱的被褥，只是还不算太脏。炕梢放着一张桌子，上面摆着一盆蒸红薯，旁边有一只蓝边大碗，里面盛着大酱，你八岁的弟弟已经放学回来了，手里正拿着一块红薯，在酱碗里戳一下，塞到嘴里大嚼着，一边用眼睛怯怯地看着我，那一刻，我的眼睛一下子就湿润了。我走过去帮你叠炕上的被褥，我发现，装着荞麦皮的枕芯有一边开线了，用一段细绳系着。我说：'有针线吗，我给你缝缝吧。'记得你在屋角落里找了好久，才找到线笸箩，但是只有黑色的线，我只好凑合着给你缝好。你知道吗？那一刻我不敢抬头看你，怕看见你那沧桑的眼神，怕我自己失控痛哭。就在这时三舅母拉过你的弟弟让他叫我琴姐，我赶紧从衣袋里掏出路上在供销社买的一把水果糖，塞在他的手里，你的弟弟开心极了，感激地看着我，我的心一酸，用手摸摸他的头，既而又把他搂在怀里，流着泪说'可怜的孩子'。那一刻，我想我的眼神一定慈爱而又温柔，不知道你有没有感觉到。就在那时，你突然握住我的手，我的身体一阵颤抖，刹那间一股暖流倏地传遍全身。

"只听说这世上黄连最苦，可是却不知道你的命比黄连还苦。我虽然从小失去亲生母亲，但是遇到善良的养父母，他们没有自己的骨血，视我为己出，虽然也不富裕，但是从小到大，我没受什么苦。看到你的家庭现状，我真的万分难过，你承受得太多了，你的弟弟还那么小，就失去双亲，真是太可怜了，你从十五岁就承担起全部的家庭重担，这不是一般的人所能够忍受的。你不要因为现在的苦难而泄气，也不要因为贫穷而羞愧，这一切都是暂时的，苍天是有眼的，苦心人天不负，总有一天，一切都会好起来的。如若你不嫌弃我从小娇生惯养，刚走出校门，做事粗手笨脚的，我愿意和你一起共同挑起生活的重担。我的养父于去年去世，母亲也六十多岁了，他们养大我不容易，养儿是为了防老，所以，我唯一的条件就是我的另一半一定要和我一起供养母亲，直到她百年。我想这一点我三舅母在给我们牵线时就已经跟你讲明白了吧。而且，你一定要答应我，无论我的母亲对与错，请你都不要指责她，在以后的日子里，也许我们有磕碰，你可以骂我，甚至打我，但是，绝对不能说我母亲半个'不'字，这就是我唯一的彩礼。这辈子，我不求自己有多富贵，多有名望，多有地位，只想找一个善良、朴实、敢于担当的人过一生。当我看到你沧桑而又坚毅的眼神时，我知道，我再也走不出你的视线了；当你握住我的手时，我知道我在书中看到的那句"执子之手，与子偕老"也是写给你我的，这一生的路我愿意与你相伴；我看到你破败的家，我知道需要我来维护打理；当我看见你可怜的弟弟，我知道，她需要我来呵护；当我看见你沧桑的眼神，我知道，你需要我来安慰……"

"……当我看见你不怕脏乱，第一次进门就帮我叠被褥、帮我缝枕芯的时候，我就感到你是一个多么细致善良的人啊；当我看见你用慈爱的目光看着我弟弟，给他水果糖，并用手抚摸他的头，把他紧紧搂在怀中，哽咽着说可怜的孩子的时候，我就知道，你就是我一直想要找的那个善良女人。我壮着胆子但又是情不自禁地拉住你的手时，我的血在沸腾，心在颤抖，这是有生以来的第一次心动。这也是自父母去世以后的第一次感觉温暖。都说男儿有泪不轻弹，但那时，我再也控制不住自己，任泪水哗哗地流淌，我知道你不会讥笑我的。那一夜，我没有合眼，心里尽是激动和愧疚。遇到善良的你，不知道是我哪辈子修来的福分，可是，一想到让你跟我一起受苦，我就万分难受，万分愧疚。我给不了你丰厚的聘礼和优越的物质生活，但是我一定让你幸福。因为家庭状况不允许，我只读了初中，没什么文化，没法和你这高中生、小学老师相比，我是个粗糙、实在的人，我愿意和你一起赡养你的母亲，我会对得起你，好好供养她老人家的。咱老辈人说：人生一世，草木一春，人过留名，雁过留声，我是个讲信用的人，我会说到做到的，相信我……"

两封信的落款是同一个日子——一九七〇年十一月二十四日。他们是在同一个日子里写的信，信封上都贴着面值八分钱的邮票，由此可知，他们的信是在中途相遇了，都是主动给对方写信而不是回复，但信的内容惊人相似，可见他们心中的灵犀。

父母一九七一年阴历正月十六结婚，百日后，把我的姥姥接来，直到二〇〇〇年阴历二月初四去世，享年八十九岁。三十个年头，一万多个日日夜夜，姥姥虽然没有享受过荣华富贵，但却是我们方圆几十里最幸福的老人。病重时，她曾拉着我父母的手哽咽着说："妈的好孩子，这辈子，妈知足了，你们的供养之恩，我就是到下辈子也记得，我会在泉下保佑你们的。"我的父亲也哽咽着说："妈，我对不起您老啊，家里到现在都很贫困，没让你享啥福，你对我恩重如山啊，把这么好的闺女嫁给我，把所有的财产都给了我，帮我照顾弟妹，带大我的俩孩子……"不久后，姥姥含笑去世。虽然那时因为贫穷，没法给她办一个像样的葬礼，但是，连殡仪馆的入殓师都说，姥姥是很有福气的，她的遗容特别安详，说明是带着满足去的，是笑着上路的……

　　几十年里，我的父亲和母亲相濡以沫，勤俭持家，虽然一直不富裕，但是却和睦幸福。我和弟弟都学业有成，过着安宁稳定的生活。母亲对姑姑和叔叔呵护有加，把他们养大成人。我的叔叔读书到高中毕业，虽然没有谋到一份公差，但也是一个正直善良、勤劳质朴的农民，他和姑姑一样，都有一个幸福的家庭，如今都已是年过半百儿孙绕膝了。

　　成年后，我离开家乡，经历了很多风雨，而今年过不惑了，也有了自己的孩子，越来越理解父母的艰辛，再不像青少年时代那样与父母亲感情隔阂，有代沟了。每次回娘家，都以成年女儿的身份与父母亲聊天，感悟人生。父亲生日宴后第二天晚餐时，我们一家人聊了很多很多，聊到那两封信，我敬了父母亲一杯酒说："爸、妈，我很敬佩你们，你们都是重情义、讲信用、有责任心的人，牵手风风雨雨走过这几十年，真不容易啊，感天动地啊！"父亲竟有点脸红，嘿嘿笑了几声，喝了　大口酒，说："人要脸，树要皮，人生一世，最重要的就是人品，就是信用，我和你妈都是讲信用的人，我们说到做到，她帮我把你叔叔姑姑抚养成人，我帮她给你姥姥养老送终，这辈子我们都对得起对方，对得起良心了，人家大人物一言九鼎，咱平民百姓也得讲信用，一诺千金啊！"

丁 香 结

那一年，我在省城的一家医院工作。那是一所大型国有企业的附属医院，与著名的北方大学仅一墙之隔。北方大学以校园里遍植紫丁香而成为这座城市一道著名的风景。在省城工作的几年，我最喜欢的就是这座城市的五月天，因为，那正是丁香花含苞吐蕊的时节。

我在内科病房工作，管着七八个病人。其中住在三〇一病房的陈子源，是卧病多年的高位截瘫病人，因为双下肢已完全萎缩，只能以轮椅代步，所以大家称他为"轱辘"。轱辘患有多种慢性疾病，脑中风后遗症后已失语。厂里请了一个六十岁左右的男保姆照顾他。从我接手经治开始，护士长就告诉我，这个患者是个有渊源的人，他是个有凄美故事的很不幸的人，他的家属特不厚道——妻子特无情、儿女特不孝。

随着治疗的深入，我从偶尔来看望他的同事和同学口中渐渐了解了他的一些事儿，原来他是五十年代北方大学毕业的高才生，曾是这家大型国企的高级工程师，项目带头人。十几年前，他在一次事故中工伤造成高位截瘫，他享受这个医院最高级别的治疗和护理（不包括饮食起居），这是厂长和医院院长特批的。同时我也真正感到，护士长说得真是没错，他的妻子和一双儿女都是特狠心的人。儿女在迪拜做生意，听说几年都没有来看过他。他的妻子每周来看他一次，但我从没见她带过任何吃食，也没见过她给过他什么温情。她只是以他的名义，开走他应得的那份高档药品和营养品。我知道，他的神志是清醒的，只是无法用语言表达而已。他的眼神幽怨而茫然。有时候他会嗷嗷嗷地叫几声，也许是以此来宣泄心中的无奈吧。那个男保姆是个乡下鳏夫，根本就不会服侍人，加上轱辘家人对他的不闻不问，所以他就愈发偷起懒来，该擦洗的时候不给他擦洗，该翻身的时候不给他翻身，以至于生了严重的褥疮，而且并发感染。我心里真的很同情他的遭遇。偶尔，我也会指使他的男保姆为他做些必要的事儿。但他的病还是日益沉重了。

大约四月初的一天，不知为何，男保姆竟然卷起铺盖辞职了，而且连工钱也没有结，只打了个电话给轱辘的妻子，就坐车回了老家。他妻子这才慌了神，急三火四地赶来。没头没脑地说了些抱怨厂里和保姆的话，护士长走过来说："你抱怨什么都没有用，要马上找一个保姆来这才是最要紧的，在没找到保姆之前，你家要每天派一个人守着他，照顾他。"他的妻子面露愠色，极为不满，勉强守了一夜，连早餐都没喂给他吃，就打车走了。

没想到，到中午的时候，新保姆就来了。是个看上去五十岁左右的很有气质很漂亮的妇女，听说是自己找到医院来毛遂自荐的。她带来一束芬芳四溢的百合花，放在轱辘的床头柜上，然后又是给他洗脸又是给他擦背和按摩手脚，最后又给他喂了满满一保温桶瘦肉稀饭。她的动作十分轻柔体贴，在做事的同时，还喃喃地同他低语着什么。这个人是谁呢？她气质不凡，看上去就像一个高级知识分子，她为什么要来给轱辘当保姆呢？我们百思不得其解。大胆的小护士去问，她也只是笑笑说："我只是个保姆，来照顾他的，我姓林，你们就叫我林阿姨好了。"有到门口冰品店买冷饮的护士看到过，她两天前曾约轱辘的男保姆在那里谈了什么，护士看到她给了男保姆一大沓人民币……

新保姆林阿姨是个极勤快和爱清洁的人。她每天一大早就出去买好做早餐的原料，顺便买一束鲜花，放在轱辘的床头柜上，有时是百合，有时是康乃馨等等，然后就躲到厨房里忙碌起来。她煮的早餐精美而富有营养，猪肝三鲜面、菠菜肉丝面、鸡丝粥……然后就给轱辘围上一条洗得干干净净的白毛巾，用小汤匙，一匙一匙地喂给他吃，每喂一口，都要用嘴巴吹一下，还要用纸巾擦一下他的嘴角。嘴巴里说着："哎，真乖，来，再来一口，哦，好，有进步……"我们看了，都很动容。这个谜一样的女人，她到底是谁呢？她和轱辘之间到底是什么关系呢？在他的关照下，轱辘的身上总是干干净净的，她还请楼下美发店里的师傅给他理了发，刮了胡子，轱辘的精神好了很多，有时甚至露出了笑容。

她很关注他的病情，经常来我这里询问治疗情况。我不得不告诉她虽然我们尽最大努力治疗，但他的病还是日益沉重了，各器官都出现衰竭的情况。她听了我的介绍后，心情非常忧郁，更加关照他了。她甚至给他唱歌，唱的好像都是五十年代流行的歌曲。而辘轳的妻子在林阿姨来后不到十天就去了迪拜，她只是给我和护士长打了个电话，临走时都没来看望自己丈夫一眼。

　　大概是林阿姨服侍辘轳二十多天后的一个下午，一对衣着考究的青年男女找到辘轳的病房，那时，她正在给他清理大便。那青年女子一见就哭了，说："妈，你这样到底是为什么？图什么啊？妈……"她没作声，轻柔地给他清理好，盖上被子，然后说："丫头，我们到外面谈。"经过护士站时，她还请求护士照顾下三〇一的陈子源。好事的小杨护士尾随着他们来到楼下的冷饮店，假装买饮料。据她回来说，那对青年男女留下了一大笔钱，说："妈妈，你太伟大了！"据说他们是哭着开车走的。小杨护士还得意地说，她在冷饮店老板那里知道了林阿姨的一切：那对青年男女是林阿姨的女儿和女婿，而辘轳是她大学时代的同学。

　　第二天下午，有一个女人打我的电话，自称姓杨，说是三〇一病人陈子源的亲属，约我晚上八点到医院附近的咖啡厅见面。晚上，我提前十分钟来到咖啡厅，刚到门口就见一男一女两个人迎上前来，哦，原来是他们——辘轳的保姆林阿姨的女儿女婿。入座后，他们俩热情地为我点了一杯蓝山咖啡和许多小食品。寒暄了几句后，杨小姐就说："张医生，我约你来，是为了陈子源陈叔叔的病情，您应该知道了吧，陈叔叔那个保姆就是我的母亲，她是南方一家国企的高级工程师，刚退休。我想，现在我有必要给您讲讲他们两人的故事。我妈妈和陈叔叔是北方大学的同班同学，相恋了几年，也是苍天有眼，毕业时恰好同留在这座北方的重工业基地，虽然不在同一个单位，但是能在同一座城市就已经是万幸了。工作两年后，两人申请结婚，可陈叔叔单位的组织上没批准，陈叔叔家也极力反对，因为我外公家成分不好，新中国成立前是资本家，而陈叔叔是党员。他们抗争了几年，谁料，到了六十年代，政治运动越来越严峻，最终他们还是劳燕分飞了。后来我母亲就调回了南方老家工作，嫁给了同样是工程师的父亲。我的父亲五年前病故了，偶然她在同学口中知道了陈叔叔的现状，百感交集，就来了。她给了陈叔叔保姆一笔钱，让他辞了工，她就毛遂自荐当了陈叔叔的保姆……起初，我和我爱人一百个不理解，她这样又是何苦呢？可是，昨天我母亲在医院楼下冰品店里说的一席话，感动了我，我顿悟了。母亲说，'我不是唯心主义者，但我宁愿相信佛家说的因缘，一个缘字定终生，今世的因缘，不是在为前生偿还什么。但今生的相遇相知，都是前世未了的缘，不到生命的最后时刻，谁都不应该轻言放弃。不能相濡以沫，不能亲手为自己所爱的人穿上嫁衣，能伴他走到生命的尽头，为他亲手穿上寿衣，也是爱的最高境界……'张医生，他们的这种情意可以说已经渗透进了灵魂深处，甚至超越了灵魂，所以我和我爱人顿悟，我们决定支持我母亲所做的一切，请您尽最大的努力，延长陈叔叔的生命，让我的母亲有更长的时间来了却她的心愿，这样她会好受些……"那晚，我流泪了，我们都流泪了。

……

五月中旬的一天，辘轳突然出现呼吸衰竭症状，抢救了好久，才缓过来。但，一系列的器官衰竭症状都加重了。他的神志时而清醒，时而糊涂，这次他怕是挺不过去了。护士长打了电话给厂里，厂里已通知了她的妻子儿女马上回来。林阿姨万分难过，她按北方的风俗，先给他穿好了考究的寿衣（北方风俗，寿衣要在还没咽气前穿好，才算是真的穿上了），但她依然不甘心他就这样匆匆离去，她抚摸着他的头哽咽着说："你好起来吧，一定要好起来，我还要推着你去我们母校北方大学看丁香花呢，五月了，北方大学的丁香花就要开了。从前，我们最喜欢在丁香花丛中散步，当年你最喜欢给我背诵戴望舒的《雨巷》，你说我就是那个有着丁香一样的颜色，丁香一样的芬芳的结着愁怨的南方姑娘，因为有了你，我才像丁香花一样绽放了，后来我们被迫分手了，我写了一首诗给你，你还记得其中的那几句吗？独自行走在五月的丁香丛中/我没有了丁香一样的颜色/和丁香一样的芬芳/我只有如丁香一样千头万绪/千头万绪的心……"辘轳的神志突然间清醒了，眼角溢出了两滴泪水，他抓着她的手，嘴里反复"啊啊啊，啊啊啊"地说着什么。林阿姨站起来，对我们说："医生、护士，麻烦你们照顾一下子源，我出去一下，很快就回来，你们知道吗？他说的是丁香花，丁香花啊……"她流着泪走了。

一刻钟后，她怀里抱着一大束含苞欲放的丁香花，急匆匆地出现在楼梯口。楼道里静悄悄的。远远地，她看见，三〇一病房里推出一辆治疗车，车上睡着的人从头到脚都盖着雪白的床单。她的身体猛然颤抖了一下，愣了片刻后，她就像突然清醒了似的，几步走上前去，护士们立即停下车来，她没有号啕，只是无声地抽泣着，她把花放到自己的唇边吻了一下，然后轻轻送到陈子源苍白的唇边，再轻轻地放在他的枕边，用双手轻轻地抚摸了一下他苍白的脸庞，最后轻轻地给他盖上白被单。她嘴里喃喃着："子源，北方大学的丁香花就要开了，北方大学的丁香花就要开了……"

北方大学的丁香花就要开了……

爱 的 味 道

　　"窗户纸糊在外、养个孩子吊起来、十七八的姑娘叼着大烟袋。"这是我们关东的三大怪。关东的女人有很多都是会抽烟的，从我很小的时候，就看到我的几个姨奶（奶奶的姐妹）来我家走亲戚时，都带着一个长杆的大烟袋。进屋来，母亲把她们让到热炕头上后，做的第一件事儿就是拿过烟笸箩，给她们装好烟，再点着，这是做关东媳妇最起码的礼节。奶奶姐妹六个，她是老大。五个姨奶都抽烟，手里的烟袋一个比一个的漂亮。但自懂事时起，我就没见奶奶抽过烟。但是不抽烟的奶奶却有一杆最精美的烟袋。奶奶说她这烟袋是杆"坤烟袋"，细长的乌木烟杆，小巧的黄铜烟锅，最精美的就是烟嘴儿，那是一块晶莹油润的美玉雕成的。奶奶每天都要把玩这件宝贝。小时候，我曾经问过她多次："奶奶，你咋不抽烟啊？你不抽烟咋还每天摆弄烟袋呢？"每每这时，奶奶的笑脸总是阴郁下来，她说："丫儿，不抽烟好。"末了，总是用低低的声音说，"死鬼烦弃啊。"直到很多年后，渐晓人事的我才知道奶奶口中的"死鬼"就是我从没见过面的爷爷。关于我的爷爷，我只在村中的老辈人口中听说过一点儿，心中有一个模糊的影子。听说，他是方圆几十里最英俊的男人，是村里唯一上过洋学堂的人，他在沈阳念过大学，会洋文。他和奶奶的婚姻是从小定下的娃娃亲，成年后他极不情愿而又万般无奈地娶了奶奶。奶奶不识字，是个乡下土财主家的小姐。抗战时期，爷爷好像在国军的一支部队里任职，内战开始后，就回了乡下老家，先后和奶奶生下大姑和父亲。就在父亲八个月那年，他在去浙江经商时失踪了。我们这一带流传着三个版本。一是说他嫌弃奶奶，和当年的女同学私奔到一个不为人知的地方过日子了；一是说他在经商途中遇劫匪被谋害了；还有人说是国军撤退时被掳到台湾了。反正奶奶和家人从此再也没有了他的消息。我的奶奶在此后的四十年里，就这样含辛茹苦，经历了无数人生的激流险滩，养大了大姑和我父亲。

一九八九年，我十八岁，在县城读高中。有一天家里突然捎来口信说要我周末务必回一次家。到家后我才从爸妈口中无比震惊地获悉，我的爷爷竟然有了消息，他从台北给奶奶寄来了一封信，说他在台湾，正在申办回乡签证，不日将回乡探亲。奶奶坚持让我给她读早已让多人读过了的信的片段：

> 杏花吾妻，你可安好，你生于民国十四年，比我小三岁，今年六十有五了，多年无尽的煎熬和操劳，一定让你吃了千般苦，受了万般罪，我万分愧疚。不知环儿（大姑）和彬儿（我父亲）可好，他们也都年届不惑了，从小缺失父爱，我无颜以对啊。四十年来，我杳如黄鹤，但我知道，你一定在家里守候着，为夫亦未再娶，为盼此生有重圆之日，幸苍天垂怜，让我能在有生之年得见你们，团圆之日不远矣，望吾妻及子、女倍加珍重。

我的奶奶万分欣喜，她好像一下子年轻了十岁，从收到信的那天起，就开始忙碌起来，张罗着粉刷屋子，准备爷爷先前喜欢的吃食，到各个亲朋好友家重新收集爷爷当年留下的东西。在按地址复信两个月后，我们终于又盼来了爷爷的来信。他说证已办好，大约一个月后经香港回乡。奶奶更兴奋了，她每天把给爷爷准备的房间扫了又扫，擦了又擦，有一天，她把她那宝贝"坤烟袋"擦得干干净净的，用绸布包好，放到一个精致的盒子里。我不解地问："奶奶，你不是每天都要玩的吗？"她说："丫儿，奶奶从此再也不玩儿这东西了，你爷回来了，奶收起来喽，死鬼……不，是你爷爷，你爷爷他不喜欢我抽烟。我这烟就是打他身上忌的。丫儿，你也不小了，你得知道，男人是咱女人的天，自己男人不喜欢的事儿，就别去做。我娘家妈烟瘾重，病痛多，我从小就给她装烟点火的，一来二去的就有了很重的烟瘾，一天得抽十袋二十袋的，咱关东尤其咱满人，女人抽烟不稀奇，又解乏又驱寒，可是你爷爷烦弃我嘴巴里和身上的烟味，每天我睡觉前都是又嚼茶叶又嚼花生的，可他还是说气味难闻，我只好下决心戒烟，想趁他去浙江做生意的工夫戒掉，想给他一个惊喜。戒烟可不是一件容易的事儿，习惯打小儿养成了，一下子戒掉难受啊，整个人就像丢了魂儿，没精打采的，吃不香，睡不着的，可是为了你爷，我硬是挺过来了。可惜你爷一去就没回来，就失踪了……""奶奶，这就是你每天把玩烟袋的原因吗？爷爷他失踪这么多年，你可以继续抽了啊？""不，我总想着他有一天会回来的，这不，他不是要回来了吗？这回，他不会烦弃我了，我四十多年没抽烟了。"奶奶哽咽着说。我的眼圈也红了。

二十多天后，爷爷终于回来了，四十年没见，当年的翩翩少年已经变成了白发老翁。他们百感交集，一向刚强的奶奶竟然因喜极而晕厥。大家慌了神，七手八脚地用多种急救方法才把她救醒。爷爷大声喊着："烟笸箩呢？烟笸箩呢？！还不快给你奶奶装一袋抽着！""奶奶四十年前就戒了烟，他说你烦弃烟味。"我怯怯地说。爷爷瞪大了眼睛，看着奶奶脸说："杏花，你戒烟四十年了？为了我？我还给你带来了一份精美的礼物，为了这，我跑遍了整个台北，后来托一个东北老乡才弄到……"爷爷打开他的手提箱，拿出一个精致的盒子，打开，里面是一柄精美的长杆烟袋。大家都愣住了，奶奶惊愕万分："他爸，你给我买烟袋？你给我买烟袋了？先前你不是最烦弃我抽烟的吗？为了不让你烦弃我，我戒了，都戒了四十年，我……"奶奶号啕大哭起来。"杏花，我，我对不起你啊……"爷爷的眼睛也湿润了，"你知道吗？我现在也抽烟，抽得很凶，很凶，我抽了四十年了。那年我在浙江做生意，被国民党军队掳到台湾，我死心都有了，幸亏一个东北老乡天天开导我，他说要好好活着，留得青山在，不怕没柴烧，迟早有一天我们会回家的，他随身带了很多关东烟。他说：'兄弟，抽口吧，关东烟儿好啊，就像咱关东的女人一样，泼辣又够味儿。'我当时就想起了你，我就抽了，从此，就越抽越凶了，每次想你的时候我就抽烟，抽烟的时候我就想你，这火辣辣的，苦丝丝的，而又香喷喷的关东烟味儿，就是你的气味，我一天也离不了，没有烟我真的坚持不了这四十年。"爷爷说完，流着泪拿出那柄精致的烟袋，从妈妈手里接过烟笸箩，亲手装上一袋烟，含在嘴里，用火柴点燃，抽了一口，吐出一个烟圈儿，再把它送到奶奶口中，奶奶含着泪，抽了一口，也吐出一个烟圈儿，然后又送到爷爷口中……他们就这样用同一杆烟袋同抽着一袋烟，两个人吐出的烟圈儿会合到一起，在屋子里飘啊飘啊，顷刻间，整个屋子里都弥漫着这种辣辣的、苦苦的、又带点芳香的烟草味道，满屋子的人都知道，这种味道叫作爱。

　　二○○八年春天，我的奶奶病逝了，爷爷把她安葬在一片平坦厚实的黄土地上。他在坟墓周围开垦了一大片土地，种满了关东烟。几年来，他已经成为营务关东烟的好手。白露时节，在秋阳的炙烤下，烟田散发出阵阵苦苦辣辣而又带着清香的味道，这是奶奶年轻时最喜欢、爷爷年轻时最讨厌、而后来他们共同最喜欢的味道。爷爷每天都会坐到奶奶坟前，点燃一袋烟，喃喃地说："老伙计，抽口吧，我栽的地地道道的关东烟儿，够味儿，跟你身上的味儿一样。"

妆匣遗爱

　　我家老宅有三间东厢房，摆放着很多老式红木家具，都是我姥姥当年的嫁妆，姥姥娘家是大户人家，嫁妆颇丰。母亲是姥姥的独女，所以，她的财产都留给了母亲。

　　打开斑驳的木门，午后的阳光忽地扑进来，照在那些旧家具上，散发出一种岁月的气息，嗅着它，总是让人想起　些前尘旧事。母亲隔三岔五就去打扫，所以还很整洁，只是年代久远，油漆已斑驳，有些已经变成了紫黑色。临窗是一张老式的红木桌子，那上面放着一个紫红色的梳妆匣，是我姥姥曾经用过的，其实也不是她专属的东西，而是她家祖传下来的，几代女人们曾用过的。那梳妆匣面上刻着精美的描金雕饰，上面还嵌着几枚珍珠。拉开窗帘，鎏金在午后的日光下闪闪发光。梳妆匣分上下两层，上层有一面镜子，上盖打开，可支起镜子，它的精妙处在于镜子可以各个角度随意转动。每层有两个小抽屉，上层的一个抽屉里放着一些梳头的用具，记得当年姥姥放着好几把桃木梳，疏齿的密齿的都有，还有一把竹篦子和一面带镂刻雕花的长柄小镜子，另一个抽屉里放着香粉、胭脂、口红、蛤蜊油等，还有一些晒干了的榆树根皮，用水泡开了有类似现在喷发胶的作用，想来还是纯天然的呢。下层抽屉里存放的东西就有些金贵了，往往放着一些金银珠玉等首饰，还有一些平时珍爱的小物件，比如玉石扳指、玉石烟嘴、指甲套等等。我不知道妆匣是什么木质做成的，到现在还散发着一股淡淡的香味。

　　"当窗理云鬓，对镜贴花黄。"每次打开妆匣，我总是想起这句诗。爱美是女人的天性，无论是大家闺秀还是小家碧玉，当一个女子能够放下一切繁杂的事务，打开妆匣静静地坐下来打扮自己、欣赏自己时，这个女人一定是个会品味生活的人，无论美丑，她的周身一定都散发着一种女人韵味，她的心底也一定潜藏着一分唯美的浪漫，用现在的话说就是具有小资情调。倘若这时能对镜给自己一笑，那这微微一笑也倾城。

妆匣是一个女人最珍爱的东西，也是最能寄托遐思的物件，小小的梳妆匣盛放着的是她们一生的岁月。我总是在想，那些使用过这个梳妆匣的长辈，她们一生中该有多少次小心翼翼地将梳、篦、首饰、脂粉等连同对未来的美好期望都盛放于匣内呢？这妆匣几易其手，里面的物件也几经更迭，使用过它的人也都作古，隔着悠长的岁月，它虽然残旧，但却能映照一段段历史，让人浮想联翩。我的脑海中总是浮现出这样一个场景：一个垂暮的老妇在生命的最后时刻把妆匣传给自己最爱的晚辈时，那该是何等的凄美和悲壮。而每个垂暮的女人都曾经有过自己的流金岁月、花样年华，都曾经是怀春的少女、风韵的少妇，妆匣里盛载了她们多少的梦想呢。看着那面镜子，仿佛看到里面有无数双或温柔或幽怨或和善或狡黠或仇恨或嫉妒的眼睛在凝视着我。

我小时候这个梳妆匣里还有很多金银首饰。母亲出嫁百天后，便接了姥姥过来养老，姥姥变卖了房屋等大部分财产，手里有一笔私房钱。姥姥是一个极其讲究的人，不但自己每天都要梳洗得齐齐整整，对我的要求也很高。她总是告诫我说女孩子家要爱惜自己，从小就要学会打扮自己，自己都不稀罕自己，别人怎么会稀罕呢？女人家不管日子过得穷富，都得干净利落，都要把自己的头脸收拾齐整来。人再穷，一瓢水总是有的吧，就算只有一件衣服，夜里就是不睡觉也得把衣服洗清爽来白天穿。姥姥总是对我说梳头对一个女人很重要，从头发就可以看出一个人对生活的态度。她每天早晨都早早起床，用温水洗了脸后，坐在桌子旁，小心翼翼地打开妆匣，对着镜子精心地梳头发。先用宽齿的梳子梳顺头发然后再用细齿的梳子梳平整，把头发精心地盘起来，在后脑勺那里绾成一个髻儿，再涂抹上榆树根水固定，然后拿起梳妆台里那面带把手的小镜子放在脑后发髻处，对着梳妆匣的镜子变换着角度照，看是否平整，只要有一点点毛糙的地方就要重新梳过。自己满意后，再小心翼翼地戴上头网，从发根处插上一根长长的银簪。那时姥姥已经六十多岁了，化妆品她倒是不再用了，只在脸上和手上涂一点贝壳装的蛤蜊油。她梳妆的过程是那样恬静自然，只有朝阳带着太阳光束里的微尘在她的周围调皮地晃动着。

她自己打扮停当后，就开始为我梳妆打扮。小时候，我皮肤很白，眼睛很大，头发又浓又密，姥姥很是喜欢，总是把我打扮得跟小公主似的，无论春夏秋冬，总是给我梳两条马尾辫，上面系着蝴蝶结。那年月，物质匮乏，打蝴蝶结的绸带是姥姥把她的白色绸衫儿剪成条，买了各色的染料，染成彩色，每天换了花样给我系在头上，还经常给我买漂亮的衣服和裙子，让我的伙伴们羡慕不已。每次给我梳完头她都要用镜子各个角度地照，有一点点不平整的地方都要重梳。

记得三年级那年，我要去县里参加六一儿童节表演，学校要求统一着装，白衬衫黑裙子。姥姥说统一着装，人家都看不出你了，来，姥姥给你好好打扮一下，我要让你出类拔萃，让台下的人第一眼就注意到你。姥姥用榆树根水把我的头发盘成两个髻鬏，先用橡皮筋固定好，然后再扎上两条金黄色的绸带蝴蝶结，还在我的脸上扑了淡淡的粉，在两颊抹了些胭脂，还给嘴唇涂了淡淡的口红，我的眼睛原本就大，加上那时的眼神也是明朗纯净的，化妆后愈发显得明眸皓齿，顾盼生辉。姥姥走远几步，让我各个角度转身，左看右看，啧啧称赞，然后又走近来，把妆匣的镜子转了几个角度，看我的头发，直到她满意为止，最后凑近来，和我脸贴着脸地照镜子，镜子里映出我们祖孙二人的容颜：我像一朵初绽的花蕾而姥姥脸上满是皱纹，像个山核桃，头发虽然梳得一丝不苟，但却已花白，姥姥把妆匣又转了一个角度，一抹斜阳忽地映射到镜子上，我们俩都晃得闭上眼睛，姥姥说，老了老了，就像这太阳一样，日薄西山了，可是我高兴啊，我的外孙女儿都跟花儿一样了，这妆匣用一辈子了，也该传给你了。我忽然流下眼泪，拉着她的衣襟，扑进她怀里……

而今，姥姥已经走了十几年了，她的梳妆匣里只遗留几枚铜钱，几个玻璃珠子，还有一枚银簪和一个银质掏耳勺，姥姥曾经用过桃木梳和竹篦子还静静地躺在那里，一切都仿佛如昨，里面的每一件东西都充满了回忆。我忍不住用手摩挲着那些物件，那上面留有我童年的印记，留有姥姥的爱。突然我看见一枚一九七五年的一分硬币，我高兴地拿在手上，感觉非常亲切。记得小时候，姥姥的梳妆匣里经常放着一些一分的硬币，那是她到市场买菜回来后顺手放在里面的，我和弟弟可以拿上两枚，到村头的小卖部买四颗水果糖或者几颗包了糖衣的花生米，只有买头上带橡皮擦的铅笔或者田字格本时才可以一次性拿三到五分钱。在那里我也幻想过找出五毛、一块甚至五块、十块钱的纸币，但是我知道那是根本不可能的，家里很困难，不可能放那样大面额的钱给我们胡乱用。懂事后，我知道，姥姥在梳妆匣里放硬币，就是心疼我们这几个孙辈，故意让我们拿去买点零食来解馋的。

我渐渐长大了，姥姥的私房钱和妆匣里的金银首饰渐渐减少，我知道，为了让我们生活得好些，大多都走黑市偷偷贱卖贴补家用了，最后她的妆匣里只剩下一副银手镯和几根银簪子了，她去世后母亲把那对手镯和一支银簪陪葬了，只留下一支银簪放在妆匣里做纪念。我永远都记得，高二下半学期我开学时，姥姥把她最后的三十块钱和一条白色的毛巾也给了我，这是她仅有的私房了……

这个妆匣，我和母亲都是很爱惜的，姥姥去世后，妈妈经常擦拭，还时常打开所有的抽屉通风，只是随着时代的发展，我没有再用过，这几年甚至没有打开过。而今，在这样的午后，在这一抹斜阳中，再次打开，仿佛又回到了三十多年前的那个傍晚时分，仿佛看见了姥姥那从前的微笑。这妆匣的镜子，就像一部电影放映机，我自己在不同年代的影像，都在这里播放着，静静地坐下来仔细地照镜子，自己那日渐衰老的容颜似乎都成为一种本真的美。

古老的梳妆匣盛载着的是我家几代女人的喜怒哀乐，珍藏着她们一生的故事，也珍藏着我的童年记忆。打开它，仿佛还能听到姥姥的殷殷叮咛，让我时时体会那深藏在里面的爱。

当时只道是寻常

　　旧时，关东乡下的女人大多是没有大名的，只有乳名，诸如大丫、二丫、盘脐（出生时脐带绕颈）等等。出嫁后，夫家往往就用丈夫的大名或者乳名为名头称其为某某媳妇或者某某家的。回到娘家，娘家父母在自家人面前还是亲热地称呼她的乳名，但倘若有夫家人在场或者在公开场合以及和别人聊天时提起女儿，这称谓就得改改了，往往在她的排行后面加上夫家的姓，比如大丫头的婆家姓张，二丫头的婆家姓王，就称她们为大老张，二老王等等。倘若有正式的法律文件或者合同等牵涉到她们，必须要签字画押时，往往就在她自己的姓氏前加上夫家的姓，就是她正式的名字了。比如夫家姓张母家姓王，她就叫张王氏。但是我的二奶奶有大名，她学名邓杏蕊，小名杏儿。她家世代书香门第，祖父和外祖父都是前清秀才，她的母亲是方圆几十里唯一的私塾女先生。她天资聪颖，三四岁就能把《百家姓》《三字经》《弟子规》等国学典籍倒背如流。而且在女红方面也极擅长。十三能织素，十四能裁衣……在十五岁上，她就嫁给了我的二爷爷。我家是个大户人家，人丁很兴旺，我爷爷有五兄弟，他最小，二爷爷是他的同胞哥哥，当时在省城读书。二爷爷年长二奶奶三岁，他们虽是父母之命、媒妁之言的包办婚姻，但是因为她的美貌和聪颖，二爷爷很爱她，相敬如宾。

　　省城离我们县城只有三个多小时的车程。只要有假，二爷爷就坐火车回来。每次回来之前他都要先拍一份电报到县城自家的铺子里，让伙计们回村送给二奶奶。二奶奶每次都会按时到村头的杏花溪边等他。那里是他们最喜欢去的地方。清澈的溪水在那里拐了一个钝角形的弯，形成一片宽阔的河湾，河湾包绕着一大片平坦的陆地，我们那里叫甸子，甸子上种着一大片水杏树。

每到春天，农历三月时候，满树雪白的杏花竞相怒放，闹出万种风情。杏花形状与梅花神似，花瓣只有小小的五瓣，花蕾是粉红色的，开放时变成雪白，只有花蕊的尖端顶着红色的花棒，花蕊中经常含着一滴小小的露珠，晶莹剔透的，就像神话传说里美人鱼的眼泪。杏花一般不会单个开放，而是一丛丛、一簇簇地叠在一起。它没有蔷薇和夜来香那样浓郁的香味，但它却有着独特的、沁人心脾的苦香味，那缕淡雅的苦香，总是让人感觉它无比地优雅和高洁。杏花是二奶奶的最爱，花开时节，二爷爷每次回来都喜欢摘一束杏花，让她回去插在花瓶里观赏。他还和二奶奶一起读跟杏花有关的诗句："一陂春水绕花身，花影妖娆各占春。纵被春风吹作雪，绝胜南陌碾成尘。""撩乱春风耐寒令，到头赢得杏花娇。"每次读到这一句，他便把二奶奶揽入怀中，说她就是一枝娇美的杏花。后来二奶奶怀孕了，他便又教她"杏花结子春深后，谁解多情又独来"。三年多一点的时间，他们就生下了一双儿女——我的堂大伯和姑姑。年纪轻轻就已儿女双全，这是多么让人羡慕的事。他原本可以守着娇妻爱子，守着家中丰厚的产业幸福终老的。可是，我的二爷爷是不同的人，他不但为人子、为人夫、为人父，他还是个有家国情怀的热血青年，那时正是三十年代初东北沦陷的时候，我的二爷爷在大学里和同学们一起，高举反日大旗，为抗日救亡奔走。

那年端午节的时候，二爷爷从省城回来，住了两天后，收拾了一箱衣物，说是要出一趟远门，二奶奶正怀着三个月的身孕，临行前，他带着二奶奶来到杏花溪边。端午时节，杏子虽未成熟，也已经能吃了，酸酸甜甜的，是孕妇的爱物。二爷爷抚摸着二奶奶的肚子，和她腹中的胎儿喃喃地说了一会儿话后，就撩起长衫，在腰间打了一个结，爬上那棵最大的水杏树，摘了满满一筐刚刚泛黄的杏子，无限怜爱地递给二奶奶。他叹息着说生逢乱世，国难当头，身不由己啊，而后，他说再教二奶奶读一首与杏花有关的诗句："云色鲛绡拭泪颜，一帘春雨杏花寒。几时重会鸳鸯侣，月下吹笙和彩鸾。"也许是心灵的感应，也许是诗文太过悲凉，二奶奶竟泪眼婆娑。二爷爷把她揽入怀中，握着她的手，久久不愿意松开。他对二奶奶说："要记得这首诗，我写在纸上，夹在桌子上的一本书里了，你等着我，我很快就会回来的。"说完又摘下别在胸前的怀表说："这个你收着，我时常不在家，让它陪着你吧，怀表嘀嗒嘀嗒的声音，就当是我的心跳声吧。"说完他整理好衣衫，咬咬牙，一步三回首地走了。

那穿着长衫提着柳条箱的背影被夕阳拉得很长很长，直到六十多年后，二奶奶依然清晰地记得。二奶奶说，那天是农历的五月初六，她当时并没有怎么悲伤，自成婚以来二爷爷就一直在外面求学，分离是习以为常的，她以为，那不过是一次寻常的别离，最多一月两月就会相聚的，何况自己还怀着孕呢！二爷爷是知道她的预产期的。她万万没有想到，此一别竟是六十六年。二奶奶说二爷爷起初还有信寄回，后来渐渐就与家里失去了联系，再也没有了音讯。二爷爷走后半年，二奶奶生下了腹中的胎儿，也就是我的二伯。那时她才二十岁，由于抑郁，引起产后出血，她虚弱得一阵风儿都能吹倒。幸好，那时我家与她娘家都还殷实，她母亲和我太奶奶对她精心调理了一年多，她才逐渐恢复元气。但是，她心中思念二爷爷，终日以泪洗面。两家动用所有的社会关系来寻找二爷爷，始终无果。没过多久，家族的厄运也开始了。先是她娘家的爷爷拒不当伪满的镇长，被迫喝盐卤自尽。接着，二奶奶的大哥参加郑天狗的抗日义勇军，血染疆场，他的娘家因抗日受到日伪政府的迫害，一家人七零八落，到处逃难。两个家族就这样在国恨家仇中衰败了。二奶奶拖着三个孩子，无以为养，靠给人家纺线、刺绣、洗衣糊口。她由一个少奶奶沦落为干粗活的妇女，渐渐消退了红颜。一晃就是十年过去了，二爷爷依然没有一点儿音讯。心中的情结啊，没有随着时间和苦难淡去，反而越来越清晰地灼痛着她的心。大伯、姑姑和二伯在换了数次用二奶奶的绸布旗袍或粗布长裤改成的"新"衣服、放了几次亲戚送的鞭炮、看了几次元宵的花灯后，就那样长大了，虽然清瘦但是都很健康，十年，三千六百多个日日夜夜，对局外人来说不过就是一个数字，而对二奶奶来说却是无尽的苦难和煎熬。

而我的二奶奶终究是与众不同的。无论多艰苦，她都不忘记教孩子们认字读书，孩子也都懂事，很小就知道帮她干活分忧。一九四四年，村里驻扎抗战的八路军队伍，十四岁的大伯听了宣传后，毅然参军，抗日救国。二奶奶没有反对，大伯走的时候她也没有哭，只是对他说，要记着打听你父亲的消息，他是抗日的，一定也在队伍里。造化捉弄人，大伯走后两年，刚满十三岁的堂姑突然得了痨病，挨了半年后，夭亡了。二奶奶悲痛欲绝，但是这个苦命的人儿，终究还是挺过来了。从此她和二伯相依为命。一九四五年抗战胜利了，她以为二爷爷和大伯一定会回来的，可是，不但二爷爷，就连大伯也与她失去了联系。她的心碎成了三瓣——二爷爷、大伯、姑姑。幸好，她的大弟弟在傅作义的军中，是一个中层军官，时常回来资助些钱物与她，她的娘家人也陆续回到家乡，家族又开始兴盛起来。他央弟弟打问丈夫的消息，弟弟虽尽全力，可是依然无果。所有的人都认为，我的二爷爷和大伯肯定是身殉国难了。但是二奶奶始终坚信，他的丈夫和儿子一定还活着，一定会回来的，只是时间问题。

二奶奶的大弟在经过多方努力寻找姐夫无果后，便劝她另作打算，给她介绍了一个丧妻的军中同僚，形象和人品俱佳。可是她一口回绝了，她坚信，丈夫还活着，总有一天他会回来的。她的大弟只好作罢。一晃又过了十几年。到了一九五九年，在河北省一个地级市政府任官员的大伯突然衣锦还乡，这天大的喜事让她激动不已，尽管还是没有二爷爷的消息，但她的心稍事安慰。大伯想接她去城里，可她执意不去，她说她要在这里等待，等待我的二爷爷，她坚信，他一定会回来的。由于家庭成分问题，她家和我家这两个家族在一个又一个政治运动中沉浮着，直到八十年代才安宁下来。那时她已经快七十岁了，尽管命运多舛但身体依旧健康，思维依旧清晰。

村头的杏花溪是她每天早晚必去的地方，那里有着太多美好的回忆。她每天都在那里翘首企盼，总是幻想着有一天能看到那个穿着长衫提着柳条箱的高大身影迎着朝霞或者踏着落日的余晖向她走来，可是残酷的现实每天都把她的梦想击成碎片。但第二天她又接着滋生相同的梦想。日复一日年复一年，几十年就这样过去了，她日渐衰老了。由于自然和人为的原因，杏花溪水小了很多，但依旧日日不息地向东流去。她时常蹲在河边，出神地望着河水里自己的倒影，从少年到垂暮，从青丝到白发，好像就是一瞬间的事情，可是却饱含了多少泪水和艰辛。抬头仰望那些水杏树，树干结满了琥珀样的杏树脂，也就是现在很流行的保健品杏树胶，我们当地人说那是杏花的眼泪，树越老树脂越浓。二奶奶时常叹息地自语道："真个是草木也知愁啊，想必树也和人一样老来流的泪都是浑浊的了。"这杏树也承担了太多的人世悲欢了，幸好，杏树的枝叶依旧是那样葱郁。这溪水，一波一浪都是泪；这杏树，一枝一叶总关情。来到这里，二奶奶总是想起旧日的那些诗句："几时重会鸳鸯侣，月下吹箫和彩鸾。"几十年了，那写着诗文的纸张已经泛黄，而这诗句也已经刻在了她的心里。每每这时，她就十分悲伤，思君令人老，岁月忽已晚，夫君什么时候才能回来呢？她老了，真的怕此生再无相见之日。

二奶奶依然居住在老屋里，那是他们成亲时住的地方，里面有二爷爷的痕迹和气息，他穿过的衣服整齐地挂在衣柜中，他读过的书整齐地摆在书柜里，他用过的笔墨纸砚整齐地摆放在书桌上，一切都好像主人临时出去一下，转瞬就会回来一样。这些东西，很多都是她当年冒着被批斗的危险千辛万苦保存下来的。二奶奶每隔一段时间就要拿出去晾晒一下。那块怀表更是一刻也不能离开她，日里做事时她用绸布包了揣在贴身的衣袋里，怀表时时刻刻感受着她的体温；夜里就放在枕边，那嘀嗒嘀嗒滴嗒的声音，仿佛就是二爷爷的心跳声，让她时刻都感知着他的存在，陪着她度过那漫漫长夜，熬过那些苦难的岁月。她怎么可能离开她的老屋呢？

老屋的墙上挂着一张二爷爷年轻时在大学照的大幅照片，那照片被大伯翻拍了几次。二爷爷一身学生装，脖子上围着二奶奶给他织的围巾，英气逼人。二奶奶还精心地保存着他们拜堂成亲时穿的喜服。照片和喜服都是她的宝贝。回顾她这几十年，她常对我们说，二爷爷走后的前几年，她经常在夜里对着他的照片无声地啜泣；大伯没消息的时候是哀哀地哭。但是，姑姑死后的前几年，她的精神受到了极大的刺激，每天指着照片中二爷爷的鼻子狠狠地哭骂，成了她的必修课，她说，你这薄情寡义的男子，你这没良心的，你这辈子欠我太多了，下辈子你要当牛做马来还我，你就是回来，我也要用棍子打出你去！那时她已有八个孙子孙女，重孙也有三个了，四世同堂，也算是乐享天伦了。可是心中的情结啊，依旧是她一生的大痛。为了弥补战争年代缺失的亲情，也为了安慰她受伤的心灵，大儿子离休后，带着老妻回到家乡，和她居住在一起。

转眼就到了二十一世纪初，国家优抚战争年代各类有贡献的人，民间也出现了很多为此奔走的热心人士，使得很多流落外地甚至海外的无名英雄得以重归故里。大伯又动用各种关系寻找二爷爷，可是依然无果。

就在那年四月，杏花怒放的时节，一天早晨，几辆小轿车悄然停在村头，下来一行人，其中的两个人推着一辆轮椅，轮椅上坐着一位须发皆白的耄耋老人，戴着老花镜和助听器，脸上布满了老年斑，他的神情很是迷茫。谁也想不到，那竟是我的二爷爷，他在云南腾冲的志愿者和我家乡的志愿者的帮助下，重返故乡了。他们打听着来到二奶奶家门前。大伯和二伯慌忙迎出来，把一行人让到屋里。一名志愿者对他们说："你们是张九歌、张九锋吗？张忠实是你们的父亲吗？"大伯二伯点头称是。那位志愿者说："太好了，这位就是张忠实老先生，你们的父亲他回来了，这要感谢云南腾冲的热心人士，是他们找到了你父亲，历经两年多的时间，才又找到你们，因为通讯不发达，他们事先也没有联系上，直到三天前才跟咱们当地的志愿者接洽，也算是给你们一个惊喜了……"

原来，我的二爷爷几经辗转参加了国军的抗战部队，做战地记者，后来又参加了抗日远征军，可以说是抗战英雄。只是他受伤了，留下了后遗症，头脑时而清醒时而糊涂，听力也受损，所以这么多年一直流落在中缅边境的一个村庄里。他能活下来，全靠他当年战友的儿女照顾和供养，父亲的战友临终前交代他们要善待二爷爷，一定要帮他找到家人。怎奈他们也都是清贫的农民，没有多少能力和财力，多年来，虽然在努力为他奔走寻找，但是都没有结果。还好，政策好起来后，出现了很多志愿者，为老兵们寻根问祖，那兄妹俩把我二爷爷所有的旧物和他们父亲在世时提供的线索，交给了云南腾冲的志愿者。经过几年的努力，终于帮二爷爷找到家乡并能在今天得以回到家乡。

二奶奶正在菜园里浇菜，得到消息，跌跌撞撞地从外面跑进屋里。她站在轮椅前，打量着眼前的这个耄耋老人，她感到那样的陌生而又似曾相识。斑白而又稀疏的头发半遮半掩着铜色的头皮，犹如早春时节残败的杏花落在枯黄的草地上；面色萎黄又遍布黑色的老年斑，像琥珀色的杏花泪里面掺杂着的星星点点的黑色树皮；脸上一条一条的皱纹曲曲折折，像老屋墙上那斑驳的岁月印迹，又像在诉说着一波三折的沧桑旧事。二奶奶不觉抬头望了望墙上的大幅照片，记忆中他的夫君是那样年轻英俊，仿佛跟眼前这个人没有任何关系。可是，不知为何，也不知触动了身体里的哪一个按钮，往昔那些漫长的岁月突然就在这一瞬间在脑海里回旋起来，一个个清晰的镜头让她恍惚而又清醒，镜头最后定格在那年的残阳里，那个提着柳条箱的渐行渐远的背影。她又仔细打量了一下眼前人，没错，是他，是他。漫长的岁月里，老去的是容颜，留下的是深藏在骨子里的气质和一个人独有的气息，这些就是一个人的生物学密码。直觉告诉她，这个人就是她日思夜想的夫君，而她脑海里的记忆密码是不会错的，就像一把钥匙，虽然锈迹斑斑，但却完全可以打开他这把锁。

此刻，料峭春寒中，朝阳的光辉正透窗洒落在他的身上，斑斑驳驳，瞬间让人感觉到时光错落，恍如隔世。"他爸，你回来了？！"二奶奶大喊一声，拉着大伯和二伯"扑通"一下跪在那些人面前，连声道谢……人们慌忙扶起她。二爷爷却一脸茫然地望着他们，仿佛这一切都与他无关。二奶奶踉跄着扑向二爷爷，拍打着他的轮椅失声痛哭，她说："你怎么变成这样了？你站起来，你站起来啊，你这没良心的，你可回来了，我恨死你了，一辈子都毁了，你欠我的情太多了，你做牛做马还我的情啊！"二奶奶语无伦次起来，一急竟然晕厥过去。大家慌了神，七手八脚地把她抬到炕上。还好，她很快苏醒了。她浑身颤抖，满眼泪水，用手指着二爷爷，嘴唇哆嗦着，却始终无法言语，我想二奶奶那时一定是百感交集，惊喜、委屈一瞬间涌上心头，让她难以承受。有时候，一个人怕的不是永生不见，而是怕再次重逢。

我流着泪，拉着她的手，我能感觉到她手上那彻骨的冰凉。可她却突然挣脱我，躲进里屋，闩住了门。好一阵子，才走出来，大家惊呆了，只见她头上戴着花冠，肩上披着霞帔，身上穿着大红的喜服，脚上穿着一双小巧的红色绣花鞋，手里捧着一套男人的喜服，她颤颤巍巍地走到二爷爷的眼前，把喜服放在他的膝盖上，又从贴身的衣袋里掏出一个绸布包，打开，拿出一块怀表，颤抖着打开怀表的盖子，放在他的耳边。周围的人们敛声屏气，全场一时间鸦雀无声，只有那块怀表嘀嗒嘀嗒地响着，声声敲心坎。二爷爷就像从睡梦中被惊醒了一样，抬头望了她半晌，突然含混地喊了一声"杏儿"。那一刻，山河呜咽，时光凝固。二奶奶跪下来，把喜服放在他的手上，她摸着他饱经沧桑的脸，泣不成声。她看到，二爷爷的眼里也流出了浑浊的泪水……她紧紧地把他拥入怀中。

二爷爷从此就留在了家里，二奶奶每天都精心地服侍他，他的身体好了很多，只是，除了能清晰地呼喊二奶奶的乳名"杏儿"和说几句简短的话外，其他的语言经常是含混不清的。但是二奶奶一点也不嫌弃，她每天都絮絮叨叨地给他讲述他俩从前的故事，讲述这六十多年对他的思念。两位老人竟然都容光焕发了，似乎年轻了很多岁，二爷爷的语言和思维也渐渐清晰起来。

二奶奶每天都用轮椅推着他到处转，村头的杏花溪是他们最喜欢去的地方。六十多年了，那棵满是杏花泪的大水杏树依然枝繁叶茂，见证人世的沧桑，见证他们的爱情故事。

第二年的三月初六，是二爷爷的九十岁大寿，二奶奶、大伯和二伯大摆筵席，请了四乡八邻的亲友来吃酒助兴。听到他们的凄美故事，大家无不拍案惊奇。我的大娘，时年六十八岁的退休中文系老教授，凝望着二奶奶那沧桑的布满皱纹的脸，动情地说："从日出到日暮，从日暮到天明，父亲走后的六十六个春秋，两万多个日日夜夜，母亲是怎么熬过来的啊？这不是常人所能忍受的！这一切源于爱，母亲她心中有爱，有未了的心愿啊！心中有爱的人都是长寿的，你看郭沫若的异国妻子安娜，张学良和赵四小姐……而父亲在异国他乡，在那样恶劣的环境，在烽火狼烟枪林弹雨中，生存远比死亡更痛苦，可他始终没有放弃生命，是因为他心中有执着的信念，有对母亲的爱，有对儿女的责任啊，也正是这些支撑着他顽强求生的。""可是太奶奶分明是恨了太爷爷一生啊！你不知道吧？她每天对着太爷爷的照片骂，恨得牙痒痒呢！"她正在读大学的孙女说："孩子，你还不懂啊，恨一个人，是因为他在她的灵魂深处植根，动了她的心啊，恨的背面是大爱啊！"大娘流着泪说。

那个傍晚，当客人们散去后，二奶奶又推着二爷爷来到村头。黄昏的杏花溪边，春风和煦，残花片片随风飘落，仿佛是他们遗落的流年，纵使零落成泥碾作尘，都是在这尘世灿烂过了，那一缕苦香依旧醉人。二奶奶刹住轮椅，微笑着拍拍二爷爷的肩头，俯下身，小心翼翼地拾着落花，她的动作是那样轻柔，神情是那样专注，仿佛拾起的是距离她已久的珍贵片段，是那不寻常的流年，而那些永难消逝的记忆，仍在脑海中等待着他们回眸。往日里的温馨旧事，太多太多了，多到了让人不耐烦，多到了习以为常，渐渐成了自然之举，多到了不懂得珍惜，当时只道是寻常。芳华就那样逝去了，回忆越清晰，斯人心越痛。她把一捧花瓣轻轻放到二爷爷的鼻子前，让他嗅那一缕苦涩的花香。她没有言语，此时无声胜有声，她仿佛在说：我可以放下生死，放下整个世界，却从来没有放下过你。

二爷爷转过头来，看着二奶奶，他微微笑着，眼神竟不再空洞，他想起了什么？是想起了他们初见时的模样？还是离别时的泪眼？二奶奶已经褪尽了红颜。曾经的才子啊，从你那无比温润的眼神中让人读出了"我爱你如今凋残的容貌胜过你昔日的红颜"。又一阵风拂过，一树杏花顿时飘洒成漫天的飞雪，飘落到二爷爷的身上。他笨拙地捉住几片，伸手递给二奶奶，用无比清晰的语言说道："杏儿，那么长时间你去了哪里？我都找不见你了，你闻闻，可香啦！"这句话隔了战火硝烟，隔了数度生死，隔了几十年的沧桑岁月，才说出来，一刹那间，天地间再没有其他的色彩，也没有其他的声音了。二奶奶泪流满面，紧紧握住二爷爷的手……

黄昏的村头，杏花溪畔，在残破的夕阳中，杏花的花瓣雨里，两个老人就这样紧紧握着对方的手，久久不愿再松开。

瑰 丽 红 尘

　　我的姨表姐是开花店的，店在一所知名大学的正门旁边，很多主顾都是那所大学的师生。店员除了一个叫安琪的本地插花工外，还请了几个兼职的大学生。那时我正在一家医院实习，借住在她花店的阁楼上。高雅的装修环境和满屋姹紫嫣红、芬芳四溢的花卉，总是让我在半夜醒来时感觉自己置身于童话的世界中，只可惜用表姐的话说，我是个生性不懂浪漫的人，白白浪费了这么好的环境。那年的情人节适逢周六，从周三开始，她们就忙碌起来了，此前订货的各色玫瑰都送到了，她们忙着分类、整理、修剪和开始插做样品的花束。

　　情人节——Valentin'Day，圣瓦伦丁节，我最初是从英语课上知道它的来历的，和中文一样，带着人名的词语，总会让人浮想联翩，觉得它是有动态故事情节的。教外语的老师因为受西方文化的影响大，都比较有浪漫情怀，几乎教过我的每个英语老师都讲过其背后的凄美故事。而生性大大咧咧又没有男友的我一向不在意这个舶来的节日。

　　表姐是一所大专学校的艺术系毕业生，是个感情细腻、内心丰富浪漫的人，这一点从她经营花店上就可以看出。她曾经专门学过花艺。只要有时间，就耐心地给我和店员们讲解花艺，教我修剪花朵、插花等，我经常不耐烦地对她说我又不开花店，她却说，女人要活得精致，女人与花、玫瑰与爱情就像鱼和水一样密不可分，你这么大的姑娘了，难道就没有期待过情人节能拥有一束玫瑰吗？"红玫瑰还是白玫瑰？"我调皮地说。"也许每一个男子全都有过这样的两个女人，至少两个。娶了红玫瑰，久而久之，红的变了墙上的一抹蚊子血，白的还是'床前明月光'；娶了白玫瑰，白的便是衣服上沾的一粒饭黏子，红的却是心口上的一颗朱砂痣。"我俏皮地一边故意夸张地瓮声瓮气地背着张爱玲的经典，一边挤眉弄眼朝她做鬼脸。末了又说："姐，你忒有点崇洋媚外了，不过情人节、母亲节这些洋节真的也成全了你的生意，让你赚了不少票票，你确实应该喜欢，等闲了，我们一定给你放放血，宰你请顿大餐。"表姐挤出一抹无可奈何的苦笑，用手指在我脑门弹了一个响指说："吃，吃，吃，你就知道个吃，本来就不懂浪漫，再吃胖了，还更嫁不出去！"店员们一起哄笑起来。我猴子样快步地爬到阁楼上，坐在楼梯口边揉着脑门边噘着嘴假装生气。居高临下，俯瞰着满室姹紫嫣红活色生香的玫瑰，就在那一刻我突然也有了一丝心动的感觉，不觉在心里暗想：我会是谁胸口的朱砂痣谁墙上的蚊子血呢？又会是谁的白月光谁的饭黏子呢？不觉间有点黯然神伤起来，幸而没人注意到。表姐也不再理会我了，大抵是觉得我在浪漫方面是朽木不可雕也。她又掉转方向给那些大学生员工"上课"去了："情人节的来历你们都知道了，情人节在中国传播的历史你不一定清楚，可追溯到二十世纪三十年代，当时是留学归来的知识分子也就是现在所谓的海归人士把这个节日带到中国的，引得那些上流社会的公子小姐纷纷效仿。在当时的中国，洋人聚居多的大城市如北京、广州、上海、青岛、哈尔滨等地，在三十年代初，洋人和回国后的知识分子就已经开始有情人节互送贺卡、玫瑰花的习惯了……"表姐当时讲得眉飞色舞，但我却有着隐隐的心痛，因为我想到了那个年代列强侵犯中国，在这些知名的大城市肆意划分租界，横行霸道的场景。

那天晚上，我洗漱后刚要上床，突然就接到表姐的电话，她虚弱地说她病了，医生说是输尿管结石，苦不堪言，现在已经在住院了，我说我马上赶去医院，她说不用了，医院有姨妈照顾她，这几天店里的生意就交由我全权负责了。

顷刻间我感到肩上的担子无比沉重起来，心里埋怨着她偏偏在这个节骨眼上生病，没法子，也不能辜负所托啊。我赶忙打电话向带教老师请了两天假。

十三号一早开门没多久，就来了一拨顾客，看样子都像大学生，我们赶忙热情接待。看到他们细心地挑选玫瑰，我心里不由慨叹起自己的不懂风情来。就在这时，一位戴着老花镜和助听器的白发苍苍的老先生驾着轮椅停在我们花店的门口，还没等我开口就高声说道："孩子，我是这所大学的退休老师，就住在大学里，听说你们店里有送花上门的服务，请帮我选一束红玫瑰，要最好最贵的，明天是情人节，请你们一定按上面的地址帮我送到啊，一定要明天一早送去，我听说你们的花店信誉最好，服务最周到，拜托你们了。"边说边递上几张百元钞票和一张写有地址的纸片，我们和在花店里选花订花的少男少女们都吃了一惊。真的无法理解，这样的浪漫节日和这样一位举步维艰的耄耋老人能有什么关系呢？"他，他神经有毛病吧，真是的……"几个在店里选花、订花的阳光男孩和时尚女孩窃窃私语。

"孩子，钱和地址收好了啊，你们开张票据给我吧，明天一定要尽早送到啊！"

"啊啊，好好，给老先生打个折，再开好票据！"我吩咐安琪道，"您老放心吧，我们一定会办到的，只要您的地址没错，我就是这个花店的负责人。"

"那太好了，先谢谢你们了，地址不会错的，我先走了。"老人接过票据和找回的钱驾着轮椅慢慢地走了，边走边回过头看了几次。望着他的背影，我心里有一种说不出的感觉。几个员工好奇地一起凑过来仔细看他留下的地址。

"姐姐，姐姐，这个地址很奇怪啊！"

"本市西郊天堂路，梅园……"

"天啊，梅园，那是一座有名的贵族公墓啊！这个老头真是个疯子，怎么办啊？他肯定还没走远，要不我去追上他退单吧。"安琪看着地址惊叫着说。她是本地土著，她的话不会错的。

我吃了一惊，但是马上平静下来。我的心中有一根敏感的弦动了一下，我突然有一种难以名状的预感，我骨子里没有浪漫的因子，可生性喜欢猎奇，这个老头肯定是个有故事的人。

"好了，别再说了，一切交给我来办吧。"我对她们说。

第二天是个烟雨蒙蒙的日子。丝丝的细雨虽然给人们的出行带来些许不便，但却给这个浪漫的节日平添了很多情调。一大早，我就带着玫瑰独自一人开着表姐的车直奔梅园公墓。为了昨天的承诺，也是为了防止城内的拥堵，我必须避开早高峰，尽早赶过去送花，何况我还要替表姐打理店里的生意呢。还好，一个多小时后，我就顺利到了西郊的梅园。停好车，我打着伞，抱着那束精装的上好的红玫瑰，拿出那张写着地址的纸条，走进墓园。忽然一个中年女人急急忙忙地从管理处跑出来，气喘吁吁地说："请问你是心怡花店的人吗？"我点点头。

"这里有位老先生在等你，他让我来叫你！"我满腹狐疑地跟着她走进管理处的接待室。昨天那位订花的耄耋老人正在那里捧着一杯茶笑眯眯地看着我。

"这老头,还不放心我们的服务,还要亲自来监督,那何不自己去送呢？"我暗想,同时心里隐约有一丝不快。

"您好！"我微笑着对他打了一个招呼。他示意我坐在他对面的椅子上,还把一杯热茶推向我。

"年轻人,你好！还认得出吧,我就是昨天让你送玫瑰花到公墓的疯老头。你果然是个守信用的人,来得这么早,我还以为要等你好久呢。"

"我是应该的,您是我店里的顾客,顾客就是上帝,昨天我答应了您一早来的,只是,您怎么也来了,这么早您是怎么来的呢？"

"很好,现在像你这样守信用的年轻人不多了,我是坐最早的地铁,中转了几次后再打的士来到这里的,今天我遇到了很多热心人,要不这个点到不了,这个社会越来越文明了。好啊,孩子,你既然能不负所托,一大早就把花送到这里来,想你一定也能耐心听完我的故事,是关于四个不同年代的情人节,四束玫瑰与我和一位女士的故事。这个故事一直藏在我心中几十年了,我是无处话凄凉啊。"老人凝视着我,眼里的那份恳求和期待让人顿生怜悯。于是,我微笑着向他点点头。这应该是电影里的情节吧,我飞快地想着,我甚至有些神情恍惚了。老人丝毫没有觉察出我的异样,他打开话匣子开始讲他的故事。

"故事的女主角,叫俞佳梅,就埋葬在这里,我订的这束花就是送给她的,我想你是不介意给一个故去的人送花的,要是介意,你昨天就退单了,起初我还一直惶惶然,尤其刚出店门的时候,我好怕你们追出来退单,回头看了几次呢,回家后又怕接到你们店里退单的电话,一直担心了一整天。"我忙说："不介意不介意。"

"佳梅她是我的初恋情人,但是她却是别人的妻子和母亲。"听到这句话,我瞬间就心潮澎湃起来,看来,这老人家不但有故事,这故事肯定还具有传奇色彩,肯定耐人寻味。

"她是我的初恋情人,也是我一生最爱的人。年轻人,请你别笑话我土埋到脖颈的人了，还提这个'爱'字，就我这年龄、这身体，能说这个字的机会不多了。"老人略带羞赧地说，"我们出生于三十年代初，她的父亲是上海有名的富商，我父亲是一家公司的小职员。我和她在同一所大学读书，那时我们已偷偷相恋三年了。一九四一年的上海，笼罩着一种动荡不安的气息，街头巷尾人们议论纷纷，流言四起，无外乎是说要打仗了，每个人每天都过得提心吊胆的，尤其是像俞家那样的上层人物。佳梅对我说，她的父亲每天都惶惶不安，唉声叹气的，家里的贵重东西都已悉数打包起来，她家早就在香港买了寓所，随时可能去香港，家里的气氛非常压抑，她快窒息了。我和她都知道，去香港对我和她来说意味着什么，但是谁也不忍心说出来，我们干脆就避而不谈这个问题了。一天放学后，我们约好了一起逛南京路。我也发觉，上海确实是不同了，街上的人群虽然依旧熙熙攘攘，但是表情都很复杂，很多铺子都贴出转让的告示。我和她漫无目的地在街上溜达着，走到一家花店门口时，佳梅突然驻足对着橱窗观望了许久。'今天是二月四日，再过十天是情人节呢！'她看着橱窗中鲜艳欲滴的玫瑰，羡慕地说。可是，我却窘得不知如何是好，因为我家实在是太穷了，我身上经常连一个铜板也没有，怎么可能买得起玫瑰呢？她发觉自己说走了嘴，急忙改口说她是随便说的。可是你知道，我是多么想送自己心爱的人一束玫瑰啊，尤其是在这样动荡不安、前途未卜的时候。我暗下决心，就是不吃饭，也要攒到钱来给她买一束玫瑰。第二天，我找借口向学校请了假，对佳梅谎称我要回乡下老家几天，费尽周折在一家西餐厅找了一份打杂的短工，我忍饥挨饿，十天下来，终于赚够了买一束廉价玫瑰花的钱。当我捧着玫瑰来到她家的后门外，我们经常约会的地方时，发现一切都改变了，她家已经人去屋空了，好心的门房告诉我，恐怕战争快爆发了，他的父亲三天前带全家人到香港去了。门房还说，佳梅小姐走的时候哭着不肯上车，求她的父亲把我带上……那一刻，我感到天旋地转，几近晕厥，那束花掉在了地上……

"新中国成立以后，我成了一家大型企业的技术骨干，还入了党。几年后，佳梅一家也从香港回到了上海。她做了一名中学老师。我们公开恋爱了。一年以后，我决定向组织打报告申请与她结婚，并准备情人节那天先举行一个订婚仪式。二月十四号的早晨，我早早订好了一大束玫瑰，准备向领导请假时，领导把我叫到办公室，拿出一份文件，严肃地告诉我俞佳梅政审不过关，她出身不清白，而且海外关系太多，作为一名重要部门的技术骨干，娶这样的妻子，这是不允许的……我们就劳燕分飞了。

"我们的心灵都受到了重创。后来她嫁给了一个资本家的男人，离开了上海到广州定居。我经人介绍与一家医院的护士结了婚。以后的十年，我再也没有了她的消息。

"史无前例的'文革'开始后，我以'莫须有'的罪名被送到干校劳动改造。妻子与我离了婚，儿女也与我划清了界线。佳梅因出身的关系也被遣送回原籍劳动改造。我们恰好被分到同一家农场进行劳动改造。见面时我们只能用眼睛说话。真可谓是流泪眼对流泪眼，断肠人对断肠人。偶然的机会，我在垃圾桶边捡到了一株被人遗弃的玫瑰花苗，便冒着被揪斗的危险，把它栽种到我管的菜园里。我每天精心地呵护它，到二月份它竟奇迹般地开出了一朵粉红色的瘦瘦的小花，我准备把它送给佳梅。那时，我们的生存状况是朝不保夕，我已没有了别的想法，只想让她在看到花时能露出一丝久违的笑容。可是当我用报纸把花包好藏在怀中，准备找机会送给她时，却得知她因自杀未遂在医院抢救的消息……那天是一九六九年的二月十四日。

"一九七九年的春天来得格外早。我的'问题'被彻底查清了，我平反了。事实上，由于企业领导的帮助，我三年前就恢复了自由，但恢复工作是从一九七九年的元月开始的。那时，我觉得自己好像焕发了青春，虽年近半百，但精力格外充沛。当我得知佳梅也沉冤昭雪并被安排在文化馆工作时，我心中积聚多年的爱情之火再度燃起。我暗想，这次我再也不能错过她了。想起那两次未能送到的玫瑰，我发誓这次一定要让她收到一束最爱她的人送的玫瑰。经过这么多年的沧桑，我们已没有了年轻时的浪漫，那既然是在二月份，此前又有过情人节的玫瑰情结，那就等到十四号送吧。十三号下午，我就迫不及待地订好了花。十四号一大早，我就理好了发，穿上我最好的衣服。可就在我刚要出门的时候，党委书记带着我的前妻和我的一双儿女出现在我的面前。'一切都是历史的错，今天我是特地来恭贺你们破镜重圆的！怎么样啊？这杯喜酒我是不是吃定了？两个傻孩子，还不快叫爸爸！'当两个孩子哭着扑到我的怀里时，前妻迟疑了一下也跟着扑到了我的怀里……我订的那束可怜的玫瑰花，直到三天以后还寂寞地摆放在花店的橱窗里，慢慢地枯萎，最后被丢弃到垃圾桶了，你知道吗，我站在那个垃圾桶前难过了许久、许久，我们的爱情就像这束玫瑰一样永远凋零了。

"一九八一年，佳梅在国外一个亲戚的帮助下，带着儿子移民美国旧金山。我也从企业调到你花店旁边的那所大学工作。从此我们就再也没有了联系。

"一九九二年，我随代表团赴美国旧金山参加一个学术交流会。历尽周折，我终于打听到了佳梅的寓所。他的儿子已经成了唐人街有名的华裔富商。我决定第二天去拜访她，并送她一束玫瑰……那一夜，我百感交集，辗转难眠。我和佳梅这一对青梅竹马的恋人，就因为历史的原因，错过了这一生。如今，半个多世纪就这样过去了，我们都已年逾花甲，早已无力承受爱与被爱，我只是想了却一桩心愿，为我们缺憾的一生画一个完美的句号。

"第二天，我怀抱着一大束异国的玫瑰来到她的寓所外。她的家是一栋带大面积绿地的漂亮别墅，极其豪华气派。看来她过得不错，我暗暗为她高兴。我按响门铃，很快，从楼里走出一位年轻男士。可他并没有打开门，而是隔着铁栅栏对我说：'您就是从中国来的曾先生吧，我等您好一会儿了，我是俞佳梅的儿子，关于您与我母亲之间的事，我略知一二。我母亲她现在过得很好，请您不要再打搅她了，我得到您要来我家的消息，已连夜把她送去旅行了，您请回吧。'

"我一下子愣住了，忙向他解释说我只是想在有生之年再见见她，问候问候她，没有别的意思，我们都老了。可他却说：'不必了，过去的就让它永远成为过去吧，不见最好，免得伤怀。''那就拜托您把这束花送给你母亲吧，就说老友祝她健康长寿。''也不必了，您这样做，我会认为是对我已故父亲的大不敬，您请回吧，对不起，我失陪了。'说完他转身进入了楼里。我在门口愣了足有一刻钟，然后默默地把那束花放在了大门前的地上……

"几个月前，她的一个留在国内的堂姐告诉我说，佳梅因突发脑干出血，已于去年三月在美国去世了。她的遗愿是魂归故里，她要葬在生她养她而又让她备受磨难的故乡。所以，他的儿子去年的冬至节将她的骨灰葬到了梅园。

"我最爱的人死了，我大病了一场，现在只能以轮椅代步了。在天国里，佳梅她自由了，她又属于她自己了。我要送一束玫瑰给她，让她在天国里感受我对她无尽的挚爱吧！所以，我就去你的店里订了这束玫瑰。

"孩子，我的凄惨的故事讲完了，你的心情一定被我弄得万分惆怅吧，谢谢你能够替我送花，帮我完成了这最后的心愿，祝你好人一生平安。她的墓在梅园的最高点，我的轮椅摇不上去，就拜托你去把花送给她吧，我也要回了。"

听完这些话，我早已是泪流满面了。问世间情为何物？直教人生死相许？我在心底暗自庆幸在这样的节日，邂逅了这样一位老人和这样一个美丽凄婉的爱情故事。我自告奋勇地说，我推他上去，并且，亲自开车送他回去，老人家特别感动。

按照地址，在最顶端，我们找到了那座豪华的汉白玉墓。墓碑上镶嵌着一幅大照片。照片上是一位端庄清丽的年轻姑娘，穿着一身三四十年代的学生装。那双眼睛似一汪秋水那样清澈，正微笑着凝视着我们，看了真让人动容。照片下刻着："显妣俞佳梅女士之墓"。落款的日期正是去年冬至。

我费尽全力把老先生扶起来，他浑身颤抖着，手指哆嗦着抚摸着那帧照片，眼里流出了两行浑浊的老泪。"佳梅，今天是情人节，我给你送玫瑰来了！"我把鲜花递给他，他小心翼翼地摆放在祭台上。再次凝望着照片中的佳梅女士，陷入沉思之中。也许，此刻他在回想着当年在一起的每一个美好片段吧。此刻，我真的好羡慕墓中的佳梅阿姨，毕竟她在尘世时曾有过这样一位挚爱她的人。我心里默默地说："阿姨，在天国，有这束玫瑰相陪，想您也不会寂寞了吧。"我就这样默默地扶着老先生，我们谁也没有说话。一刻钟后，老先生回过头来说："姑娘，不早了，我们回吧，你还得做生意呢。"

我小心翼翼地扶他坐在轮椅上，把轮椅掉过头，准备推他走，却忍不住又回望了一眼墓地，我发现，那束花放得有点偏，就又刹住轮椅，回去整理。我捧起祭台上的玫瑰，放到照片中佳梅阿姨的唇边，再轻轻放回去。心里默默地说："阿姨，你一定嗅到它的馨香了吧。我感觉您的笑容仿佛更甜美了。"我站定，庄重地朝她鞠了一躬，然后推着老先生，迎着纷纷扬扬的小雨，走向尘世间的情人节。

爱 的 真 谛

从有记忆时起，就看见我家堂屋的大相框正中贴着一幅黑白照片。照片上是一个妙龄美女，大概是不爱红装爱武装的时代拍摄的。她着一身戎装，看样子也未施粉黛，可那飒爽的英姿，那高雅的气质，真是无人能及。母亲说，这照片上的女人叫兰荻，我就叫她兰姨吧，她曾是在我们这个镇上插队的上海知青，已回城多年了。

母亲非常珍爱这帧照片，许多年来曾几次翻拍。她尤喜凝视照片上的兰姨，尤其心情有大起大落时。母亲凝视兰姨的目光我一直读不懂。父亲却好像很敬畏这帧照片。许多年来，曾几次怯怯地说："我们把它拿下来放到影集里吧，把我们的全家福贴上去不是更好吗？"但每次都遭到母亲的强烈反对。不仅母亲反对，我也反对，因为我自小就爱这照片上的兰姨。我经常凝视着她的美丽出神。况且，她的名字我也喜欢，兰荻，既有一种如诗如画般的高雅，又仿佛蕴含着一个凄美的爱情故事，让人浮想联翩。

在我们镇上插过队的上海知青返城后，这些年中，绝大多数都曾经回来过，可是我始终没有等到兰姨。而回来的那些人，在与我父母聊天时，几乎把所有知青插队时和返城后的故事侃个遍，却从来也没有人提起过兰姨。从小到大，从父母看兰姨照片的目光与表情中，我心里隐隐有些感觉，她与我父母之间一定有某种微妙的关系。有几次，我曾见到过，母亲不在家时，我的父亲在凄清的雨夜，曾泡着一杯浓茶，对着兰姨的照片，一坐就是几个小时。而我的母亲竟也有些怪异，在兰姨的大幅照片旁边，贴满了她教小学这么多年来在各种表彰大会上接受颁奖的照片，仿佛在用另一种方式来与兰姨媲美。对我来说，兰姨和我父母的关系，始终是我心中的一个谜。随着年龄的增长，我愈来愈想揭开这个谜底。

那年暑假，四十五岁的母亲做了胆囊切除手术，我到医院护理她。在医院的十天，是我成年以来，母女独处最长的日子了。母亲忙于教书育人，我忙于学业，加之做教师的母亲总是以对学生的严厉态度对待我，因此，一直以来我对她总是心存敬畏。而今，重病中的母亲显得十分慈爱。我第一次感觉到母亲原来也是这样地温柔和脆弱，我们母女整日聊天。母亲讲我童年的趣事，讲她的故事。聊着聊着便聊到了兰姨，母亲突然说："也不知兰荻她过得怎么样，身体好不好，她比我还大一岁呢，这辈子也不知道还有没有缘和她再见一面了，我真的很想见见她呀，唉……"

"妈，兰姨她是你的朋友吗？"我趁机鼓足了勇气问道。

"是的，但她也是我的情敌！要不是那个年代，嫁给你爸爸的应该是她。

"真的是这样啊，一切都在我的意料之中。"我禁不住失声喊道。

"我知道，你早就已经猜测到了，毕竟妈妈那时也正是你这样的年龄啊。你想听听我们的故事吗"

我点点头，母亲打开记忆的闸门，往事就这样从她口中喷涌而出。

原来兰姨是一九六八年的上海知青。她的父母都是高级知识分子，"文革"一开始就双双被关了牛棚。她是个独生女，下放时刚刚高中毕业。她是他们那一批知青中文化最高的一个。她来镇上半年的时候，镇上让大队选送一男一女两个社员去县医院学习医疗技术，以便回来后做大队的赤脚医生和接生员。大队书记便推荐镇中学毕业的父亲。但女社员一时还定不下来。那年月，我们当地的农村女孩，读到初中毕业的是凤毛麟角。而与兰姨同来插队的上海女知青，略有文化的都被安排了诸如小学教师、宣传队长等工作，只有她因为出身不好，才一直未被安排，而是和女社员一起参加生产劳动。因为实在没有人选，书记一甩帽子，骂了一句娘道："老子不管她黑的白的，只要认字，学到本事，能把村里妇女肚子里的娃鼓捣下来就行！"于是兰姨便打起行囊与父亲一起到县医院学习去了。半年后再回村时，他们已经成为一对如漆似胶的恋人。那时父亲和兰姨都是二十一岁，父亲向大队申请开证明，要与兰姨结婚。可是遭到了爷爷奶奶乃至本户族众人的一致反对，原因是父亲家是根红苗正的贫农，而兰姨是个黑五类，何况，一个朴实的农家后生又怎能娶一个浑身散发着洋气的外路货、上海阿拉做老婆呢？他们认为父亲一定是疯了，是被那个狐媚魔道的女人迷住了心窍。于是我的祖父想出了一个万全之策，那就是赶快在我们当地寻一门亲，拴住父亲。于是镇中学毕业、做小学教师的母亲便成了最佳人选。母亲与父亲是上下届，早已暗恋父亲多年。而父亲良好的家庭出身和出众的相貌，也使得母亲家人十分赞同这门亲事。而父亲却坚决反对这门类似包办的婚事。他扬言非兰姨不娶，甚至以死相逼，可最终还是勉强同意了。原来，我母亲的叔叔当时是镇革委会副主任，在一个夜晚，他与父亲谈了一次话后，第二天父亲就答应与母亲订婚。许多年后母亲才知道，原来是他的叔叔威胁父亲说，如果他不同意婚事，他马上就把兰姨从大队的卫生所调到最偏远的打石场去做工。在那地方做工的，都是些很野蛮的男人，曾经有两个女知青在那里煮饭，可是没多久就不明不白吊死了一个。为了兰姨，我父亲才不得不同意了这门亲事。可是，兰姨后来还是调走了，是她自愿调走的，她去了一个偏远的林场卫生所。第二年春天，二十岁的母亲和二十二岁的父亲举行了革命的婚礼。而就在婚礼的前几天，母亲才第一次见到了兰姨。

"正是那次见面，改变了我一生的命运，兰荻这个不凡的女人。"母亲感慨地说。

"我对兰荻和你父亲的事有所耳闻，但我那时始终认为，那不过是因为年轻，不过是一场风花雪月的故事而已。可是当我与你父亲一起去见兰荻时，从他们的眼神中我读懂了一切，我才知道，他们的爱是那样地坚贞与不可改变，他们都是因为爱对方而牺牲了自己的，而我的婚姻只是他们为爱而施舍给我的……"

"那么，你恨兰姨吗？"

"不，我非常感激她。没有她，我的生活会是另外一种样子，就像许多善良的中国人一样，有三间瓦房，两个儿女。做丈夫的呢，是个典型的模范丈夫，包揽家里的一切重活，尽最大努力赚钱，让老婆孩子衣食无忧，他认为这是他的责任。而在心里，始终有一个痛点，埋藏着永难割舍的爱情。做妻子的呢，也是个典型的中国式贤妻良母，相夫教子，纺织井臼，把家庭打理得井井有条，这是为人妻者该做的。可是，在每一个凄清的雨夜，身边丈夫辗转难眠时，她幽怨的泪水就会无声地滑落脸颊，因为她知道，这辈子，他不爱她，她没有赢得他的心。当老去的时候，怆然回首，才发现彼此都是戴着面具熬过了一生，这该是多么悲哀啊。兰荻让我懂得了爱是一种心灵的契约，爱是一种包容和牺牲，最终我赢得了你父亲的心。"

"那你是怎样做的呢？这么多年来父亲一直对你那么好。"

"我首先央求我叔叔设法把兰荻调回了大队卫生所，因为那里不但环境好，工作轻松，每天还记最高工分。我娘家人都说我简直疯了，明知他和自己男人倾心相爱过，却还给他们创造在一起的机会，他们都指责我不行。"

"就是啊，妈妈，我也认为你这是在冒险呢。"

"不，我不这样认为，他们俩都是善良而又理智的人，虽然倾心相爱过，但是现实已经不可改变了，必须要面对，只有让他们在工作中重新建立正常的人际关系，才能平复他们心中的波澜，才能抚平他们心中的伤痛，使他们渐渐坦然面对彼此，平衡他们之间的关系。大队卫生所和我们学校毗邻，除了他俩之外，还有一个会计和一个出纳，他们一直相处得很好。我和你父亲就住在学校里，为了方便群众看病，兰荻住在卫生所，我们都是自己开伙。只要我们家里做点像样的饭菜，我就主动叫她过来一起吃，她也是那样，我还让你爸爸包揽了她的一切粗活和重活。后来我们相处得就像兄弟姐妹一样了。你就是兰荻接生的，每次回上海探亲，她都给你带穿的和吃的，还给你织了很多件漂亮的小毛衣。后来，大队每年都有推荐知青上大学的名额，虽然也要考试，但是每年都有两三个考上大学的，这是知青们最好的出路了。兰荻毕竟出身不好，不符合规定，按正常渠道推荐屡屡受挫。我又去央求我的叔叔，费了好一番周折，才给她挣得一个名额，她在那年考上了上海的一所医学院。临走时，她几乎把一切能用的家当都留给了我们。我和你爸准备了一顿丰盛的晚餐为她饯行。大家都喝了不少酒，她抽泣着拥抱着我说，我是她一生最敬佩和感激的人，她永世难忘。后来，她又对你父亲说，要好好对待嫂子，像嫂子这样的人，这世上有几个？你遇到她是你的幸运，要好好珍惜。最后她说，她到上海后，每隔一段时间，会写信给我们报个平安，她以前打扰我们太多了，我们应该有一份安乐平静的生活，她不应该过多介入，她将在远方永远默默地祝福我们……我们都哭了。"

"那后来呢？"

"兰荻每年都会写一封信给我们，最后一封信是她毕业那年写的，她说她去报名参加援藏医疗队了，不日就要出发。后来就再也没有了她的消息。"

"妈妈，你真是太伟大了，你能够这样坦然地和情敌相处，这么宽容地对待她。"

"爱情虽然是自私的，但是爱一个人本身是没有错的。'爱是恒久忍耐又有恩慈，爱是不嫉妒，爱是不自夸，不张狂，凡事包容凡事相信，凡事盼望，凡事忍耐凡事要忍耐，爱是永不止息……'这是很多年后我听到的一首歌，叫作《爱的真谛》，我正是做到了这些。我想，你父亲正是被我的包容、忍耐和恩慈所打动，我最终赢得了他的心。"

……

"不喜欢不义只喜欢真理，凡事包容凡事相信，凡事盼望，凡事忍耐凡事要忍耐，爱是永不止息，不止息……"这正是母亲的爱的真谛。

青 青 子 衿

师兄：

夜里我总是做梦，梦见你。

你还是白天的样子。一头乌黑的头发修剪得有棱有角的，浓重的眉毛，大大的眼睛。穿一件款式很特别的湖蓝色领子的短袖 T 恤，领子下面的纽扣敞开一颗，露出脖子上挂着的青碧色的玉坠儿，举止优雅，言语讲究，声音极富磁性。

算起来，我和你结识已一年多了，至今犹记得初见时，我们简短的戏谑。你说你属猴，我说我属猪，我说："呀，都是唐僧徒弟啊。"于是你便笑称我为师妹，我便叫你为师兄。

也许由于职业的关系吧，我是个能把什么心事都放在心里而脸上永远对人笑的那种人。我周围的人都认为我是个乐天派，没有人知道我真实的内心世界。我其实是个内心很荒芜、连笑都寂寞的女子。我一直在努力改变自己，但却总是不能做到。

每次联系，我都幽幽地向你诉说着我的沧桑，你一直是我最忠实的听众，我倾诉，你倾听，一贯如此。真的，在你面前，我几乎没有隐私。一天有二十四小时，一小时有四刻钟，我自己都不知道，到底有几时几刻心里没有你的影子。

你是你所从事的工作的行业精英，极敬业。你能在浊世保持清纯如水的心境，如莲花般出淤泥而不染。你踏踏实实地做学问，安安心心地工作，做实事的时间，永远多于钩心斗角的时间。你总是很谦逊。还记得吗？我曾对你说："师兄，你一个月的差旅费大于你的月薪，你是行业精英，公司里举足轻重的金领呢，'桃李不言，下自成蹊'这八个字我送给你，是我终生对你的评价，如果可能，我会刻在碑文上……"你嗔怪地笑着，口里否认着我的话，但我想，你这猴头心里一定在赞叹着我独具慧眼吧。你虽是南方人，但是却有北方汉子那海一样的胸怀，知道吗，很欣赏你说过的一句话："凡事不要太计较了，在不影响人格的前提下，吃点亏就吃点亏吧。"你是理科男，却又不输文采，好喜欢你幽默而又富有哲理性和逻辑性的谈吐。

你总是天南海北地出差，牵动着我的心。我的心随着你在一座又一座城市里漂泊着，关注着你的一切。你所去的每一座城市，于我都变得亲切起来，有时甚至一听到那座城市的名字，我就激动得心跳加快。我每天都在关注着你所在城市的天气预报，为的是变天了好提前打电话告诉你。你说，这一切都使你备感温暖。

我这里地震了，你正在另一座城市出差。在互联网上看到新闻，马上打电话问候我，我很感动。挂了电话后为了不让你过分惦念，我马上又吃吃地笑着发一信息戏谑："莫不是你这猴头拔了定海神针搅的？"你回曰："我撼得动定海神针，却撼不动师妹的芳心啊。"我回信说："师兄你好比是天上的神仙，而我只是个凡人，纵走千山，涉万水，也难以登上你的殿堂。"你说："师妹你忘了，孙猴子纵然会飞，但他也是一步步走到西天的。"你可知，那一刻，我的心立刻就格外晴朗起来。

我是个极爱文学的女子，喜欢在业余时间写一些文章自娱。你很欣赏我的文章。在赞赏之余也会提出一些建议。还记得你曾说："师妹，女人就应该像你这样，温婉才情，好的女人是一本书，让人受益无穷。只希望我这一生能读懂师妹这本书。"我说："师兄你过奖了，我充其量是字纸而已。"你说："书也是字纸。"我说，"字纸分为精品和涂鸦，我属于后者。"你说："师妹，在我的眼里，涂鸦就是金凤凰。"

后来又聊到丘比特的神箭。你说："我宁愿丘比特的神箭射中我们的心，要一箭穿透两颗心的那种。"我说："师兄，一箭穿过两颗心，穿的时候是要经历大痛的，这样的创口需要很久才能平复，如果哪一天又不得不生生分开，那就要再经历一次大痛，而这样的痛不是常人所能忍受的。师兄，时下流行一首歌，我只记得其中的一句'伤不起，真的伤不起'。我就是那个伤不起的人，我平生最怕的就是相见时难别亦难。"你说："师妹，遇见了就是缘，相知了就是分，纵使距离再遥远，也总是有一根思念的线在牵着。我突然想起，我的家乡有情人是拉红线的,不用穿心,不会痛的。"我说:"师兄你手中的红线,如果你收得紧了,我也会感到不适;如果你牵得松了,我又担心你会放手,心总是悬着的。"你说:"师妹,我们之所以能这样无拘无束地交往,推心置腹地聊天,除了真诚就是互相能读懂对方,有一分心灵感应,伯牙子期,高山流水,靠的就是心中这一分灵犀啊,生命的旅程中,遇到一个懂自己的人,很难得,很难得,有时候,懂比爱更重要。"师兄,你的这番话我深有感触。平凡的我,只是人世间一朵最普通的玫瑰,只因有了你的疼爱,才显得与众不同了。你知道吗?自从生命中有了你,我的伤心和寂寞,柔情和思念,就都有了寄存的地方;生命中有了你,即使远隔天涯,即使动如参商,我也会在默默地思念里,牵挂你一生和一世。我的生命因你而美丽,只有你,能激活我体内每一个快乐的细胞,令我真正摈弃烦恼笑意嫣然。

有时候,当我幽幽向你倾诉完我的一切烦恼后,我又常常很后悔,怕自己的那分忧伤打扰了你平和的心境,我是不想让你同我一起承担痛苦的,我希望你的世界里永远阳光灿烂。我很清楚,我和你之间的关系,只能是一种介于爱情和友情之间不同寻常的情感。我不是要拥有你的整个身心,不是想登堂入室,鸠占鹊巢,而只是享有你的这一分情感,想在喧嚣的尘世,给负累的心灵觅一个停泊的港湾。我知道,这世上总是有太多的缺憾,相守的人往往不一定相知,而相知的人往往又不能长相厮守。或许,缺憾,才是一种完满。此生,虽然注定了我不能与你背靠背坐在地毯上,一起回味着往事慢慢变老,但你依然是我梦中的神话。感谢命运也感谢上苍,让我于千万年之中,时间无涯的荒野里,于千万人之中,没有早一步也没有晚一步,遇见了我所倾心的你;让我从此在这个世界上不再孤单,也不再寂寞。即使午夜醒来,被思念的痛紧紧纠缠,我也心甘情愿。

师兄,我不说还君明珠泪双垂,更不会说恨不相逢未嫁时。就让这一分别样的情愫,寒夜温暖我们,留一分遐想,让心灵有一分企盼吧。我们就是彼此的蓝颜和红颜,虽然此生无法互相拥有,但是这份享有远比拥有贵重和永恒多了。

师 妹

2013 年 2 月 18 日午夜

还　情

一九三〇年八月，二十岁的姨姥姥听从父母之命，媒妁之言，嫁给了姨姥爷——黑水河镇高府十七岁四少爷。

姨姥爷有一个孪生哥哥，只比他早半个钟头落地，因在大家族中排行第三，按辈分和辽西习俗，我们叫他三姥爷。和姨姥爷一样，三姥爷也比我姨姥姥小三岁，可是，姨姥姥得叫他三哥，他也就成了姨姥姥的大伯哥，于是，姨姥姥和他之间便有了微妙的忌讳，日常生活中，相互间言行举止都特别小心谨慎。

高家是大户人家，不但买卖做得风生水起，而且还人丁兴旺。姨姥爷的父亲有五兄弟，个个都仪表堂堂，能写会算的，经营着米行、绸缎庄、皮草行、油坊等热门买卖，在那时候的辽西一带赫赫有名。我的姨姥姥嫁到高府属于嫁入豪门，算是前世修来的福分。可这样的人家往往家教严、规矩多。在娶亲方面原本也是按长幼顺序的，只是因为老三算过命的，须等到二十五岁才能成婚，否则性命堪忧。于是，他祖父就让弟弟先娶亲，还要娶女大三的，一是求家财兴旺，二是求早生孙嗣以承宗桃，因为姨姥爷的大嫂二嫂头胎生的都是女孩。

那年代，姨姥姥作为新媳妇在高府那样的大户人家，举手投足都特别引人注目。于是，姨姥姥整日里都是低眉顺眼，战战兢兢的，唯恐有什么失礼之处。那时姨姥爷和他三哥都在县立中学读书，除去寒暑假，每周六下午才能回家，住上一夜后，周日下午又得返校，即便是在蜜月中亦是如此。所以，姨姥姥和丈夫虽已成亲三个月，但在一起的时间很少很少，加上大户人家的家规和新人的羞涩，他们白天很少有正面接触的机会。多年以后，用姨姥姥的话说那时他家有三个成年的哥哥，年龄上下差不了几岁，长相酷似，尤其是姨姥爷和他三哥这对孪生兄弟，她根本分不清哪个是姨姥爷。她每天大门不出，二门不迈的，就和婆婆以及两个大嫂在家里做女红。

"你三姥爷是个极好的人，我这一生都欠他的人情，他救过我的命，这人情不能不还……"从我很小的时候直到步入中年，我无数次听姨姥姥说过这句话，也无数次听她讲自己的故事。

她过门后三个多月的一天，姨姥爷的姥姥过世了，大出殡，按乡规一家人都得过去奔丧，还要在那里留宿一夜。但因为姨姥姥夫妻成亲尚不满百日，按乡俗，忌白事，所以姨姥姥便被留在府中，姨姥爷也不必去参加。适逢礼拜六，姨姥爷会从学校回来度周末。那一天姨姥姥非常兴奋，这可是自过门以来第一次和自己的丈夫独处，而且，没有任何人干扰，可以无拘无束。她可以好好地端详一下自己的夫婿，可以好好地撒撒娇诉诉苦，可以……晌午一过，她就急急忙忙把头发梳得齐齐整整，穿上最漂亮的衣服，拿出自己的私房零食（回娘家时带来的）摆了几个果碟在桌子上，然后就不停地走到厅堂门口张望。大约五点钟的光景，她看见"姨姥爷"穿着一件银色的绸布长衫回来了，原来姨姥爷私下里告诉过她，他三哥是个细心的人，为了防止姨姥姥认错他们兄弟俩，三哥和他有个约定，礼拜六三哥回家时仍旧穿学生装，让姨姥爷穿长衫，说他毕竟是成家立业的人了，最主要的是，不能让姨姥姥因认错人而出丑，他们两兄弟长得实在太像了，有时就连父母也会认错他们。姨姥姥当时就很感动，说三哥真是个处处替别人着想的好人。

姨姥姥一见穿银色长衫的就一反常态，几步走上前去，没待人家反应过来，就拉住他的衣襟说："你可回来了，怎么这么晚？人家都等你好久了，三哥不会回来吧，他应该也去送姥姥了吧？你不知道，人家嫁到你家这几个月，你天天上学，人家多寂寞，人家都熬得瘦了一圈呢，呜呜呜……"姨姥姥竟委屈得嘤嘤哭泣起来。"姨姥爷"不知所措，想挣脱她的手，可她又在哭，他只好拿出手帕来递给她说："别哭，别哭，擦擦眼泪吧，这样被下人看见不好呢。"这当儿，姨姥姥抬起头来，发现"姨姥爷"的头发是新理的，有棱有角，十分漂亮，脸庞十分俊朗，她立刻破涕为笑，依偎在他胸前，一只手抚弄着他的头发，一只手抚摸着他的脸颊说："你理了个这么漂亮的发型，你真俊啊，我娘家人都说我嫁给你很有福气呢……""姨姥爷"更加局促起来。很多年后，姨姥姥说，她那时感觉到他浑身都在颤抖，心跳得特别快，她能清楚地听到他怦怦的心跳声。后来"姨姥爷"说他口渴得厉害，让姨姥姥去倒热茶，等她端了一杯精心沏的上好茉莉花茶出来，"姨姥爷"已不见了踪影。直到第二天上午，他们两兄弟才一起回到家中，姨姥爷仍旧穿银色长衫，他三哥仍旧穿学生装。家里人也都回来了，大家一看到他俩就都笑得合不拢嘴，原来他俩理了个一模一样的发型。大嫂和二嫂就拿姨姥姥打趣说，我们把三小叔子搂在怀里都没事儿，四弟妹你千万可别认错了人哟，把大伯哥当成自己男人来亲热那就得去喝卤水、上吊了。

一九三七年七七卢沟桥事变后的一天，正在北京读大学的三姥爷突然给家里来了一封信，说国难当头，匹夫有责，身为中华儿女，当慷慨赴国难，他告诉家人不用找他，等到光复中华的那一天，他会回来的，如果没有回来，必是以身殉国了……而那时，姨姥姥已是两个儿子的母亲，姨姥爷也早已经商了。三姥爷从此便没有了音讯，这一直是这个家中最痛苦的事情。姨姥爷尤显痛苦，他和他是孪生兄弟，血脉相连啊。每到生日那天，他总是让人煮两碗寿面，摆两副酒具，他总是念叨着，三哥也二十六岁、二十七岁了、二十九岁了……

那年的六月初九，又是他们的生日，满三十岁生日。姨姥姥的婆婆病得厉害，她不停地叨念着三儿子的名字，一家人都愁肠百结。于是就请来了一位据说是方圆百里最灵的仙姑来算命。那时的关东乡下，大家都信迷信，仙姑的话就好比是圣旨。仙姑说，老太太的病恐怕是好不了了，要预备后事了。姨姥爷又拿出他三哥的生辰八字让她给算命，测测他的吉凶祸福，仙姑接过姨姥姥预备的三块大洋，闭上眼睛，嘴巴里念念有词，手指一屈一伸地掐算了很久，说："三少爷福大命大，如过得了这个坎，高寿八十一，于六月里升天，一子一女送终。"

"这话咋说呢，仙家，难道我三哥他眼下有难吗？"姨姥爷着急地说。姨姥爷一筹莫展，姨姥姥也抱着新生的孪生女儿唉声叹气，说着她三大伯的种种好。姨姥爷说："三哥对咱有恩，他那年救过你的命哩，要不，你早就喝卤水上吊了。"姨姥姥听了一头雾水。于是姨姥爷就给她讲了姥姥出殡那天发生的故事。原来，三哥也是算过命的，不但要等到二十五岁才能娶亲，娶亲前还不利参加白事，所以那天他也不用去送姥姥，本来他和弟弟约好不穿同样的衣服回家里，可那天偏偏碰上他们班上体育课，他的学生装打篮球时划了一个口子，拿到裁缝铺去补了，三姥爷便去找弟弟借他的学生装穿，可偏偏姨姥爷他们班要排练校庆的节目，必须穿学生装，而且礼拜六晚上也要在学校住，礼拜天早晨才能回去，所以他三哥只好穿银色长衫先回家了。于是就出现了姨姥姥把大伯当作丈夫来亲热的一幕。当时三姥爷非常想推开她，非常想告诉她自己是三哥，可是他不敢，因为他想起了自己是大伯哥，想起了关东的那句俗语，想起了关东兄弟媳妇和大伯哥之间的种种忌讳。弟媳妇一旦知道了，就很可能羞愧自杀。后来，他假借口渴要喝茶摆脱了姨姥姥后，就立刻赶回学校找到弟弟，拉着他又连夜找到给他理发的师傅，让那人给姨姥爷理了个一模一样的发型，又和他互换了衣服礼拜六上午赶回家。路上他一再叮嘱弟弟不准跟任何人提起这件事，包括姨姥姥。姨姥姥听后脸色由红变白又由白变红，她啜泣着说："三哥可真是个好人，他确实是救了我的命啊，要不，我真的会羞愤自杀的，我欠他天大的人情啊，咱关东老话说'欠钱、欠物不欠情，还钱、还物难还情，'这天大的情不还，一辈子我都不安心……"

老太太三天后就病逝了，临终前还是叨念着三儿子的名字，姨姥姥跪在她床前发誓说："妈，三哥他不会有事儿的，只要我活一天，我就找三哥一天，我会把他的消息告诉你的。"老太太便安心地闭上了眼睛。于是姨姥姥从抗日战争找到解放战争，从旧中国找到新中国，上至官员下至乞丐，只要是远方来的人，她都要打听她三哥，几十年来从未间断过，以至有人怀疑她的精神出问题了。姨姥爷于八十年代去世了。遗憾的是，他们的三哥就像草叶上的露珠儿，太阳一出就蒸发掉了，始终没有一点儿消息。他大抵是和那个年代诸多慷慨赴国难的热血青年一样，默默无闻地在某一天，在某一片土地上为国捐躯了。

转眼就到了一九九四年的农历六月，姨姥姥的身体已是大不如前，她老了。过了六月初九后，姨姥姥就整天泪眼婆娑，她不再向任何人打听三哥的消息了，却开始精心准备寿衣、棺木、花圈等丧葬用品了。农历六月二十九（那年没有三十）那天，姨姥姥大摆宴席，请来全村的人，把当年她三哥的那套学生装和那件银色的长衫以及那封信装在柏木棺里给三哥办了一个隆重的葬礼，她对人们说："我三哥过世了，他高寿八十一岁，一子一女送终，这是喜丧，大家都要吃好喝好。"说完，她拉过披麻戴孝的年近七十岁的长子和长女对人们说："这两个孩子就是我三哥的儿子和女儿，我过继给他的，大家要记住，他们是高志远的儿子和女儿。"高志远正是她三哥的名字。三姥爷落葬后，姨姥姥长跪在老太太的墓前大声说："妈，妈，我三哥魂归故里了，他来陪您了，高寿八十一，一子一女送终！"

我的姨姥姥在同年的农历九月初九于睡梦中过世，享年八十四岁，那天正好是她三哥满七。

那年，那句话

那年，我在大山深处的一所中学教书。

山里的孩子大都是有乳名的，为的是好养活。按当地的风俗，乳名越土、越俗、越粗就越好养活。像锄头、铁蛋、臭孩儿、狗剩儿等等，比比皆是，听了让人忍俊不禁。小时候在家里，大人小孩儿可以随意呼唤他们的乳名，但上学后，渐晓人事的他们就渐渐羞于有人当众喊乳名了，甚至，有些同学还为此打架斗殴。我班上就有一个叫张成的男生，就因为班上另一个男生学着他本家爷爷的口吻，当众叫他的乳名，引起全班同学哄堂大笑，结果动手打伤了那个同学，被学校处以警告处分。为此他和父母产生了很深的隔阂，从而拒绝家里人来送东西。学校领导在集会时也特地强调不准给同学起外号不准称呼乳名。

这个镇是县里最偏远的乡镇，全镇方圆近百里，非常分散。每逢农历一、六是集日。我带的这个班是寄宿班，学生们离家都很远，每两周回家一次。父母们心疼孩子，家里有点什么好吃的，总是想法子给孩子们捎来，无奈他们都是庄稼人，平常农事很忙，很少有时间专门到镇上给孩子送东西，一般都是同村人谁到镇上办事，就央他（她）们给孩子带点东西。因此，每到集日那天，学校里就有大批家长或亲属乡邻来送东西。学生们那天往往都心神不宁的，一是期盼着家里能带点好吃的打打牙祭，二是为了那份温暖。为了不影响学生上课和学校的秩序，也是为了安抚学生的心情，学校决定每个集市上午第三节课后留二十分钟给学生（为此学校还特地印发了文件做宣传，学生们人手一份），以方便家长和亲属们来送东西。其实我知道，大家心里都是很矛盾的，他们既盼望着家里能有人或央人送东西来，又害怕他们当众叫他们五花八门的乳名，让同学们讥笑。乡亲们淳朴没有什么文化，他们不会觉得孩子的乳名有什么不雅的，反而觉得叫着亲切。

农历的六月底，正是双抢季节。这是一年当中农民们最辛苦的时候。为了赶时节，既要收割早稻、脱粒、晒谷、收谷，又要犁田、耙田、插晚稻秧。他们没时间做什么费事儿的好吃食，没有特殊的事更没时间赶集，因此，这段时间，来学校送东西的家长及亲属乡邻们相对少些。那天第三节课后，陆陆续续来了几个家长，给他们的孩子们送了些东西，大部分同学在羡慕之余都叹着气。因为第四节是我的语文课，我就一直留在教室里。二十分钟很快过去了，上课铃声响了，可是还有些同学仍然不甘心地探头向外面张望着。我用教鞭使劲敲了敲黑板，大声说："请大家都收收心，现在开始上课了！"就在这时候，我看见一个头发花白的瘦高个子老人，手里提着一包东西，正向我们的教室走过来，嘴里还自言自语着什么。我赶紧走到教室门口，迎上去，问道："老人家，您找谁？""三秃……秃，哦，张……张……"他用一只手挠着头，语无伦次地说。这时，一个人从我身后的教室里快步闯出来，差点把我撞倒，原来是张成。他一把抓过老人手里的东西，嘴里还大声地说："谁让你来送东西的，我不稀罕，以后叫我家再不要派人来找我了，烦死人了！""是你妈……你妈炸了点丸子给你，你妈还……"老人怯怯地说。可是还没等说完，张成就转身跑进了教室，我只好对老人说："老人家，您先回吧，孩子一时不懂事儿，您别计较，我会劝他的，现在我们也要上课了。""这可是咋说的呢，他妈心疼他，让我来送东西，倒送出错来了，唉，这是个甚……唉……"老人边叹着气，边摇着头走了。

我回到教室里，看见张成正坐在前排的角落里默默地生着闷气，同学们窃笑着，小声地议论着。我再一次用教鞭敲了敲黑板，说："现在上课，把所有的事儿都放下，下课再说！打开课本，今天讲新课！"教室里立刻安静下来，我转身刚把课文的标题写在黑板上，就看见那位白头发的瘦高个子老人又倒回来了，没待我迎上前去，他就对着教室大声喊着："张……张……三秃壳儿，三秃壳儿！刚才我短了一句话，你娘让我问你，二十那天，你从家里出来不大工夫就下雨了，你挨浇了没，挨浇了没？你回个话儿，我还等着答复你娘呢！"

教室里突然出奇地安静，大家都把目光集中到张成身上，用期待的眼神看着他。这样的眼神很纯洁，很纯洁，没有一丝一毫讥笑的成分。"没，没有挨浇，三爷，你告诉我娘！"张成哽咽着说。我默默地看着同学们，他们也看着我，我看见，很多人的脸上都挂着泪水。"上课！"我说。我转过身去，面对着黑板，突然，有一滴水掉到我的手上，我的眼泪也下来了。

一块月饼与两个梦想

这是我一位老师的故事。

他小时候家住在天津，父亲是一所学校的教员，母亲没有工作，家里兄弟姊妹很多，经济很是拮据。母亲是个很精明能干的家庭主妇，总是尽量用有限的财力，让一家人吃得好些，穿得体面些。天津有许多驰名中外的小吃，十八街的麻花、狗不理的汤包、耳朵眼炸糕、糖炒栗子……他偶然也吃过那么一两样，他最喜欢的糕点就是中秋月饼。

那时的城市还没有太多的大气污染，也没有太高的建筑物，月到中秋分外明。每到中秋节的夜晚，待月亮上来，母亲总是吩咐他们在四合院中摆好桌椅，然后端上各色洗好的时鲜瓜果：有如紫色玛瑙般的甜葡萄、有金黄色的蜜梨、有红彤彤的苹果和半红半黄的脆枣……末了才端上一大盘切成小块的月饼，这才是他最钟爱的和翘首企盼的。唉，家里有八九口人，月饼只有那么几块，母亲只有把它们切成窄窄的小块，他和大家都不能尽兴地吃，他感到非常遗憾。吃月饼前，母亲总是对他们说："来，大家都站起来，拜拜月亮，许个愿。"于是，他们兄弟姐妹就都朝着月亮深深地作三个揖，然后闭上眼睛双手合十，许个心愿。他没有去追问过兄弟姐妹们的梦想，他每年都有一个不变的梦想：就是希望下一个中秋节，能一个人独享一块月饼。独享一块月饼，那该是多么美妙的事情啊，他想。这一直是他孩提时代的一个美丽的梦想。

后来，他娶妻、生子、丧父、丧母，兄弟姐妹各奔前程，天各一方。然后就是尽最大努力给孩子创造成才的机会，几十年的风雨中，童年独享一块月饼的梦想无暇去想了，也一直没有实现，反而越来越远了。吹尽黄沙始到金，临近花甲的时候，他终于如愿以偿了。他的四个子女全部功成名就，但却全部成了高翔的鸿鹄，很少有时间回当年栖身的巢穴。只有老妻和他一起坚守着这个家。造化作弄人，没两年老妻竟也患绝症弃他而去。孩子们怕他寂寞，争相邀他同住，可他过惯了简单清静的日子，他还是决定一个人住。孩子们便给他在城市的高档小区买了一套房子，里面配备的都是最好的家居用品。

又是一个中秋节，他先后接到了四份孩子们速递的精美的中秋月饼，孩子们的电话也都接踵而来。夜幕降临后，他在露台上摆上一张小几和一张藤椅，把那几份精美的月饼拆开，摆在几上，还好，这是个晴朗的中秋之夜，月亮已经在城市的大厦顶上冉冉升起，此刻正温柔地照着他。他望着月亮，深深地作了三个揖，然后闭上眼睛双手合十，此时，他好像突然穿越回了几十年前那些个中秋夜，突然想起了在那些相同的夜晚许下的相同心愿，他的泪倏地下来了。他拿起一块月饼，用餐刀切成窄窄的小块，默默地把他们摆在盘子里，再一次闭上眼睛双手合十，今夜，他的梦想是：这个中秋节，如果能有人和我一起分享一块月饼该是多么美妙的事情啊！

人生何处再相逢

父亲是一个地道的农民，因为贫困，直到三十二岁都没拍过一张照片。我曾经质疑过，按说，打结婚证时总该要照相吧，父亲却苦笑着说，那时的结婚证就是一张纸，版面和图案跟学生娃的奖状差不多，不用贴照片。他从未去过除县城以外的任何大地方。我听了总有些遗憾，因为好歹母亲还去过北京呢。父亲说，他不是没有机会去，而是他父母双亡，带着弟弟、妹妹艰难度日，他走了，他们会挨饿的。父亲虽然初中毕业，但是好学上进，在村里当文书。一九八三年，村里要办一个农产品加工厂，让他去吉林省东丰县购买设备，他这才有机会出趟远门。父亲非常激动，说终于可以坐火车了，可以顺便去省城沈阳看看啦，要不一辈子就窝在山沟里不知道外面的世界是啥样子。母亲却有些担忧，怕他第一次出远门，走丢了。父亲说他一个大老爷们，不可能连路都不知道问，好歹肩膀上扛着张嘴呢。在一个秋天的下午，爸爸提着一个手提包就踏上旅程了。此后的几天，我们一家人天天掰着手指头算日子，盼着父亲回来。我们是兴奋，盼望着父亲能给我们带点稀罕物回来，而母亲却多半是担忧。

第八天，父亲终于回来了，提着鼓鼓囊囊的一大包东西。我们高兴得不得了，把提包里的东西悉数倒出来，果然有很多稀罕物：奶糖、饼干、衣服、玩具……我们争抢着，嬉闹着。爸爸却从中找出一个精致的小纸袋儿，拿出夹在里面的照片兴冲冲地说："他妈，我照相了，这张大的是在沈阳站照的，你看看，照得好不好看？"妈妈用围裙擦擦手，小心翼翼地接过去，仔细地看了又看。"真不错哩，表情挺自然的，看着好英俊呢。"妈妈略带羞涩微笑着说，"瞧你说的啥，孩子都在这呢！"我和弟弟忙围过来看。

那是一张七寸的黑白照片，父亲站在沈阳站的广场上，背景是候车室顶上三个大字"沈阳站"，正中悬挂着一座大钟，当时的时间是两点十分。父亲穿着笔挺的中山装，上衣口袋别着一支钢笔，裤线也是笔直的，脚上穿着妈妈做的千层底布鞋。他面带微笑，一双眼睛炯炯有神，目视着远方，一副高瞻远瞩的神情。真的不像是一个第一次出远门的农民。这时，妈突然说："在沈阳站照张这样的相，应该很贵吧？"爸兴奋地说："一分钱没花啊，我遇到好人了。"原来，爸爸买完设备从东丰县城上了返程的火车后根本就没座位，一路站着，后来，一位军人让他坐到他自己的位置歇歇脚，他们就这样一路轮换着坐，一路攀谈。那位军人在黑龙江当兵，家在河北，是回去探亲的，也到沈阳转车。他说他在部队十年了，每年探亲都走这条路，很熟了，下车乘着转车的空当儿，可以带父亲到沈阳转转。还说自己是连队的文职干部，手里有相机，可以给爸爸拍几张照片。那时的社会风气好，人们都古道热肠，思想单纯，何况面对的还是位军人呢，父亲毫无顾虑地就跟他一起下车，一起去排队中转签字，因为他们都是往关里方向，签的又是同一辆车的票。正是中秋时节，车票紧张，签的是第二天上午十点的车票。军人带着爸爸逛了北陵公园、沈阳故宫等景点。每到一个地方都给他拍照留念。期间坐公交车、逛公园、买冷饮等费用都是军人帮他出的。这时母亲抢过话茬说："军人军人半天，你就没问问人家的名字吗？"父亲说："看你这急脾气，我还没说完呢，我感激不尽，一再问他的名字和具体地址，他说他属于边防部队，不方便告诉我，他姓杨，就叫他杨同志好了。"杨同志说他一年只回家一次，苦了家里的老人、媳妇和孩子了，他的津贴费一年都没动，就留着回家时给家里人买东西呢。他带着父亲到一家大商店说买些副食品带给自己的家人，他劝父亲也买些，说难得来一次省城，父亲面露难色，他知道父亲可能是囊中羞涩，于是便自掏腰包买了些奶糖、饼干等硬塞给父亲，听说弟弟还小，便又买了一辆玩具小汽车塞到爸爸的提包中说送给弟弟的。到了晚饭时候，他还特地带父亲到一家小饭店，点了三个菜，其中有一盘是酱牛肉，父亲第一次吃那东西，非常喜欢，到今天都经常说真好吃啊，那个香啊。最为感动的是他还给父亲点了一瓶冰镇啤酒，他说他是军人，有纪律约束，不喝酒，父亲是老百姓，可以喝点。他不知道，那是父亲第一次喝冰镇啤酒，那沁人心脾的甘醇令父亲至今都回味无穷。而后，他又带爸爸到一家国营旅社去住了一晚，爸爸说那天他还平生第一次洗了淋浴。因为杨同志是军人，沈阳站一家照相馆的工作人员关照他，帮他把给父亲拍的照片都洗出来了，杨同志还特地让工作人员把在沈阳站拍的那张放大了，因为拍摄时爸爸说那是他第一次拍照。他说人生第一张照片又是在沈阳的标志性建筑前拍的，很有纪念意义。他俩在车上还是坐同一个座位，期间他又请父亲在车上吃了中午饭，"那时的盒饭还是铝饭盒呢，大家风格都很高，吃完了把饭盒主动还回给工作人员，那盒饭里还有四大片火腿肠呢！杨同志不说，我都不知道那是啥。"我知道，那也是父亲第一次吃火腿肠。父亲说到了绥中站，他握着杨同志的手久久不愿松开，他是流着泪与杨同志告别的……

这一段陈年往事每次爸爸喝酒时都会讲起，我家人我们村人和我们的亲朋好友们也都知道。前几年，那张沈阳站的照片被爸爸放大了挂在客厅里，逢年过节，弟弟一家回来团聚时他总是不厌其烦地给孙女讲那段故事，末了总是说："杨同志，杨大哥你好吗？好人一生平安，老天会保佑你的！只是这辈子，咱哥俩还能有机会再见面吗？"

夏天的故事

　　那年夏天，我十岁。

　　一场暴雨过后，太阳又重新露出了笑脸，雨水冲刷掉了村中的一切垃圾，门前的石板路泛着幽幽青光，远山近树，一片苍翠欲滴，一切都是那样的清新，让人感到非常惬意。没有比我们小孩子更开心的了，我们互相追逐着，嬉闹着，在青石板巷中溅起一朵朵水花。

　　而就在这时，我们突然发现，村头的公路上来了一群人，正在向我们的村子方向行进。越来越近，越来越近了。看，他们一个个衣衫褴褛，背上背着布袋，手里拿着棍子。"哇，要饭的，要饭的来了！"不知是谁喊了一嗓子。我定睛一看，哟，可不是嘛，真是要饭的，男男女女，老老少少，足足有十几个人。这时，他们已经走到我的身边了，我们直愣愣地站在那里，像将军检阅士兵一样，看着他们鱼贯而过。他们一个个面容憔悴，表情疲惫，眼神茫然地打量着我们，有的嘴里还咕噜着听不懂的方言。"十三个，一共来了十三个要饭的。"邻家小哥大声地说。"不对，是十五个，你看，那边又来了两个，还有一个是小孩呢！"我的弟弟用手指着不远处，大声地纠正着。顺着他的手看过去，果然看见一个老太太，拉着一个小女孩正在缓慢地向我们走过来。待到近前，我仔细地打量了她们一下。老太太已经很老了，黑而且瘦，满脸皱纹，穿着一身缀满补丁的蓝色衣服，花白的头发有几绺被汗水贴在额头上，背上背着一个也是缀满补丁的粗布口袋，她一手拽着口袋嘴儿，一手拉着小女孩。小女孩身上穿着很旧的红色花衣服，蓝布裤子，脚上穿着一双用丝线绣了小鸟图案（我们这里妈妈心疼孩子，绣了小鸟图案，孩子聪明伶俐，免灾）的圆口布鞋，鞋子嫌小了些，前面破了两个洞，两只脚的大脚趾头都露在外面。我心里突然有了疑问，这布鞋，是临行时母亲的疼爱，还是别的好心母亲的施舍呢？她精瘦精瘦的，头发黄黄的，打了两根细细的小辫子，眼睛很大，下巴尖尖的，很好看。我仔细地看看她，刚好和她的眼睛对视，她的眼神中有一种超越年龄的幽怨和凄婉，蓦地就锥痛了我的心。"快回家啊，快回家告诉妈妈，要饭的来了！"邻家小哥又喊了一嗓子。我们就像被唤醒了一样，飞奔着跑进村里。这时，他们的先头部队也已经进了村了，全村的狗开始狂吠起来，鸭和鹅也呱呱嘎嘎地凑着热闹。

我并没有直接回家，而是跟在他们后面，看他们到村中的各家乞讨。我们的村庄还是很大的，在这个小世界中，此时就可以看到人间的百态，人心的冷暖。那时，物质生活虽然匮乏，但人心还是古道热肠的。除去个别人家，听到风声就赶紧锁了门躲到街上外，其他各家各户，大都端半碗米分一个馒头给这些可怜的人。他们呢，大部分也都是赔着笑脸，怀着感恩的心，说着好话。但也有那么两三个难缠的，给了半碗要一碗，立在人家门口不走，嘴里叨咕着："回回手，你回回手吧，再给点吧，再帮点吧。"这时，往往也就有一些年长的同伴就过来拉走他（她），"咱吃的是百家饭，别坏了规矩，别惹人烦。"可那人却又不甘心，走时顺势摘走了人家院子里的仨瓜俩枣的，让女主人骂上半天。

待我跟着要饭的在村中转悠了半天回到我家门口时，正碰上两个衣着特别肮脏的讨饭男人从我家出来，其中一个手里还拿着一根很长的黄瓜，天哪，那人不会是把我家的黄瓜种摘走了吧。我快跑几步，走进院中，只见弟弟正蹲在地上哭，姥姥满脸愠怒地咒骂着。

"姐姐，讨饭的把咱家的黄瓜种摘走了，呜呜……"

"没见过这样讨饭的，跟胡子似的，给了米还摘人黄瓜，做种的黄瓜都敢摘，没王法了，什么玩意儿，太可恶了。"姥姥怒气冲冲地骂着。

我过去抱起弟弟，刚想劝劝姥姥。正在这时，身后又传来了一个苍老的颤抖的声音："好心的老大姐，好心的姑娘儿，帮帮我们祖孙儿俩吧。"是她们，肯定是她们。我的心不禁一颤，回头一看，正是她们俩，老太太手里拿着一个掉了几块油漆的锈迹斑驳的破搪瓷缸子，颤巍巍地向我们伸出手来。"姥姥……姥姥……给她们点吧。"弟弟说。

"刚才你们同一伙儿的不是来过了吗？要饭还不本分，把我的黄瓜种都

121

摘走了，什么东西！我外孙子都没舍得吃。"

"老姐姐，帮帮吧，看孩子面上，孩子太可怜了，才六岁，他爹死了，娘又是个半癫痴，要不说啥也不能带这么小的娃儿走这步啊……姐姐，帮点吧。"

这时我看见有两行泪水从女孩的眼中滑落。姥姥是个善良的老人，她虽然余怒未消，可还是叹着气回屋舀了多半碗米，拿了一个玉米饼给她们。她们千恩万谢地转身走了。就在转身的时候，我才发现，小女孩的鞋子不仅仅前面露脚趾头，后跟也早就脱了，难怪她们走得那么慢呢。

"姥姥，你看她的鞋，鞋坏了，走路都不好走呢……"

"坏了我有啥法，我又不是鞋匠，唉……"

"姥姥，我不是有双鞋，还新的那双，绿色灯芯绒的那双，我姑父买的，我穿着太小，那双给、给她，行吗？"我怯怯地用低低的声音说。

"那可不行，咱家也不是财主，这鞋还得留着去走亲戚时当礼物送呢，怎敢给要饭的。天底下可怜人多啊，咱也可怜不起呀，丫头……唉……"

"不用了，姐姐，谢谢你了。小姑娘，你是个好心人，我们走了。"老太太哽咽着拉着小女孩走出了我的家门。看着她们的背影，我的心很痛很痛。

我一向是个听话的孩子。可是，那天她们走后，我的心却再也不能平静。我总是想起小女孩那哀怨的眼神，那瘦弱的身躯，她的露了脚趾头、脱了脚后跟的鞋。我再也没法控制自己。我偷偷地从箱子里拿出那双绿色的灯芯绒布鞋，用一张旧窗纸包好，揣在怀里，谎称到同学家问作业，一路小跑着追出村子，约莫追出了两三里路，过了一个小村庄才追上她们。她们祖孙俩依旧走在最后，因为鞋子又小又破，小女孩每走一步都非常艰难。我跑到她们前面拦住她们，从怀里掏出鞋子，塞到小女孩手中。"给你鞋，给你鞋，我穿不得，太小了，新的，没穿过的，我姑父买的，太小了，给你吧，你的鞋太烂了……"我气喘吁吁、语无伦次地说。老太太一愣，连忙说："使不得，使不得，你家人会打你呢，你拿回去，快拿回去……妮儿，快给姐姐，会挨打呢！"小女孩赶紧把鞋子又塞回我手里。"没事，没事儿的，我家人同意了，是我姥姥让我送来的。"我骗她们说。随即把鞋塞到女孩手里转身就跑。我听见老太太着急地喊着："使不得呀，使不得，快拿回去。"

……

那天傍晚，因为这双鞋，我坐立不安。我不知道该怎么和姥姥及父母亲说。好在那天父母到另外一个村搞兴修农田水利大会战好晚还没回来。我在心里编着一个又一个版本，思谋着怎样才能把父母对我的责怪与惩罚降到最轻。我父母也是善良的人，我相信他们在责怪的同时也会原谅我的。就算她们不原谅我打我一顿我也不后悔，我心里想着，仿佛自己成了视死如归的英雄。于是便不怕了，便觉轻松了很多，便拿起刀来剁猪吃的苋菜。不知不觉夜幕就降临了，可父母还没回来。

"娟儿，娟儿，出来一下，有个事儿，有人叫我带东西给你，快出来拿！"我突然听到隔壁二大爷隔着篱笆墙喊我。我马上跑出来，"我在平台子村给生产队里的马钉掌，一个要饭的老太太打听我是不是柳树沟村的，央我把这双鞋带给门前有棵大柳树的那家姑娘，说是眼睛很大的，她给我讲了整个事儿的来龙去脉，我一猜就是你，你这丫头真是好心肠啊，她再三地嘱咐我，天黑前一定得带到，说是怕你爸妈回来打你，她说她会一辈子记得你的好，丫头，你是好样的……"二大爷把鞋塞到我手里，摸摸我的额头走了。

我抱着那双鞋，站在那里，心里五味杂陈。泪水无声流出来，滴落在手中的鞋上，泪水打湿的地方，颜色愈加青翠。

……

许多年过去了，每个人生活都发生了翻天覆地的变化。我已步入中年，拥有了很多双鞋。平底的、坡跟的、高跟的……牛皮的、PU皮的、磨砂皮的……长靴、中靴、短靴……我时常想起十岁那年的夏天，那个瘦弱的小女孩，那双绣着小鸟图案的露出脚趾和脱了脚后跟的鞋子。她也已是人到中年了，我想，她现在一定也有很多很多双鞋了吧。她是否还会想起六岁那年，那个夏天的故事呢？

月 夜 歌 声

农闲时节，爸爸在堂叔组建的小建筑队打工，在县里各个乡镇承包一些打地基、砌墙、粉墙、装模板的活。中秋节时，他们在离家百里之遥的县城南线施工，因为赶工期，建筑队的十九个人集体不能回家过节。

尽管我和弟弟一家都回来团聚，但是母亲那天还是显得失魂落魄的。做菜不是缺了油就是少了盐，以至于六岁的侄女怀疑她奶奶得了老年痴呆症，一个劲地央我带她到医院检查。我和弟弟、弟媳都心知肚明，那是因为父亲没有回来过节的缘故。

那天是个大晴天，吃过团圆饭后，月亮很快就升起来了，我们把圆桌搬到院子里，沏上一壶茶，摆上月饼、葡萄、糖果等，母亲捧着一炉香走过来，放在桌子上，让我们净手后先拜月亮、许愿（这是我家乡的风俗），然后再吃月饼、赏月。拜月时照例要说些吉利话的，母亲用一种带着唱音的腔调说着："天上月儿圆圆，地上月饼圆圆，家家户户团团圆圆……"声音竟有些哽咽，但在我们面前，马上又强颜欢笑起来。说完了，她拿起一块月饼递给侄女，侄女咬了一口忽然说："奶奶，不知道我爷爷那里有没有团圆饭吃，有没有月饼吃？"母亲的身体猛地颤抖了一下。我马上抢过话茬儿说："你爸爸白天不是给爷爷打了电话，告诉过你了嘛，说今天老板提早收工，请他们到镇里的饭店吃一餐，每人还发一包月饼呢，你这小丫头，这么快就忘了？"弟弟也转过头对母亲说："你放心吧，都是乡里乡亲的，包工头还会亏待他们？"母亲点头称是。

天上的月亮又大又圆，温柔地照着我们，侄女喜欢诗词，一会儿给我们背一首张九龄的"海上生明月，天涯共此时"，一会儿又背苏轼的"但愿人长

124

久，千里共婵娟"。母亲是个有文化的人，在这一刻，比我们更能领略诗词中的意境，她用手托着下巴倚在桌子上，一边赞叹着侄女的聪慧，一边痴痴地望着那轮圆月，我们知道她是在望月怀远。于是故意找话题和母亲说笑，分散她的注意力。过了一刻，母亲说天气有点凉，她去房间穿件厚衣服，便起身离开了。不多会儿，侄女在我怀里睡着了，我和弟媳准备把她抱到床上，每次回老家她都是跟奶奶睡的。我抱着侄女，弟媳走在前面，准备帮我开门，刚到母亲卧房门口，弟媳立在那里，打着手势示意我停下来，我刚要开口问她，没想到她又摆手示意我别出声，我愣愣地站在那，房门虚掩着，透过门缝，看到母亲正坐在父亲常坐的那张老藤椅上，拿着手机，正专注地唱着："真的好想你，我在夜里呼唤着黎明，追月的彩云哟，也知道我的心，默默地为我送温馨；真的好想你，我在夜里呼唤着黎明，天上的星星哟，也了解我的心，我心中只有你。千山万水怎么能隔阻，我对你的爱，月亮下面轻轻地飘着我的一片情……"声音渐次哽咽。不用说我们也知道，那是唱给父亲听的。弟媳转过身来，和我四目相对，在皎洁的月光中，我们看见了彼此脸上的泪。我想，电话那头的父亲，此时一定也泪流满面了吧。

老照片情思

　　一个人出差在外，闲暇时，难免寂寞，总会勾起淡淡的乡愁，喜欢回忆过去的日子。每每那时，就会打开手机中的酷狗音乐，听几首自己喜欢的歌曲，在歌声里，浏览着手机相册里的家庭照。首先是近期拍摄的妻儿照片，一张一张地翻看着，妻子如花的笑靥和儿子那纯真笑容慰藉着我的心，让我在千里之外京城的严寒中，如沐春风。妻儿的照片绝大多数都是我拍摄的，看着照片，不自觉地就想起拍摄时的温馨情景，一阵小幸福感就会涌上心头。其实，每一帧照片后面都有一段小插曲或者说故事的。

　　现在电子设备日益精密，小小的手机动辄千万像素，把人人都变成了摄影师。每到一个地方，拍大自然、拍建筑、拍朋友、拍自己、拍美食，然后上传到微信朋友圈或者 QQ 空间，让好友们分享心情。但是，我最喜欢的还是给亲人们拍家庭照。看着那一帧帧照片，脚步走过千山万水，心却留在那幸福的一瞬。凝视着照片上亲人们那一张张开心的笑脸，留恋着的是那一份亲情的味道。

　　相册的后半部分是老照片专辑，那一张一张的老照片，大都拍摄于七八十年代，大部分还是黑白的，也夹杂着几张彩色的，是我用扫描仪扫到电脑里的，有些照片很旧了，甚至有些霉变。我借用大文豪鲁迅先生文集的名字，命名为《朝花夕拾》，其中我百看不厌的就是那张全家福。

　　那是一张彩色的全家福，照片前排最右边的是小弟，然后是父亲，最左边的是母亲，挽着母亲胳膊笑容很甜美的是我可爱的小表妹。父母亲那时都年近半百。母亲的脸上没有笑容，但是却写满骄傲与自信，父亲还是老样子，一脸的严肃，但是掩饰不住深藏在骨子里的那份忠厚、仁慈。小弟一副少不更事的单纯模样。我和哥哥站在后排的左右两侧，哥哥略显成熟，张开双臂，一手搭着小弟的肩膀一手扶在父亲的肩上，非常亲密。我在母亲与表妹之间的缝隙里露出一张瘦削的灿烂的笑脸，显得青春飞扬，那时流行长发，因此，除了父亲外，我们兄弟三人都是长发。妻每次看到这张照片都说我当时的样子傻里傻气的，倒也看着顺眼，我也会戏谑地对她说没后悔嫁错人吧。这张照片保存得很好，看着它，那些差不多淡出视线的陈年旧事又逐渐浮现在我的眼前。

　　这张照片拍摄于一九八八年春节。我家有姐弟四人，那时姐姐已经出嫁，按乡俗，不能回娘家来过年。哥哥大学毕业在市里工作，我正在外省一所院校读书，小弟在一所省重点高中就读，成绩也还好。父母是南方沿海地区一家农垦系统单位的普通职工，靠着微薄的收入维持着整个家庭。我家的条件很一般，但是，父严母慈，父母常教导我们要互珍互爱，日子过得虽清苦，但非常温馨、和睦。由于那年月大家都向往外面的世界，而我们三兄弟能通过读书走出农垦单位改变自己及家庭的命运，也让我家当时在单位里备受敬慕，这也是父母最引以为豪的。记得，那年春节天气特别好，远在外地的舅舅家自小难得一见的小表妹也第一次来到我家过年。漂亮、乖巧的表妹，脸上总是带着甜甜的笑容，深受一家人喜爱，这更增加了喜庆的气氛。这一张全家福，是我们邻居帮忙拍摄的，这难得的团聚时刻被永久地定格在这张弥足珍贵的照片中。它记录了一段陈年往事，书写了我的一段人生经历。庆幸，因为这一张照片，把我们的青春永远定格在那个时间点，那段岁月里，使得多年以后的今天，翻开相册时我依旧清晰看到自己年少时的容颜，清晰记得照片后面的故事。那被定格的瞬间，是我多年以来回顾人生路上点滴的见证，是我今生都怀念的时刻。每次看到这张照片，看到亲人们昔日的容颜，总会勾起一段一段的回忆，那回忆是由亲人们之间一分一分的爱组成的。

　　"草萋萋放眼碧色连着天，春光无限，夕阳下还在追逐风谁家少年？满地残阳炊烟暖，不识愁滋味心无牵，看不懂，为何月常缺难圆？去年时灯火摇曳酒正酣，合家欢颜……"看到这一张照片时手机里正在唱着这首《勇敢的心》，听到这段歌词，让我无限感慨。

　　流年似水，二十七个年头，弹指一挥间过去了，让我们从青涩的少年、奔放的青年，变成了成熟、凝重的中年人。

我们的大家庭如今已是三代同堂了。兄弟们开枝散叶，天南海北。哥哥在市政府工作，连侄子都已经读研究生了；我在赣南老区落地生根，一晃也二十多年了；那带着甜美笑容的表妹，现在已经为人母，定居香港，是位福太太；弟弟成了一名为人师表、桃李满天下的教师，也已步入中年人的行列了。遗憾的是，我那慈爱的母亲已经去世，在另一个世界庇佑着我们了；宽厚仁慈的老父也日渐衰老。看着照片里那时还"年轻"的父母，看着自己和兄弟姐妹们的青春飞扬，思念着与回味着，别是一番滋味上心头，不觉间已潸然泪下。

这帧全家福，讲述的是光阴的故事，凝固的是最美的瞬间，是往昔流金岁月刻骨铭心的记忆。它不仅是我感情的一种寄托，也是那时代我的家庭生活的真实记录，是我人生的一笔重要财富。随着时间推移和世事变幻，也渐渐成为我和我整个大家庭的"珍藏版"。

家是温馨的港湾，每个人都渴望拥有它，而照片记录了一个个家庭成员那一刻的美好，把这份美好定格于永恒。一张全家福，就是定格了家庭成员的永恒大团圆，记录了一个家庭的每个成员随着时间流逝不可挽回的美好回忆，这对于讲究传统节日大团圆的国人来说，意义深刻。

夜 雨 寄 北

时令已是大雪，赣南却下着小雨。赣南的冬天很少下雪，可那份独有的湿冷却很难让北方人耐受。因此，二十多年来，每到冬天我总是思念北方家乡城里的地暖和农村的火炕、火墙。这个夜晚，一个人在家，临窗而坐，听着淅淅沥沥的雨声，一阵寒气袭来，顿觉凄凉。还是煮一壶茶温暖一下自己吧。我起身拿起玻璃养生壶，倒满纯净水，加一撮文友送的正山小种。不多久，水就开了，一片一片的茶叶在沸水中挣扎翻滚飘荡，就像一个一个游子，在命运中飘零。停掉电源，满室茶香四溢，茶叶还在杯底继续沉淀，我却已在茶雾中思绪万千。

回想起刚到赣南的时候，我讨厌这里的破天气，到了梅雨季节，淫雨霏霏，连月不开，很少有家乡那样的月朗风清，最怕的是一个人在家的时候，夜雨凄迷，独对孤灯；我讨厌这里的客家话，鸟语般，一点也听不懂，找不到一句滚烫的乡音。也就在那时我学会了喝茶。

时时在江南的夜雨中就着一杯清茶忆着在家乡时那一个个美好的片段。清明时节，千里莺啼绿映红，正是江南好风景。而我热爱的故土，却正是早春时候，北方故乡早春的雨，贵如油。是啊，只有经过了春雨的滋润，才能让万物复苏，谁还能不爱这春雨呢？可是在多雨的江南，有谁知道，在一个个无眠的雨夜，一个远嫁的女子在他乡夜阑卧听风吹雨时的内心感受呢？因为思乡，即便在春天，我也听不出"好雨知时节，当春乃发生。随风潜入夜，润物细无声"的意境。触景生情，我所感受到的是无边丝雨细如愁。在肃杀的冬夜，我不是陆放翁，也没生活在风雨飘摇的南宋时代，自然也听不出铁马冰河入梦来的悲壮，但是，却总是想起白居易的"望阙云遮眼，思乡雨滴心"。那滴滴答答的雨，声声敲心坎。

雨夜里总是睡不踏实。冷雨敲窗，总让人无端生起一些牵挂。那样的雨夜，我想父母总要念叨儿女几句的，他们的思念越过紧密的雨帘，越过万水千山，直达我的床前，让我辗转难眠。就算睡着了，也总是做梦，梦里总是在家乡的情景。最怕突然醒来，好梦难再续，那种沮丧和遗憾久久不能散去。彼时，又有谁知道风雨飘摇入梦其实总比铁马冰河入梦更难抵挡呢。"人情同于怀土兮，岂穷达而异心。"当年初读《登楼赋》，曾怜王粲到天涯，不期今朝同病怜，独在异乡为异客。来赣南二十三年，八千多个日日夜夜，回乡的日子屈指可数。一九九六年曾回去住过两个月，一九九八年曾回镇上的医院上了半年班，一九九九年元旦辞职后回到赣南，从此定居下来。然后怀孕、生子直到二〇〇二年弟弟结婚才回去，四年的时光，辜负了多少春花秋月，缺失了多少亲情的抚慰。我慈爱的姥姥也已去世，成为我一生无法弥补的遗憾。记得二〇〇二年回去，父亲和堂弟到站台上去接我，第一眼见到父亲，看见四年中他的头发竟然已经花白大半，还有几片斑秃。不禁潸然泪下。到了村口，母亲在那里等候我，母亲也老了，也是满头白发，但是穿得依然清清爽爽的。一进院子，百感交集，偌大的院子，除了种菜外，满院子的边边角角都被母亲种了红牡丹、荷包牡丹、各色的月季花、美人蕉、大丽花……都是我喜欢的品种，母亲用这样的方式来思念我。从我手中接过两岁的儿子，母亲亲了又亲，泪水涟涟。几个婶子大娘也都闻讯来到我家，讲起母亲对我的思念。她们说你妈想你啊，春天种菜种花时总是念叨着，大丽花我闺女喜欢看，多种几丛，芸豆我闺女喜欢吃，也种多一架……我禁不住泪流满面。想起每次电话中问起她们时，母亲总是羡慕地说，你大娘到她大闺女你淑敏姐家去小住了，你婶子到她小女儿你淑青妹子家去了。心里真的是五味杂陈，因为远嫁连母亲去女儿家小住这点天伦之乐都被剥夺了。

极喜欢家乡的杏花，总是想在春天杏花时节回去，多年以来总是不能成行。大门口亲手种下的两棵麦黄杏已经二十多年了，每年都开花结果，可是我却从没看过它开花更别说吃过它的果子了。每年总是有这样那样的计划，可是总是被生活和工作中的事情所羁绊，总是遗憾地不能成行，也许这就是生活吧。总想在晚秋时节去看家乡层林尽染万山红遍，可是又怕辜负了山舞银蛇，原驰蜡象。幸好现在通讯越来越发达，与家人的联系方式也越来越多。想想还是打一个电话询问一下家乡的天气情况吧。很多时候，我都是在天气预报里感知家乡的温度。电话打通后，母亲在电话那头说大雪到了，天气很阴暗，估计是应节气要下雪了。我跟你爸还没吃晚饭呢，中午吃得晚，晚饭也晚点吃吧，烫火锅，用泥火盆烧炭来烫，味道比电火锅好得多，是你爱吃的酸菜锅，放了几只大虾，味道很好，还放了有你爱吃的冻豆腐和细薯粉呢。家里还有你同学去年送的杏花村酒，准备喝两杯，你不是说人老了，喝点酒舒活筋骨吗，你弟弟有事过不来，就我和你爸俩人，没有气氛，要是你在家就好了。正说着，从电话里听到父亲喊母亲吃饭的声音，父亲说锅底儿料都煮好了，要趁热吃。我又跟父亲寒暄了几句就挂了。去喝自己的茶。

我倒了一杯红茶，端在手中，先不急着喝，而是静静地吸着它的清香，我陶醉在茶香里，也好，就让这氤氲的香气温暖一下我的心田吧。约莫半个小时，一壶红茶下肚，人似乎暖了很多。窗外的雨还在下着，点点滴滴，打在小区花园里光秃秃的梧桐树上，心绪还是未能平静下来。这次第，怎一个愁字了得！忍不住又打一个电话给母亲，母亲说天已经开始零星飘雪了，看那天气阴暗程度，是要下一场大雪的，还说你喜欢雪，有很多年没看见雪了，要是你回来该多好。今年阳历是二〇一九年二月四日过年。今年过年你能回来吗？大约几号回？你从出嫁后二十多年没在家过春节了……

我竟无语凝噎，不知道是怎么挂掉电话的。娘问归期未有期，唯有泪水轻轻落。一种歉疚倏地涌上心头。二十多年来，时光用我们不易觉察的方式，一刀一刀地在我们身上记刻下痕迹，自己年届知命，父母都已年逾古稀，真的怕哪一天就会失去。这一生注定要辜负父母的养育之恩了，些许能写几段文字的我，难道真的要在若干年后的文字中以回忆录的方式书写自己的怀念和歉疚吗？想想这些自己的心头都禁不住一阵颤抖。忽然觉得心中特别憋闷，不由得推开阳台的窗户透透气。凭栏远眺雨中的桃江，耳畔却响着黑水河的浅吟低唱。黑水河是家乡的母亲河，此时该是幽咽泉流冰下难了吧。又一阵寒气从心底袭来。禁不住又去续了一壶水来煮茶。喝着热茶，心里却依然觉得清冷。想着父母家的酸菜火锅，父母此刻该是围炉对饮吧，一定在思念着他们那不能常回家看看的远嫁女儿。一首诗却倏地浮上脑海：绿蚁新焙酒，红泥小火炉，晚来天欲雪，能饮一杯无。"晚来天欲雪，能饮一杯无。"如果不是远在江南，完全可以回去陪父母喝一杯，让他们享一分天伦，也可以飨一下自己的胃口暖暖自己的心。而今唯有在江南的夜雨中默默祝福二老了。

灯火的温度

　　城市被东江一分为二，江南是老城区，江北是新城区。"灯火万家城四畔，星河一道水中央。"这城市的夜景极美。夜里从老城区回学院，经过很多住宅小区，一路上万家灯火。而我，恰恰喜欢这黑夜里的灯火，虽然这景象在家乡时是温馨，而在他乡时是落寞。不管是城市小区的高层，还是城中村的陋巷，抑或是乡下的村落。那一盏盏灯火总是给我安定而温暖的感觉，有灯火就说明有人在坚守着一个家，这让我莫名地激动。

　　我不仅喜欢看夜晚时的万家灯火，还喜欢猜测每盏灯下的故事。我总是在猜想，那灯下，或许是四世同堂的一家正在享受着天伦；或许是母亲在等着儿女们回来；或许是妻子在等待着丈夫……那灯下演绎的是怎样的故事呢？那其中的某一个窗口是否也有一个如我一般善感的女人凭栏远眺，对着一城灯火，想着同样的问题有着同样的感触呢？尽管猜不到开头也猜不出结尾，但这灯下的故事我还是一猜再猜。

　　有时候坐着火车远行，在夜里经过沿途的城市和乡村，那一闪而过的灯火也常常让我产生种种猜想，猜想着灯下那些地方人们的生活。其实当别的人们经过我们生活的地方、我们的灯光下时，他们说不定也和我们有一样的想法。很多时候我们都是向往别人家窗口灯光的温馨，向往别人的生活，但是也许那些人也向往着我们现在的生活呢。

　　北方的故乡夹在两座山系之间，一条黑水河贯穿其中。两岸的那一片灯火，灿若星辰。在那里，没有城市的喧嚣，时光变得缓慢而又温柔。那灯火是温馨的，是有温度的。它不是哈里希岛上艾尔克为弟弟点起的长夜孤灯，也不同于榆关那聒碎纳兰容若乡心的夜深千帐灯，更不是夜泊枫桥，让人惆怅千年的那点渔火。故乡的灯火不但是有温度的，而且还是永远不会熄灭的，一辈子都亮在游子的心里。

　　小时候，大约小学二年级光景吧，正月里，父母带着弟弟去走亲戚，我和姥姥在家里。傍晚时候天下起了鹅毛大雪，我和姥姥生起一盆炭火，点着煤油灯，我翻看几本泛黄的小人书，姥姥戴着老花镜在灯下缝补衣服。山村人家在寒冷的冬夜睡得都早。我和姥姥因为不习惯父母和弟弟不在家的日子，睡不着。因为我家在村尾，地势又高，翻完那几本旧书后，我就坐在窗前看一村灯火，想着谁谁家在灯下做些什么，一个时辰过后，村里的一盏盏灯先后熄灭，最后只剩下我家这一盏灯了。当老式座钟敲了十点的钟声后，姥姥打着哈欠说睡吧。刚想吹灯，突然响起一阵急促的敲门声，姥姥警觉地让我别出声，她端着煤油灯走到屋门口，询问是何人在敲门。我也紧张得大气都不敢出，支棱着耳朵听外面的声音，做着种种猜想，刚刚翻看的《林海雪原》小人书里土匪进村的情景立刻在我脑海中突现，我的心狂跳起来。只听屋外的人说："老乡，求你们开开门吧，你家亮着灯火，一定有人在的，我们不是坏人，是县城到镇上卖年货的人，下大雪，走不了啦，车子也熄火了，实在是冷得不行，能不能到你家借个宿？求求你们了，我孩子们都快冻僵了。"姥姥再三打问他们的情况，门外的人也再三恳求，说整个村子都熄灯了，只有我家亮着灯，他们看到了灯光感到很温暖，就看到了希望，他们就来了。姥姥最终打开门放他们进来了。原来是一个老者带着两个儿子。灯光下，他们都冻得瑟瑟发抖的，姥姥把他们让到热炕头上，端了炭火过来给他们取暖，他们那冻得青紫的脸上流露着感激的表情。善良的姥姥给他们每人煮了一碗鸡蛋面还烧了开水给他们烫脚。灯光下，那老者和他的儿子们都感动得泪流满面。尽管父母回来后有些埋怨我们，说我们警惕性低，怕引狼入室。但还是觉得姥姥做得对。我始终觉得那夜的灯火是有温度的，融化了父子三人那冻僵的身体，温暖了他们的心。那父子三人的表情我至今还记得。后来他们一家人特地提着礼品到我家致谢，现在他家和我家早就成为老朋友了。

成年后，尝遍人世冷暖，曾几次三番在人生的暗夜中挣扎。在人生的低谷，最深的黑暗中，不知有多少次，在暗夜里凭栏远眺，感受灯火的温度，让一城璀璨的灯火慰藉自己的心灵。"黑夜给了我黑色的眼睛，我却用它寻找光明。"

初到赣南时，我住在县城一条偏僻的小巷里，每次下晚班走进那条巷子，我却从来不害怕，因为我知道，在巷子的尽头，有一盏灯始终在等着我。我喜欢数着街灯走路，一盏、两盏、三盏，不知不觉就到了家门口。看到楼上的灯火，顿觉十分温暖，家里有老公和两个儿子在灯下等我。现在独自在异乡的我，即使数遍这座城市的灯，也没有一盏灯在等我，即使走遍这座城市的角落，也找不到我的家。赣南家里的灯火始终在我的心里闪亮着。那灯火的温度，温暖着我的心。

记得那年在江西中医学院进修半年，儿子刚刚五岁，非常想念。夜晚时分，对着那万家灯火，这种感觉尤甚。南昌的冬天非常寒冷，离家的日子更觉凄清。宿舍实在冷得不行，于是便与几个同学一起合伙在老校区留学生宾馆开了一间房。宾馆对面是几栋教职工住宅楼，楼间距很近。都是很老旧的红砖楼房，也就四层左右吧。学院食堂的晚饭四点半开始，不到五点我就吃了晚饭。那个黄昏特别寒冷，我手里端着一杯开水，站在窗前，也不饮用，主要是为了暖手。因为还早，很多人家都还在厨房忙碌或者在餐厅吃晚饭。各家窗口都亮起了灯火，很是温馨。这灯光也使他们的生活尽收眼底。我没有偷窥的嗜好，可是不知怎的总想站在窗口看楼里那些寻常人家的日子。正对着宾馆房间窗口的一家人，男人正系着围裙在厨房忙碌，女人给他打下手，还有一个四五岁的小女孩也跟着大人忙进忙出的，不一会儿看见男人端了一锅汤水到餐桌上，这时我才发现原来他家在烫火锅，餐桌上早已放好了一个小电磁炉。女人进进出出端了好多菜品放在火锅四周，一家人围在桌旁，男人忙着往锅里加菜品，锅里热气大冒。隔着几十米的距离仿佛都能闻到锅里散发出来的香气。我的喉咙不自觉地蠕动几下，吞咽了几口口水。男人不断给女人和小孩盘里添菜，女人给男人倒酒，给孩子倒饮料，看着他们对饮，醉了我这局外人的心。快乐着别人的快乐，幸福着别人的幸福，不知怎的，心里特别温暖特别激动，激动得泪水竟然都下来了。他家餐厅窗口的灯光是那种温暖的橘黄色。这个窗口，这盏灯火下是一个温馨的故事，在寒冷的冬夜，温暖了我。

过东江大桥的时候，母亲打来电话，问我在哪里，在做什么，我说在回学院的路上，在看一城灯火。母亲说她也在窗口看灯火，有些想念我了，还说要我早点回去，早点睡觉。我也安慰了她几句后便挂了。母亲的身影始终在我的脑海中浮现，让我的心因为思念而苦涩。这时候，这一城灯火突然让我觉得自己是如此地孤独。此时，我在后悔，刚才打电话时为何不卸下我所有坚强的外壳，对着家乡的方向对着电话里的母亲委婉地说一句：妈，我想家了，我想家里那盏温暖的灯火，想灯下您那慈祥的微笑了。

一样话，百样说

　　周日，陪闺蜜及他的儿子逛街，正在兴头上，偶遇她儿子的数学老师，打了招呼后，老师当着我和孩子的面就喋喋不休地向闺蜜告起孩子的状，她说闺蜜的儿子上课打瞌睡，放学不按时完成作业云云，说得声情并茂。闺蜜的儿子，拉着一张脸，在旁边默不作声，闺蜜也面露难堪之色，唯唯诺诺地赔着不是。老师走后，我们再也没有了心情，决定打道回府。没想到，在另一条街又遇到了孩子的班主任。我们只好硬着头皮，小心翼翼地上前去打招呼。班主任老师是个长相娇小的少妇。她微笑着对闺蜜的儿子说："小勇（闺蜜的儿子叫赵勇）啊，难得放一天假，好好跟妈妈一起放松放松，那边美特斯·邦威夏装换季打折，我看有几款你穿着应该合适，你过去看看吧。"孩子一脸灿烂地答应着，她又把目光转向闺蜜说："小勇妈妈，你应该帮小勇制定一个合理一点儿的作息时间表，晚上不能让他学得太晚了，以免影响孩子第二天的听课质量。""小勇，这几个晚上，你是不是都学到很晚啊，不能再这样下去了，看你的眼圈都是黑的，听说这两天上课都打瞌睡了。还有，你的数学作业本昨天是不是忘记带了，明天带来补交给吴老师，别忘了啊，我还有事，先回了，再见！"孩子和闺蜜都长出了一口气。孩子用低低的声音愧疚地说："妈妈，我想，今晚，还是让爸爸把电脑搬到书房里锁起来吧，我先回了，你和阿姨接着逛，我得补数学作业！"一个月后，闺蜜来医院找我，一脸幸福地告诉我，他的儿子这次月考名次提前了二十名，也养成爱学习的好习惯了。她还说，你不知道，他的班主任老师是省级优秀教师，教学方法独特，在市电视台做过讲座的，十分了得。这件事让我忽然想起了曾经历过的两个生活片段。

我十二三岁的那一年冬天，队里来了一个唱大鼓书的先生，唱《马潜龙走国》，场子就设在生产队的队部。生产队有一铺大炕，是饲养员住的地方，说书人占据地下，听书人坐炕上。那时乡下文化生活匮乏，听大鼓书就是最好的娱乐方式了。说书先生在地上摆一套旧桌椅，桌上放着小鼓、鼓槌、折扇、陶瓷水杯等，这就是全部道具了。一吃完晚饭，我们这些闲棒子就蜂拥到队部，上炕占据最好的位置。那时我们还小，根本听不懂，纯粹是来凑热闹的。但最好的位置往往被我们霸占了，大人们也无奈。约莫六点钟光景，说书先生就开始擂起鼓来，唱几个段子，一般都是短短的几个带点色彩的荤段子，为了稳定人心和等没到的人。这时，爱听大鼓书的大人们也都陆陆续续来了，拣到自己稍中意的位置坐下来。男人们互相间递着旱烟，女人们互相间拉着家常，边纳着鞋底儿。来得迟些的，就没有位置了，大人们就让自家孩子给三叔、二大爷们挪点儿地方，孩子们极不情愿地挪挪屁股，让出巴掌大的一块，来人也就将就着坐下了。记得那天，我叫他五叔，外号叫"地癞子"的张五彪来迟了一步，见炕上坐满了半大孩子而他没位置了，就愤愤地骂道："一个个小杂种，你们来得倒挺早啊，会听个啥子午卯酉的，都给我滚下来，一边儿玩去得了！"说着就来拉我二哥和我一个堂兄叫顺子的，他俩气得一起和他推搡起来。另一个堂兄东子平素就讨厌他，见他要泼，也来帮忙推搡他，五叔虽身材高大，但好狗经不住癞狗多，几个回合他就败下阵来，乖乖地拿个木墩儿到地上坐下来，嘴巴里不干不净地咒骂着我们，引得大家一阵哄笑。就在这时，挂着拐杖的刘四爷来了，他环顾了一下四周，把拐棍夹在腋下，还没等我们反应过来，就拍着手掌说："不错，不错，真是不错啊，难得你们这些小年轻儿，有这个心来听大鼓书，书里唱的可都是南朝北国的历史故事啊，长见识啊，孩儿们真不错啊，想想我像你们这么大的时候，一天到晚就知道漫山遍野瞎跑，一点儿不懂事儿，长江后浪推前浪，你们比我那时候懂事儿多了，我老头子看了高兴啊，得，今儿黑夜我就站在这炕沿边儿了，让你们坐在炕上听真切点儿……"大家一听，脸唰地就红了，连眼圈儿也跟着红了，纷纷跳下炕来，"四爷爷坐我这儿！""坐我这儿四爷！"……大家争着把刘四爷往炕上让。四爷激动地说："不错不错，都是好样的，来，四爷给你们好好顺当顺当地方，大伙儿排好了，坐顺当点儿，这炕上能多坐不少人呢……"于是大家主动一排排坐好，可不是嘛，真多坐了不少人，地上的全都上了炕，说书先生也好施展多了，坐在炕梢的五叔看了看四爷，低下了头。

刘四爷家曾经是方圆几十里有名的财主，耕读世家，尤其熟读《三国演义》，我们这地方就有一句歇后语，说："刘四爷门口论三国，关公面前耍大刀。"他虽富甲一方，但为人正直、仗义。抗战时给部队捐钱捐物，解放时主动把所有财产充公，所以，许多政治运动他都没受什么折难。他九十年代才离世，高寿一百〇二岁，五世同堂，他的重孙是我们这个地区第一个博士。

记得我们高三那年，高考前几天，大约七月三四号（当年七月七、八、九三天高考）的样子吧，天气十分炎热，我们班的男同学不知道是谁带头起的哄，在教室的最后几排，脱下上衣打赤膊。女同学红着脸，低着头，不敢看他们。碰巧，校领导带着几个老师来教室巡查，看见了这一幕。一位校领导勃然大怒，厉声训斥他们，说他们是流氓，没出息，看样子也不是考大学的料，不如趁早回家算了，别在这里当害群之马。男生们一听就火了，和他顶起嘴来，连我们班的女同学也觉得说得太过分，一起帮着男生和那位领导理论起来，事态愈演愈烈，几乎变成打嘴仗了。领导暴跳如雷，说要打报告取消他们的高考资格，就在这节骨眼上，一位老师走上前来，他说："大家都别激动，冷静冷静！同学们，同学们啊，快高考了，决定你们命运的时刻快到了，天气又太炎热，老师知道你们心里有股火儿啊，你们脱下衣服好像感觉好受点儿，可是，你们不懂中医，我稍微懂点儿，这内热时脱衣最易外感风寒，这样的关键时刻，真要是着了凉病倒了，这损失可就大了，领导这样说也是为你们好啊，老师也是从那时过来的，理解你们此刻的心情，心里也在替你们着急呢。"一席话，教室里立刻安静下来，男同学们立刻穿好衣服，有的甚至红了眼圈。这位老师姓李，当时只是一个普通的高三语文老师，没教过我们班，后来，他成为这所高中的校长，这所学校现在在中国可是名见经传的，因为从这里走出了中国航天第一人杨利伟。

俗话说："良言一句三冬暖，恶语伤人六月寒。"语言的力量是神奇的，一样话，百样说，同样的意思，变换表达方式从不同的人口中说出，效果大不相同了。如何让别人更容易接纳自己呢？请用希望别人对待自己的方式去对待别人吧。

平原上的那株蒲公英

——致蒋建伟先生

"散文，是人类几千年来的心灵之书，乡土是一个作家的心灵家园，我的作品90%是写农村……"这是蒋建伟先生在中国散文漫谈中说的。是的，他的散文，散发着浓重的乡土气息，读罢，让人仿佛嗅到了第一场春雨飘洒下来后，地面泛起的泥土馨香；仿佛闻到父亲身上那掺杂着汗酸味、烟草味、烈酒味浓重的男人气息；还有母亲身上那热烘烘的馨香夹杂着油烟味和香皂味的女人气息；仿佛看到哥哥的青春涌动、姐姐情窦初开、弟弟的小儿无赖，还有自己的青涩和懵懂。

时光永远不停息，把我们年华都带去。在许许多多光阴的故事里，我们渐渐地老去，但是故乡却永远留在记忆的最深处，想起故乡就想起母亲。没有人比蒋建伟先生对母爱的理解更深刻更透彻了："乡下的蒲公英开得总是很迟。夏暮秋初，绛红点点，不几日便化作了朵朵雪花，经风吹去，我的小小的蒲公英呀离开了妈妈，落霞尽染，如烟如絮般飞满了整个童年天空。这真是一个浪漫得连梦也想飞翔的季节，我们不仅可以尽情耍泼我们的孩子气，甚至可以听得见母亲分娩时的阵痛和儿女们出生瞬间的巨大欢乐，所有的所有都可以得以释然。""看吧，蒲公英发芽啦！于是，妈妈总会在每一个春天来临之际，扯着我们姐弟四个一边薅草一边感叹。我们认为，这草太纤弱太伟大了，不择地理，野生野长，风一刮土一埋就活过来了，可惜做不得家畜家禽的上等食料。纵使这样，它们也可以有长大的权力，或者说是作为妈妈的权力。我们彼此交流着这种看法，最后只好用眼睛望着妈妈的背影说，时间过得太快太快，妈妈，等我们长大后您就会老了么？这样想着，我们的眼睛里就流出了两条清凌凌的小溪。"（节选于蒋建伟《我是妈妈的蒲公英》）我是一位远离家乡的游子，一位女性，一位母亲，第一次读他的散文《我是妈妈的蒲公英》中这段章节，我泪流满面。有谁能像他那样，能把母爱用一种纤弱、卑微的植物诠释得这么深刻呢？女性尚且不能，何况他一个七尺男儿呢？我仿佛看见许多年前，东北平原上，我的妈妈背着一大捆马草，压弯了腰，我的弟弟怕她累死，执意在她背后帮她托着，妈妈不时回过头去，泪眼蒙眬地看着弟弟。

　　沛县笔会时，和他相处的机会较多，我曾经一度想当面对他讲起他的这篇散文。我想对他说，你是国学经典《二十四孝》里美德的化身，你是绿叶对根的无尽情思，情动微山湖，气贯歌风台。终于没敢说，我知道，说了会流泪的。蒋建伟先生说我们是妈妈的蒲公英。没错，我们每个人，都是坐着妈妈的降落伞随风远去，到一个个陌生的地方落地生根的。蒋建伟先生这朵蒲公英一路北上，飘啊，飘啊，直飘到京城，在鳞次栉比的高楼大厦间落地生根。顽强地、茁壮成长。从此，故乡就成了他文中那永恒的话题。他在偌大的京城里劈出一方豫东平原，在京城里喷洒出一股豫东的乡土气息。

　　鲁迅先生说："凡在北京用笔写出他的胸臆的人们，无论他自称用主观或客观，其实往往是乡土文学。从北京这方面来说则是'侨寓文学'的作者。他们的作品大多是回忆故乡的，因此也多见隐现的乡愁……"不是游子是领会不到这个含义的。在异乡，我们其实一直是在寻找着家乡的气息。说白了，就是找寻着那一缕熟悉的饭香和那一句滚烫醉人的乡音。不是有作家说过吗？"胃知乡愁"。写到这里，我想起建伟先生《河南的扁食与饺子》中写的青豆扁食，因为总是吃不到那令他垂涎欲滴的肉饺子，所以他在童年时代深恶痛绝替代品青豆扁食。我终究是比他大几岁的，那个时代的艰辛与悲哀，也承受得更多。读他的散文，让我想起在物质匮乏的童年时代，我的母亲曾用山核桃仁炒熟了擀碎代替豆油，拌上香葱、花椒面和白菜心给我们包清明节的饺子。让我回想起童年时期，家里的鸡屁股银行、菜园子储蓄所和山野宝库。记得我读小学一年级那年六一儿童节前的半个月，学校要求节日同学们统一穿白衬衫、蓝裤子和白球鞋。我暗暗垂泪，不知道下了多大的决心才向父母说出来，父亲安慰我说："没事，会有钱买的，等着爸给你到山上去拿。""山上哪有啊？""有，爸在那里有个藏宝库。"一周后，爸爸真的把一卷儿钞票交给我："宝库里取来的！"弟弟愕然地说："难道咱家祖上是大官吗？有藏宝库？"妈妈噙着泪水说："闺女，要爱惜哩，你爸刨了一星期草药才攒够的！"我这才恍然大悟，原来这就是爸爸的宝库，爸爸真是不容易啊。从那时起，我暗暗发誓，这辈子，一定要让爸妈走出大山，过上好日子。他在文中说，自己做了父亲后，深感"当爹不容易啊"。他的散文，勾起我对父亲的深深敬意和歉疚，也勾起我浓浓的乡愁，也让我在这乡愁里感受着乡情。不管他母亲的青豆扁食还是我母亲的山核桃仁白菜馅水饺，这会儿都是我们一生最刻骨铭心的美味。

他说无论多忙，在秋季收获的季节，总是要抽出一两天的时间，回一趟老家，去田里劳动一下，感受一下乡情。虽然腰酸背痛，但是心里极惬意、极放松。蓝天白云，一定记得他成长的轨迹。大平原的土地上，肯定还留有他年少时的足迹。年年岁岁花相似，岁岁年年人不同。我们这些蒲公英也有了自己的蒲公英。一碗青豆扁食，把他从沙颍河送到京城。而那青豆，早已生根发芽，结出了丰硕的果实，是时候了，他该把当年那一粒粒青豆倒出，而青豆早已是百炼成玑珠了。

读他的散文，总会把我们带回童年那清纯的记忆，我仿佛又听到了黄昏时分的田野上，母亲那细长而美丽的呼唤。同时，也让人仿佛看见一个小小的少年，在豫东无尽的大平原上仰望着同样无际的天空，任思绪飞翔。一年又一年，在岁月的流光里，理想与现实，那些遥遥无期的等待，在青春的秋千里摆动着，那种纯纯的美，穿透世俗的城墙向远方传递着。静静的夜色中，星光闪烁，他与星空无言相对，默默地诉说着藏在心灵深处，无法向人倾诉的隐秘心事。这是一种多么美好的情境啊。然而，一天天地长大后，却发现，再平静的光阴也有沧桑刻录，再传奇的往事也会随逝水飘零。那一朵朵曾经绽放过的光阴就此凝固成一朵朵风干的花儿，只在记忆的暗香里浮动。和建伟先生一样，当年我这朵小小的蒲公英啊，飞得太远太远了，那时以为北京就是最远的地方，没想到自己却飞越千山万水来到烟雨江南。父母所在的家乡，永远都是我最深的牵挂和最揪心的痛。我在他的散文中感叹着岁月的沧桑。

每一位游子，都是故乡递出去的一张名片。如果说高祖还乡击筑而歌并让百二少年和之而歌的《大风歌》留给人们的是震撼，是慨叹。那么蒋建伟先生回故乡，那是一种震颤，是发自心灵深处的震颤。掬一捧沙颍河水，轻润脸颊，抓两把豫东平原的土醉嗅芬芳。那是一种依恋，是婴孩投入母亲的怀抱、是羊的跪乳之恩、鸦的反哺之情。平原的风轻轻拂过面庞，他知道这是在轻唤他的乳名，他能听得出这是父老的殷殷叮咛。他是一只鸿鹄图案的风筝，纵使飞得再高远，总有一根线牵在家乡。他的家乡蒋寨对他来说就是百度搜索，每一个话题都能弹出千万条信息，随便掂出一条，在他笔下就能成为动人的篇章。他对故乡的深情摇曳在滚滚的麦浪之中，融合在醉人的乡音俚语里。不知道是哪位作家曾经说过："有些文字必须要写出来，就如同有些话一定要说出来一样，否则就是对一些难以忘怀的人和事的背叛和掩耳盗铃般的自欺。其结果是日愈久愈使人难以承受。"故乡是一生也改变不了的，是一个人人生的起点和感知社会的源头。他能够抓住故乡景物和人物的灵魂，挖掘出一些深邃的东西，从中汲取他们的精华。他关注着故乡的一切，把对家乡的拳拳赤子之心，化作灵动飘逸的文字。他不是用笔在写作而是用心在感知。他关注着故乡默默无闻的小人物。他笔下的乡亲生动、鲜活，跃然纸上。我们甚至听得到他们的呼吸，闻得到他们的气味，让人悲伤着他们的悲伤，快乐着他们的快乐。

著名学者林非在讲座中说："情是散文的核心，没有情，散文便失去了脊梁。"高尔纯教授说："一个作家要用心灵书写文章。"梁晓声说："文章要关注他者的命运。"雨果说："人生是花，爱是花蜜，而我们苍白的灵魂又怎么能开出美丽的花朵呢？"蒋建伟先生渐渐从青年步入中年，对故乡风物的理解也渐渐由惊叹变为感叹。是的，只有用心灵书写，才会真实地告诉我们，笔下的人物他是高尚的还是自私的。静夜里，来自他心灵深处的浅吟低诉，那种豪迈抑或婉约，韵味悠长，沁人心脾。他的一分寻觅，一点茫然，一丝彷徨，无处不关情。

读他的散文，就犹如在同他对话。我说，他对故乡的大爱，是高尚的、纯洁的、美好的，是有责任的。他的文字质朴可他的灵魂高尚。他以正直宽厚的胸怀来容纳世间万物，用平凡的文字表述一种高尚的精神。豫东平原上的那个小村庄，永远都是他生命的源头，情感的皈依。乡愁如歌，乡情似酒，唱一生，喝一生，醉一生，忘不了故乡，丢不下乡情。故乡的天籁穿越尘埃落到他的心海，即便青丝变成白发，也终不愧是豫东人！

路漫漫其修远兮，我知道，他还将上下而求索。

第三辑

赣南味道

　　雅溪，听名字就很有韵味。据村中一位博学的老人讲，陈氏祖先迁到这一片风水宝地后，以耕读传家，崇文慕雅，文人贤士辈出，因而被当地人称为风雅之地，兼以又有清溪绕村，故名雅溪。"溪"字曾一度被简写为"西"字，而且一用就是数十年，近年又恢复成"溪"字，让人感觉甚好，仿佛又回到那个耕读传家的风雅时代。

千年雅凤鸟翚飞

"凤凰鸣矣，于彼高冈；梧桐生矣，于彼朝阳。"

这是一片神奇的土地，四面青山合围，清溪绕村穿户，一幢幢古民居静静地伫立。刻满沧桑的粉墙、长着青苔的黛瓦、飞檐斗角的屋檐，户连户，屋连屋，鳞次栉比，布局紧凑而典雅；铺着鹅卵石的小巷，穿廊绕屋，迂回曲折。这一切，如春水回文，翰墨飘香，正是中华的韵味，这就是古村雅溪。"广庭有露桂花湿，空山无风松子香"；"一帘花影云拖地，半户书声月在天"。柴扉前听水响，轩窗外闻鸟啼，千年沧桑岁月，青瓦流年，雅韵依依。

"其栋宇峻起如鸟之警而革也，其檐阿华采而轩翔，如翚之飞而矫其翼也。"斜阳暮烟里，两座高大奇伟的围屋带着骄傲睥睨的表情，也有带着跌宕飞扬的韵致静静地伫立在那里。土黄、灰白的外墙如千仞绝壁，带着凝重、沧桑的韵味，被时间涂画出斑驳的线条，依然坚不可摧。小家碧玉、古代别墅、闪耀明珠，这些美誉，怎敌得过门楣上那四个字——鸟革翚飞？"如鸟斯革，如翚斯飞"，当年，饱读诗书的雅凤围主，手捧那一卷《诗经·小雅·斯干》，何其的风雅也。

几代南迁客，到此不堪忧。六百年前，当陈氏先祖从金陵跋山涉水、历尽艰险，来到此处，见山川毓秀，乃辟家园生息于斯。他们心如止水，落地生根，同时也心存期盼，期盼着风调雨顺，国泰民安。沧桑岁月里，这一片红泥热土上，养育了一代又一代陈氏子孙，演绎着一个又一个动人的故事。

"诗书经世文章，孝悌传家根本。"雅凤围外，那半掩在泥土中的一根根旗杆石，诏示着它曾经的辉煌。也默默地告诉人们这里是耕读传家的礼仪之乡，曾为中华文明增添过精彩的华章。正是有了这些辉煌和璀璨，才有了令人惊叹叫绝、独树一帜的客家文化。新修缮的陈氏宗祠已开门迎客，巍峨高大的门墙，砖雕细腻、石雕灵动；庄严肃穆的祖堂，雕梁画栋、古色古香。《新赣南家训》《雅溪家训》历经百年风雨的剥蚀，依然在墙壁上昭告族人：爱国持家，清正廉洁。"风追华萼"，承庆堂前，那块高悬的匾额，依旧让人动容，忍不住回想那大唐遗韵。耕读传家躬行久，诗书济世雅韵长，家国情怀，孝悌遗风，百年不改。

"莫笑农家腊酒浑，丰年留客足鸡豚。"好客是客家人的天性，四时田园菜蔬鲜，随时欢迎你来把酒话桑麻。饮一杯自酿的米酒、喝一碗清香的擂茶、吃一块客家酿豆腐、尝一块香甜的糯米糍粑，用舌尖来品味一下六百年古韵茶香，三千里南迁的悲壮。然，忧伤不是客家人的天性，坚强、快乐地走下去才是他们的品格。"十一月讨亲嫁女，十二月打鼓过年。"在每一个传统节日，古村用牛牯戏、香火龙、大锣大鼓、车马灯来欢腾、祈福。

山坳储岁月，林荫掩文明。雅凤，有山有水，更有许多相传久远的故事和历史遗迹。依托山水优势和文化资源，在政府的大力扶持下，改水、清塘、修路，修缮陈氏宗祠、福星围、雅凤围，历时几年，如今一个全新的雅凤走进了人们的视野。这里已打造成一个民俗文化旅游村，吸引着越来越多的四方游客。无论世事如何变幻，那围屋、祠堂、古宅所特有的古老文明都已经永远地烙在岁月斑驳的底片上。随着政府的新农村建设和对文物保护措施的逐步完善和人们总体精神素质的提高，古村活了起米，正在散发着新韵，一村两区，古典与现代并存，自然与人文同驻，雅凤这颗藏在山坳中的明珠正大放异彩。

走进雅凤，在寂寞悠长的小巷中，在黛瓦粉墙的屋檐下，在四水归堂的天井里，在精致的窗棂和砖雕中，在斑驳陆离的墙面上，在宗祠、牌坊的遗韵里，在锦带素裳的背影里，在四时田园中，我读到了铭刻在历史记忆深处的那一段段往事……

赣州最南是全南，全南最美小桃源。雅凤，全南的小桃源，地多灵草木，人尚古衣冠。烟霞百里间，桃之夭夭，烟柳飘飘，风摇竹影，雨打芭蕉，宗祠传家训，古围凤凌霄……纵繁华随水而去，仍留素颜清香，让人惊叹、惊艳。鸟革翚飞，说不完千年诗书雅韵；风追华萼，道不尽万古孝悌遗风。

青瓦流年雅韵存

古村落，是历史递过来的一张名片。

六百多年前，元末明初时候，陈氏先祖鲁公自金陵移居赣南开创基业，择居此地时，这片土地就很老了，老得没人知道它有多久的历史，老得没人知道在他们之前有何人曾到过。在它的后面，有座山像伏虎，千百年来忠诚地守护着它；向前远眺，另一座巍峨山峰如雄狮，深情地凝望着它，一阵风吹来，仿佛听到满山的松涛如狮吼，让人惊心动魄。村前还有一条清澈、蜿蜒的小溪，淙淙向北流去。古村沐浴着崇山之气，秀水之韵，哺育着这里的陈姓子孙，可谓钟灵毓秀，人杰地灵。

六百多年前，当陈氏先祖决定在这里定居繁衍生息时，一定有一双智慧的眼睛，看清了这一方水土，不只是容身立命的普通山水，而是能够人文荟萃、遗范后世的风雅之地。山水风貌，只是古村的外衣，人文风范，才是古村的灵魂。这里的村民崇文慕雅，耕读传家。家家户户都能拿得出几卷藏书、人人都讲得出几句经史；家家户户会都做客家擂茶、酿糯米酒，打糯米糍粑、做客家酿豆腐。淳朴的民风、优良的村风、严谨的家风，依山傍水的地理位置，精美的围屋，精湛的擂茶工艺，这就是客家的世界，古韵的雅溪。

雅溪，听名字就很有韵味，据村中一位博学的老人讲，陈氏祖先迁到这一片风水宝地后，以耕读传家，崇文慕雅，文人贤士辈出，因而被当地人称为风雅之地，兼以又有清溪绕村，故名雅溪。"溪"字曾一度被简写为"西"字，而且一用就是数十年，近年又恢复成"溪"字，让人感觉甚好，仿佛又回到那个耕读传家的风雅时代。

说起古村落，多半会让人联想到闭塞、破败、与现实格格不入，但是漫步在雅溪古村里，看见的却是古朴、清新、美妙、人气。人们在古朴的田园风光中，过着时尚的现代生活。这一切，都得益于近年来政府的新农村建设。新农村建设让古村落"活"了起来，而古村落的传统文化，又让新时代的美好乡村更具内涵和特色。雅溪村一村两区，新村区扩建到全吊公路（全南县城到龙源坝吊篮寨村）边，村里的鹅卵石老路与水泥新路在一条条小巷口交汇，走到这里，就像找到了中国古代和现代历史的衔接点。

步入老村区，首先映入眼帘的是一片寻常人家的住宅区，房屋没有恢宏的气势，但却很精致，高墙厚壁、小窗窄门，透着含蓄和内敛。自幼生在北方的我，看惯了宽宅大院的粗犷，此时却为眼前这层楼叠院、粉墙黛瓦的婉约而倾倒。为了方便进出，屋与屋之间都有狭长幽深的过道，鹅卵石铺就的路面，窄窄的，有时两人迎面，都需侧身而过。小巷两边是高耸的山墙，墙面石灰剥落，生着斑驳的青苔，就像戏子脸上的残妆。抚上去，一股透心的冰凉直刺人心，让人感觉到它真的很老了。转角处，一缕阳光忽地射进来，用温暖抚摸着青苔的沧桑，光亮也惊动了头顶上那结网的蜘蛛，它欢快地在网中扭动着身躯，给这幽暗的巷道增加了许多生气。我尽可能地迈着轻灵的脚步，在这狭窄而曲折的巷陌里，穿堂绕屋，生怕惊醒陈氏祖先沉睡了百年的灵魂。古屋大多土砖建造，砖木抬梁结构，但也飞檐翘角。历经风雨，老屋显得古老而陈旧，但稍像样点的都有天井，构成"四水归堂"的格局，寓意财不外流、聚宝之意，同时也便于排水。

我们到位于祠堂附近的一户农家新建的三楼楼顶鸟瞰全村，但见整个古村淹没在一片氤氲之中，家家露出黛色的瓦屋顶，清一色的黑瓦，如翰墨飘香，静静地散发着历史的韵味，书写着岁月的痕迹。檐角高耸，那些滴水的屋檐，一栋连着一栋，深巷回廊掩映其中，迂回曲折，幽谧精巧，又气势雄浑，美得像是一幅水墨画，让人联想到浸染着春水的回文诗。村后山涌翠浪，祠堂前溪弹雅韵，几竿修竹几丛芭蕉点缀其间。风摇竹影有声画，雨打芭蕉无字诗，真有一种触目皆诗画的感觉。放眼远眺，四面群山环抱，绵邈辽夐，无端想起两句诗："太乙近天都，连山接海隅。"山坳深深深几许？一时竟不知何处是归途。

雅溪古村有四座经典的建筑：雅凤围、福星围、承庆堂和陈氏宗祠。每一座建筑都独具匠心。其中的翘楚是那两座精美的客家围屋。

客家围屋是一种富有中原特色的典型客家民居建筑，是我国最具乡土风情的五大传统住宅建筑形式之一。赣南是客家的摇篮。能聚族而居的围屋是客家人的主要建筑模式。客家是指从西晋永嘉之乱开始，中原汉族居民历经五次大规模南迁抵达赣、粤、闽交界处，经过千年演化最终形成的相对稳定的民系。翻阅大量的书籍后，始知，"南迁"这两个普通的汉字，这里却有着不同寻常的动感。因为雅溪陈氏先祖也属于是南迁的客家人。从明末清初开始，受战乱和匪患影响，客家人开始大规模修建围屋。这客山、客水、客家围有着无穷的魅力和独特的韵味。

　　客家人素有爱国爱乡、慎终追远、敬祖穆宗的传统美德。"根"一直系在他们心上，在雅溪村的雅凤小组及楼下小组，有两座气势恢弘的祠堂，保存着完好的姓氏族谱。经常有海内外的陈氏客家宗亲，来到村里，追根溯源，续到了自己的家谱。在雅溪村，喝一杯家酿米酒，吃一碗清香的擂茶，尝一块飘香的正宗客家酿豆腐，领略一番客家祖地的风采，再匆忙的脚步，也会放缓下来。

　　一座座老宅前，年长的妇人们坐在门口含饴弄孙，放学的孩子在青砖灰瓦的街巷中嬉戏，做完家务的主妇们齐聚家门口拉家常……小桥流水、粉墙黛瓦的古村，真的好美。其深处蕴藏着的那丰富的历史内涵，也许都是留给外人欣赏品味的。或许到如今已经四处散落，但这古典、时尚两相宜的格调，却还是令这一座千年古村落自显不凡。当你走在村口的文化长廊上，当你慢慢触摸那一间间有着悠远历史的老宅，当你停下脚步看围屋、祠堂的廊柱上、门楣上的楹联、匾额那飞扬的文字时，你一定会不自觉地感受到作者当时所倾注的情感、所挥洒的豪情，这些无不给人一种美的享受。游人进入古村落，既可目睹古文化、古建筑的风采，又可感受历史进化的脚步和耕读传家的雅韵，这种历史美和现代美相交融的享受，你是否也会醉入其中？

耕读传家躬行久

耕读传家是雅溪客家文化的特点。客家文化深远悠长，既继承了古代正统汉族文化，又融合了南方土著文化，可追溯至四千年前，雅溪的历史，可追溯到六百年以前。淳朴的雅溪人讲起自己的历史，如数家珍。

客家文化的基本特质是客家建筑和客家精神。客家建筑——围屋，既是世界建筑史上的一枝奇葩，也是客家人团结奋进的象征。客家精神：一是百折不挠，锐意进取；二是艰苦创业，奋斗求新；三是爱国爱族，精诚团结；四是崇文尚武，器重名节；五是敬老爱幼，继祖崇宗；六是勤俭持家，乐善好施；七是追求革命，主持正义；八是为人忠诚，耀祖光宗。所有这些优点也涵盖在中华民族之中，所谓"客家精神"其实是"中华精神"的演绎。这些文化印记无不闪耀着中原文明崇文尚武、耕读传家的精神光芒。

耕读文化是我国封建社会的产物，最早可追溯到春秋战国时期。我曾在南北方不同年代不同姓氏的宗祠里数次看到过清代大学士纪晓岚写的这样一副楹联："一等人忠臣孝子，两件事读书耕田"。可见耕读文化不分时空，历来为国人所推崇。雅溪陈氏宗祠里也有"诗书精读子孙辈出后生才，世代勤耕族脉情传先祖德"的楹联，虽不甚工整，但宣扬的也是耕读传家精神。耕田可以事稼穑，丰五谷，养家糊口，以立性命；读书可以知诗书，达礼义，修身养性，以立高德。所以，"耕读传家"既可以学做人，又可以学谋生。这里的"读"，当然是指读圣贤书，只是其目的可不一定是为了做官，而是学点"礼义廉耻"，学点做人之道。因为在古人看来，做人第一，道德至上。用通俗的语言讲，耕读文化的内涵是将田园山水与耕读生活相结合，亦耕亦读，亲近自然，寄情山水，从而使人达到通达义理的境界。它最早起源于我国士大夫阶层对隐逸生活的追求，比如远古时的许由、巢父、商山四皓、鬼谷、陶令，到我们赣人谙熟的阳孝本。耕读文化，使人更加洞明世事，练达人情。读书倦了，去采菊东篱下；去晨兴理荒秽，戴月荷锄归。让读书人多出了一种亲近自然的气质；耕作之余，或念几句《四书》，或读几句《三字经》《百家姓》《千字文》，或听老人讲讲历史演义。在这样平平常常的生活中，接受潜移默化的道德熏陶和先贤教化，让种田人有了一种略通文墨的风雅。正是这种气质、风雅，使古村雅溪也有了与众不同的独特韵味。有了《雅溪家训》，崇尚《新赣南家训》。这里邻里相助，敬老抚幼，友爱兄弟，和睦相处，蔚然成风。孝悌文化在这里尤为盛行。

雅溪的确给人很多不一样的感觉，这里留下了太多历史文化的印迹，有一种超脱凡俗的气质。可以说，文化底蕴深厚。"虚能引和静能生悟，仰以察古俯以观今""春风夏雨秋夜月，唐诗晋字汉文章""雨余窗竹琴书润，风过瓶梅笔砚香"，这些都是我在村中居民家收集到的楹联，据说都是例进士陈先学题写的，足见雅溪的文化韵味渗透在细微之处、平民百姓之家。走入雅溪古村，便感受到传统的赣南客家人所推崇的讲孝悌、重人伦、慎终追远、光宗耀祖、立身行世的儒家文化理念，也深深感受到客家人对祖先的一种仰慕、追忆、崇拜，感受到他们对祖先虔诚的祭祀与供奉。崇文慕雅、耕读传家这也许就是雅溪村的灵魂。除了保存尚好的古围屋、古宗祠外，雅溪村宗族活动至今仍十分活跃，他们在村中长辈的带领下，出钱出力，经常对各种古建筑进行检查、维修。无论男女皆对祖宗十分地敬重，这一点，从他们流畅地说出他们的辈分，从保存完好的族谱和每到特定的日子到祠堂焚香祭拜就可以看出。

村中有座气势恢宏的祠堂——陈氏宗祠。祠堂是我国传统宗族文化的物质载体，同时也是家族凝聚力的客观反映。是"用自己存在的方式诠释时代文明"。这座祖祠荟萃了赣南客家建筑的精华。

陈氏宗祠朝向大体是坐北朝南，据说选址和朝向都是有讲究的，当年都是通过天文、地理、气候、水文、生态、景观来确定的，强调"天人感应、天人合一"。雅溪有一句俗语："大门朝南，子孙不寒。"其实，从实用的角度来说房屋朝南可以冬季背风朝阳，夏季迎风纳凉。祠堂的坪前不远处就是小溪。溪水不大，但很清澈，百年来都在静静地流淌着，它铭记了这里的历史，也冲淡了岁月的沧桑。有了这好山好水，村落也就有了灵气。

《新赣南家训》《雅溪家训》就写在这座宗祠的墙上："遇困难，不彷徨；处顺境，不夸张。做好事，莫宣扬；做坏事，莫隐藏。人家急难相援助，人家成功要赞扬；甘心卖国当汉奸，辱祖辱宗害亲房。不论农工商学兵，都做堂堂好儿郎。""将相无种，人须有志。勤学苦练，自强不息。博览群书，勇攀科技。"从这些可以看出陈氏家族对家规礼仪、对人生境界家国情怀都有很高的追求。遥想当年，雅溪陈姓可谓是一带名门，因家风好，家境殷实，人丁兴旺。不仅世代书香，更是簪缨世家。先学有四子，其次子陈德谦曾任全南县财政课课长，其孙民国期间曾任龙源坝乡乡长。

村中民居大多依祠堂向三个方向扩展延伸。结构严谨，但又各具特色。其中也有一些大气的宅院。宅院里也有大量表现自然山水和反映传统戏剧故事的木雕、石雕、浮雕，这些雕刻技艺十分精湛，尤其是注重门楣的镶嵌，不仅具有很高的观赏价值，而且更显示其门第尊贵。岁月沧桑，人故物非，一座座宅院破败不堪，甚至都成了断壁残垣。但它们积淀着陈氏一族几百年来传承的文化，承载着陈氏数代人的回忆和希望，置身其中，似乎还能体味到陈氏祖先的精神与气息。这说明雅溪陈氏客家人宜耕宜读的思想文化传统，同北方汉民族根深蒂固的聚族而居、安土重迁、春种秋收等等追求团圆、追求功利、追求实惠的种种农业文明心态是完全相适应的。耕读传家不仅是小康农家也是官宦之家的精神追求。

陈氏名人、雅溪例进士、雅凤围建造者陈先学，乃雅溪举足轻重的人物。先学生平颇具传奇色彩，其父陈受颖为六品军功顶戴（建有福星围），据老人讲述，陈先学生性聪敏，三岁就能过目成诵，是那一代的神童。他虽属忠孝节义之士，但却寄情山水，淡泊名利，但其父受颖却力主其登科入仕，先学便去应试。无奈晚清科举制度腐败，作弊成风，先学公虽有满腹经纶，满腔报国之志，因不屑通融打点，竟至屡试不第境地，后，在其父的授意下，捐了一名例进士。做了例进士后，他依旧无心入仕，广交贤士达人，开办私塾，亲身授课、诲人不倦，还接济寒门学子，福泽乡邻，堂下弟子门生过百，一度被传为坊间佳话。晚年时，他又和儿子们一起修建了承庆堂。

承庆堂是雅溪古村的四座经典建筑之一。前后共有横五栋，其中最里为祖堂，上面高悬一匾额"凤追华萼"。"华萼"在这里寓意深刻，正是这块匾，让我感动不已。"华萼"通"花萼"。说的是唐代天下第一楼花萼楼的典故。按我国古代的皇位继承例制，继承唐睿宗李旦帝位的当是嫡长子、玄宗的哥哥李宪。但是，在平息内乱、拥戴父皇复位的过程中，李隆基果断出兵，文韬武略、骁勇善战、功勋卓著。睿宗想立李隆基为太子，却不合旧礼，想立李宪又心存犹豫。此时的李宪深明义理，果断请辞，后数次劝立未果。睿宗赞之，将帝位传于李隆基也就是唐玄宗，玄宗继位以后，感念哥哥的德行义举，在兴庆宫里专门为他们弟兄修建了一座楼，起名花萼楼，他携弟兄们时时登临，一同奏乐坐叙，一起吃饭、喝酒、下棋，赠金银丝帛取乐。后，"华萼"就成了兄弟的代名词，引申为兄弟相亲、友爱的意思。也就是跟《弟子规》中"首孝悌"中"悌"字的意思一样。陈先学有四子，他挂此匾寓意深刻，是为了时刻警醒儿子们继承花萼楼的遗风，兄弟友爱。"兄道友，弟道恭。兄弟睦，孝在中"。书香气浓了，人文味重了，人性就更美了……不能不感叹先学公的教子有方啊。全家几十口人，几代同堂，和睦相处。可见其家风多么严谨。其甥曾做承庆堂赞："积善余庆集嘉祥，创造斯堂百世昌。桂子双双争竞秀，兰孙奕奕绍书香。衣冠济济厅堂耀，礼乐彬彬俎豆光。大启宏图重燕翼，流传简策羡无疆。"

我们随意走进承庆堂旁边的一间民居，主人已是耄耋之年，但看起来还非常健朗，正在和几个老伯喝茶聊天，特别悠然自得。他家的宅院也是天井式的，屋顶是青瓦，青砖的基座，上面是泥砖，宅子的柱础、窗棂和门楣上，都有精美而朴素的雕饰，如鸟兽，雅致的山水、花卉等栩栩如生，厅堂的墙上还挂着一把二胡，富有文人气息，客家风格非常浓厚。他们非常热情，不断地为我们介绍小村的历史、民俗文化和耕读文化。

据他说，宋末至清代出进士、秀才、贡生几十人。光雅凤围外就竖着三十多根旗杆石。那旗杆石可不是随便立的，只有中举的人才有资格立。他还说，村里人除精通文墨者多外，有很多人还略通音律，会拉二胡、吹笛子。这些让我们越发觉得仕林文化和耕读文化的融合正在这里传承着，这也更使雅溪古村散发出芬芳的历史文化古韵。谈话间，我不觉把目光落在那把二胡上，看看二胡又看看他，老人家大抵猜出了我们的意思，摘下二胡说：年轻时爱好这个，会拉几支曲子，老了，头脑迟钝了，手也不灵活了，不过倒也没全忘光，你们要是愿意听，我就献丑拉上一曲。我们欣然点头。没想到，老人家却先拿起桌子上的锡酒壶，倒了一杯米酒，仰脖喝下去，拿起胡琴，先试拉几下，调音律，未成曲调，已先有情。然后就正襟危坐，很专注很陶醉地拉起来。我不知道他拉的是什么曲子，但老人那自我陶醉的样子，让我感动不已。他的那张刻满了深深皱纹的清瘦的脸被穿堂而进的阳光映照成古铜色，他的头随着二胡的节律摇晃着，脸上的表情时而忧伤，时而又会在某一段铿锵有力或者稍欢快的节律中悄悄地露出一丝淡淡的笑意。那颤动的琴弦仿佛就是他自己一生曾走过的路，而此时他正在茫茫人海里找寻着一位故人，诉说着一缕无尽的相思。我们无声地侧耳倾听着，一群小孩听到琴声也聚集到门口，窃窃私语着，而他却似乎并不受干扰，依旧忘我地拉着琴。或许是在琴声里默默回忆着他一生曾经演绎过的悲欢离合吧；或许是用琴声来表述他生命里流淌着不灭的坚韧意志吧；抑或是用琴声来诉说着他曲折跌宕的心路历程吧……我也陶醉在这琴声里了。

耕读传家躬行久，诗书继世雅韵长。像雅溪这样有着书香琴韵的小山村，在中国能有多少个呢？粗略计算，晚清至今的百年里，雅溪名人辈出。我现在的邻居就是雅溪陈氏的后代，一家四子，三个获得硕士、博士学位，其中第四子是中国社会科学院的博士，现在在国务院工作。在一个几百人口的小山村，达到如此程度是不可想象的。

爱上这座古村其实是一件很容易的事，对于这样一个世外桃源般的客家古村，更多的时候，我们只需要慢慢地感受。或许，只需要挑一个下着小雨的日子，在小村里心无所思地漫步，你就能清晰地感受到，时光是如何优美而随性地雕刻着生活的。在这里有发人深思的人生智慧、有涤荡心灵的历练、有凄美的爱情传奇、有荡气回肠的亲情……每个故事都在向人们讲述一分美好的情感、一种人生的意义。每一个故事，都似涓涓细流，在你无瑕的心田缓缓流淌，渗透进生命的每一根毛细血管中，使人获得心灵的洗礼，在品味中感悟。一天的步履匆匆，难以阅尽雅溪古村几百年的风雨沧桑。这里还需要我们慢慢地挖掘、细细地品味。

斜阳暮烟访古围

一

夕阳下的老围，好似披上了一层橘红色的面纱，典雅而古朴。土黄色的墙壁留下了时光雕刻的痕迹，优美的一字形屋脊线在四角处翘起，给人一种美的享受，碧瓦的屋顶见证了历史的风云变幻，屋檐下，简单朴素的木雕在昭示着当年的风范，而脚下被踩得光滑的鹅卵石环廊，在倾诉着岁月的沧桑。这便是雅溪两座被称为"小家碧玉"的客家围屋之一——福星围，俗称土围。这座已经有着一百六十多年历史的老宅，就像一本古朴生动的史书，向世人讲述着雅溪古村的历史和陈氏家族的沉浮变迁。

大门外，绿树成荫，兰桂齐芳。一株老杉树苍劲挺拔，仿佛在与围屋比年轮。墨绿的树叶与土黄色的围屋融成一幅色彩反差很大的画卷，这画卷被夕阳镀上了一层暖暖的金色，让人觉得这空旷的老围也是有温度的。走进土围，感觉民居模式的长河在这里打了个漩涡，历史仿佛在这里做了个小结。外面坚固的外墙、围内朴素的装饰都展现出主人的审美观和居住智慧，可以说它是雅溪客家文化的载体。

福星围建于清咸丰年间，由雅溪六品军功顶戴陈受颖叔侄四人共同建造。围屋呈长方形，占地面积约六百平方米，四水归堂的格局。墙基由三合土与鹅卵石混筑，以上为土坯砖砌。土围高三层，每层有十七间房，围屋有炮角四个，集防御、防盗功能为一体。走进去，感觉朴素而大气，有一种小康之家的富足感。围屋内还保存着完好的石磨、石舂、石碓、石槽等，还有古老的风车、蓑衣等用品。虽说围主是六品军功顶戴，但是，这围屋感觉不出一丝的官宦气，也许，主人是在刻意地谦恭吧。终于，在围内一个角落里发现一根躺在地上的旗杆石，才让人蓦然想起这不是寻常百姓家。在围内转来转去的总觉得少了什么，一时又想不起来，村中的老者笑眯眯地对我们说："想不起来了？人一天不吃饭还能忍受，要是不喝水，那……""哦，没有水井！"我们一齐喊起来。"对！是没有水井。"原来这也是有故事的。客家人喜欢吉利的语言，尤其注重讨口彩。据说，为了能保障危急时刻闭门守围后，全围人的生活用水，围主特地请人在围中央挖了一口深井，在即将举行完工仪式时，一位老妇人俯身看视，口中絮絮叨叨地说："太深了，太深了，会淹死人的！"大家惊愕万分，赶忙禀告围主，主人惊出一身冷汗，不觉想到自己几个顽皮的孙子，当即下令填埋，从此再没有挖过井。这故事，让我非常感动。也许，这百年沧桑的福星围里，每一厅每一室都蕴藏着一段段历史，一个个动人的故事，只是前尘往事，今人知道的不多了。她就像是一幅优美的画卷，简笔勾勒出逝水流年。流光里，带有传奇色彩的故事被岁月的剪刀剪辑成一个个整齐的片段，如黑白电影一般在多年以后回放，让人恍然如梦。

　　在围内穿堂入室，不由得生出许多感慨。陈受颖在居家建筑上积累的智慧超越了我们的想象。他们所造的土围，不是为了买卖，更不是为了增值，而是用来安居乐业，福泽后代，他虽然有顶戴花翎，又富甲一方，但在建筑材料和空间的选择方面，都以人的需求为本，而不是追求那种浮夸的奢华。这古围，讲究的是天人合一，人与建筑、环境之间有一种自然默契。这些突然让我想起一位留学荷兰的海归朋友说的一个新潮词"慢居"。他说慢居模式现在备受西方国家青睐，也正在为国内发达地区的高职、高知人群所推崇。慢居指的是居所有质量保证、有完备生活设施、有和睦友爱的邻里、有一定的活动空间，远离闹市，生活节奏平稳，主要是那环境要能使焦躁的心绪慢下来，并不需要多高档奢华。安居乐业自古就承载了国人对生活最基本的需求，而慢居是安居乐业的升华。

　　现代人总是把房产作为投资的选择，各种粗糙草率的建筑把一个地方的本来面貌弄得面目全非，日新月异的城镇、乡村建设把我们童年那美好的回忆篡改得一塌糊涂，使我们拥有未来，却渐渐地失去了过去，这不能说不是一种遗憾。只有慢居，才可安居。在这幢古老朴素的土围中，让我感受到一种慢居的味道。老宅慢居，能让人静下来，给心灵一个放松的空间。慢居不仅指建筑的安全稳定、居住设施的完备、和睦友爱的家庭氛围，还要让爱能在日常生活里生根发芽，譬如围主的填井，就体现出对子孙的厚爱。这土围是用来安心居住以及传世的。在这古老的土围中，让我感受到了一种心灵的放松，一种返璞归真的愉悦。老宅慢居，心之所需。

二

落日熔金，暮云合璧，袅袅炊烟从青瓦的屋顶冉冉升起，再随风散开，在空中呈现出万千变化。夕阳透过炊烟把高墙映照得金碧辉煌，四角的飞檐静静地浮在烟霭里，如神鸟凌空。这，便是夕阳下的石围。看到这些，我的心情十分惬意，因为上天把最美的这一刻烙进了我的记忆。

石围，呈口字形，背靠海拔约三百二十米的虎形山，于清光绪十一年（1885）由雅溪例进士陈先学所建，占地约四百一十平方米。大门轴线正对远处的山峰，围屋四角翘起，远观飞檐恰似凤飞之韵。石围有一个极其风雅的名字——雅凤围，大门上刻有"鸟革翚飞"四字。鸟革翚飞，出自《诗经·小雅·斯干》，"如鸟斯革，如翚斯飞"，主人的寓意为自己的围屋像美丽的凤凰展开翅膀一样。多美的意境！第一眼看见这四个字，心就醉了，在这崇山峻岭之间，还有如此风雅之士，真的令人感叹不已。如果不到雅凤围，也许这辈子我都不知道这个成语，不认识这个"翚"字。可见，围屋的主人是多么饱学和风雅。一湾流水斜阳下，几缕炊烟老屋中。站在围前，心中无限遐思，倘若时光真能倒流，可否能带我重温当年的风雅？

当我缓缓走进雅凤围那防御作用森严的三道门（最外为铁板门、中间是闸门、最里为实木便门），当我踏进那紫禁城般的高墙深院时，感觉忽然间一切都不一样了，不觉凝神屏息，感觉好像站在一个巨大的天井里，苍穹被剪成一个毡顶。时光已经把围屋的每一个角落都涂抹上了一层暗色的漆，楼梯、走廊、檐角、木柱、砖块，油亮乌黑，令人联想到岁月的沧桑，感到一种宁静的壮美正朝自己袭来，长久以来浮躁的心瞬间沉下去了，因为，我已经走进一个小世界，大门一关，此处便是世外桃源，不知有汉，无论魏晋，哪管屋外刀光剑影、朝野更替？围中的岁月，便交给外面人去随意猜度了。

虽说客居千年不是客，但客家人总是有一种念祖情怀，普遍有一种怀念家乡的情结，这也许是客家子孙早已老在根里，嵌进灵魂深处，植入前世今生的深情大爱，是一种无法挣脱的、无法躲避的情愫。因此，在修建围屋的时候，他们把乡情很明显地赋予在了建筑和装潢上面，雅凤围也不例外。那些栩栩如生的精美木雕，呈现出浓厚的中原风格、汉文化底蕴。每一个都有着深刻的寓意，企盼的都是国泰民安、吉祥富贵、功名利禄等。厅堂的门楣正中是鲤鱼跃龙门的木雕，左边的门上分别是喜鹊登梅、凤凰牡丹等。右边门上的一幅木雕寓意尤其深刻，图案的左侧是一株莲荷，右侧是一只鹭鸶。寓意为"一鹭莲荷"，谐音为"一路连科"。一百多年前，鱼跃龙门、一路连科正是一个家族最美好的愿望。如今，虽然没有了科举制度，但子孙的前程也是一个家族的最殷切期望。

穿行在围屋内，感觉自己正在穿越回那个时代，思绪顷刻间就拉回一百多年，眼前总是浮现出那样的一个个瞬间：风雅的例进士陈先学在某一个清晨手捧一本线装的古书，在围屋里绕着天井一仰一俯踱着步高声诵读，仿佛看见他被书中意境陶醉的笑容；或者手捧《三字经》《千字文》为他的孙辈开蒙，看着自己儿孙绕膝，露出无限欣慰的笑容；抑或他正对着围内的某一处木雕露出满意的笑容，心里暗暗赞叹着自己眼光的不俗。踩着吱呀颤动的木楼梯，一步一阶地上楼，就像踩着一段一段的前尘往事，在每一个转角处都不经意地驻足、回眸，总像有人在这里和自己擦肩而过，是谁呢？是当年热情好客和蔼可亲的围屋女主人，端着竹篮到楼上去拿待客的糍粑、花生？还是妙龄的小姐轻移莲步款款下楼？还是围屋少主们小儿无赖，嬉戏雀跃？登上四楼，进入围屋那通透的走马楼，从四角的炮眼远眺，无限风光尽在眼底，感慨顿生。

据说，先学生性旷达豪逸，风采清妙流长。在太平的日子里，总喜欢端着一杯清茶，坐在靠近虎形山那面的小窗兼瞭望孔处观望风景，山上的竹树绿得让人陶醉，甚至让人连呼吸都变慢了，轻轻吸口气，就能嗅到沁人心脾的清香，令他不自觉地将身心与竹树融为一体。双耳捕捉着风过竹林的声音，任是心绪跌宕，我想那一刻也会心澄如镜，心旷神怡，宠辱偕忘了。

怀着诗情画意的心绪，感动于大自然的旋律。春听泥融燕子声，夏听蝉鸣疏桐里，秋品丹桂飘香韵，冬看雪压竹头低，何其风雅也。

　　居所是一个人内心世界的外在体现，居住在自己精心设计的屋子里，其实也是居住在自己心里。从一个人对居所的设计和布置上，大抵就可以看出一个人内心深处的质地。因此，可以说进入雅凤围的大门也是进入围主的内心境界了，在围屋里面，时时处处可以感受到他优雅、空灵的内心境界。

　　也许，他喜欢的是村中那一条条寂寥幽深的老巷，溪上那一拱垂柳掩映的石桥。山脚下，那笑傲霜雪压芳菲的寒梅、月下空谷；春水畔，那清颜自绽、宠辱不惊的幽兰；是遍植山野，只爱悠悠绿水，不改清俊风骨，未出土时先有节，到凌云处仍虚心的那丛翠竹；是东篱下，典雅、恬淡素净的那盆秋菊；是围外荷塘，出淤泥而不染、濯清涟而不妖的那朵清莲；是对面云崖之巅，浓荫苍翠、铁骨丹心的那棵劲松……我忽然和他有了心的灵犀。

　　落日的余晖从口字形的天井上投射出点点金色，幽幽松涛声、飒飒风竹声透过天井传进来，把围屋衬托得更加静谧，举头仰望那一抹斜阳，心中的某个角落似乎也被照亮了。此时此刻，我却突然涌出一丝莫名忧伤，无法言说，就像面对一段自己刻骨铭心的情，想遗忘却又忍不住要回望。

　　围屋里最后一位居民老陈开始做晚饭了。至今，他都不喜欢家用电器，还是用柴火灶。他说因近来母亲去世和来访的游客多，干柴用得差不多了，只好烧半干的，有些倒烟。闻着那湿柴特有的辛辣气味，看炊烟和蒸气弥漫着回廊，天井里的斜阳、老旧的藤椅和清茶，此时突然了悟，四面高墙所包围的，不仅仅是某处空间，而是一种时间——一种被留在了她最优雅时刻的时间。心中梵音忽起，红尘味道渐远，感觉自己飘逸如飞鸟振翅无尘，清越似山中清溪自流。此时，心中倏地闪出四个字"岁月静好"。真的，我喜欢这样的静好。这处远观似凤飞的围楼，就是一所悠然忘尘的庭院，把我变成了精神上的钉子户。

　　如果说土围显示的是一种小康农家的殷实和富足，追求的是一种慢居模式的生存环境，那么雅凤围给人的感觉是精致、优雅而有文化底蕴。"仓廪实而知礼节，衣食足而知荣辱"，福星围是物质的享受，而雅凤围是精神的需求。从中也可以看出围主家庭的发展史：经过多年的辛勤耕耘、勤俭持家，在积累了一定的财富之后，再次做起的围屋就更讲究了，再加上围主本身是进士，属饱学之士，那么，从思想境界方面也更高一筹。"贫者因书而富，富者因书而贵。"读书万卷，书香茶韵，对于一个以"精神享受"为追求的富贵之家来说，是令人欣羡的居家生活形态。用政治家的话说也是经济基础决定上层建筑吧。

三

多少年来，围屋就这样执着地守望于此，守护着一个姓氏的繁衍生息，一个家族的兴衰聚散，甚至是一个民族的过去和未来。可以说雅凤围是凝固的乐章、立体的史书。经过岁月的洗礼，有些地方虽显破旧，但却不破败；有些记忆虽然被岁月冲淡，但并未被遗忘。

从祖堂到大门，仅仅十几步的距离，走出去却仿佛有走过烟波浩渺的岁月，穿越古今沧桑的错觉。在每一个拂晓和夕阳里，有多少或轻或重的脚步从这里进进出出？轻轻闭上眼睛，感觉历史似乎刚刚从身旁走过，脚步声声犹在耳畔。历经风雨沧桑之后，历史虽然定格，却留给了我们很多宝贵的精神和物质财富。百年后，山水依然相依，围屋依然矗立，却是物是人非。是的，百年改变了一切，围屋的居住和防御功能几乎退出了历史的舞台，成了凭吊观赏的风景。但我想，当他的子孙走进这围屋时，一定还为祖上的风雅引以为豪。读雅溪这部史书，雅凤围这段章节，总让我的心灵震撼不已，如今围屋大门外的三十多座旗杆石早已丢弃殆尽，唯有这一刻的斜阳正温柔地抚摸着门楣上的"鸟革翚飞"。

离开时，已近向晚。围楼里散出的一缕炊烟向远山飘去。雅凤围在雾霭中，更显寂寞与凝重。走到村口，蓦然回首，见一位老人正拄着拐杖穿过那条种满花草的狭长小径，蹒跚地朝它走去，三五顽童正在围屋门前嬉戏，看着那依然如千仞绝壁般坚不可摧的围墙，听着孩子们嬉戏的笑语，不知怎的，心中莫名地激动，眼角突然变得模糊起来。突然间感到这古围就像一位忘年交，穿越了一百三十多年历史的烟尘，依然在这斜阳暮烟里等我。

凤凰传奇

一

　　爱情是人性的组成部分，是人类情感的依托，只要有人类生存的地方就有爱情。爱情可以发生在任何地方，无论是繁华都市还是山野乡间，无论是皇宫内院、侯门、相府还是民间的深宅大院、围屋、草庐。爱的表达方式也不拘一格，无论是关关雎鸠，还是采茶小调，古今都在传颂着。这两个字，听着，就很甜蜜，写着，就很温暖。但爱情，又是生性不羁的，有时艳绝千古，有时也凄绝千古。爱是爱，情是情，爱，有时很虚幻。故人心尚永，故心人不见。很多时候，不得不用我的祖先纳兰性德所说的"人生若只如初见，何事秋风悲画扇"来释怀。是的，这一生，有时候，有的人，相见不如不见，有时能守候一生一世的却往往是那个"情"字。每一座古宅，都有关于爱情的传说或者说是风流韵事。凄婉的、美丽的，无不动人。每一座古宅，都有人因情而甘愿做最后的守候者。

　　曾嬷嬷是雅凤围最后的主人。她的娘家在离这里不远处的玉坑村。自幼被送到雅溪陈氏的一户人家做童养媳，曾生育两个孩子。后来，郎君因不满这种封建的婚姻，出走了，从此，再也没有回来。不久以后，她的孩子也因贫病交加夭折了，后来，她又有了一段凄苦的情缘，给她留下一个儿子。"女本柔弱，为母则刚"，从此，她再也没有离开雅凤围，守着儿子，顶着流言蜚语，朝看鹊喜，夜泣灯花，在这薄情的世上深情地活着，直到青丝垂暮。

跟徽派建筑一样，雅凤围二楼以上都有围栏。据说，徽派建筑中，那围栏是供女子闲倚栏杆、临波顾影的，叫"美人靠"。而这里，她却被贫困困扰着，为生活劳碌着。也许她没有时间倚栏遐想；也许，岁月已把她折磨得麻木了，她压根就没有这分情愫。一个女人在世上能够遇到的苦难她都遇到了；一个女人在这世上不能承受的悲伤她也都承受了；一个女人在这世上最难承受的非议她竟然也承受了。她日复一日孤独、寂寞地生存着。门前，那清清的溪水，就像她流不尽的辛酸泪。九十个春秋，三万二千八百多个日日夜夜，她一个柔弱的女子，眼中能有多少泪珠儿，怎经得秋流到冬，春流到夏？

　　围屋的天井中间有一口井，水质甘甜清冽，每次来，我都要汲一桶喝上几口。前年中秋时节，上午九点多的样子，我又一次来到围屋，曾嬷嬷刚吃过早饭，正安详地坐在楼梯口，布满老年斑的脸上的表情非常平静，而我心中却是波涛汹涌，因为，她的故事我是知道的。每次见到她，都为她鸣不平，为她那逝去的爱情、凋零的青春和那夭折的子女慨叹命运的不公，我的眼中再次流露出同情的目光，很想说点安慰的话，可是，当我张开嘴巴时，我发现她正抬起头，友善地看着我，深陷的眼窝里满是老人家特有的宁静和安详，我的心不禁一颤，这真的是一种超乎物外的宁静，我甚至从她的眼神中看到了一种不以物喜、不以己悲的优雅，是的，优雅，这是历尽沧桑后命运留给她最珍贵的东西。

　　我不觉抬头茫然仰望围顶，天空正下着毛毛雨，光线伴着雨水从天井四周的瓦面上倾落下来，幻化成一团团光晕，滴答之声不绝于耳，仿佛听见了光阴的流动，使得这百年老屋愈发深邃。也不觉让人浮想联翩，最上层的两层阁楼也许就是当年某位小姐的绣房。而今人去楼空，窗门紧闭，尘封了一切前尘旧事。又像在无言地诉说着曾经发生在这里的故事。那是一个个什么样的故事呢？也许是一位妙龄的女子，怀揣着无尽的心事，躲在楼上的角落里，从建筑师专门设计的炮楼枪眼中羞涩地向下望着，俯瞰偷窥从小巷里路过的翩翩少年郎，憧憬着自己的未来。也许当年的曾嬷嬷也是怀揣着一个少女最美好的梦想走进这围屋的，然而一切的美梦都被残酷的现实击碎了。其实围屋里的每一处痕迹，深究起来，也许都有一段历史，一个故事，只是前尘往事，今人知道的不多了。我不知不觉地又走到井边，手扶井栏向下看，井不深，水清澈见底，静如处子，突然想起了一句话：心如古井水。心如古井水，几多凄婉，几多无奈啊。而我，此时，却好想扔一个石子下去让这潭死水泛起波澜，但终于还是忍住了。

这次去雅凤围，惊闻曾嬷嬷竟已于二十几天前辞世。内心大恸，泪水无声地滑落下来。可是，想起她那年的表情，我很快又平静下来。佛说前世的因造成今生的果，今生的果，又是来世的因。这一世，她无所怨尤，心如古井，超乎物外，来世的果还会不甘甜吗？每个人的一生都是一本书，一首长诗，她是在用自己的方式吟哦自己的风、雅、颂。凤凰浴火才能重生，可见，死也许不是生的对立面，而是另一种方式的永恒。突然想起了根据印度佛教著作《奥义书》编写的电影《黑客帝国》的主题《Navras》，其中就阐述了这种智慧，梵文的中译文是：

> 曾嬷嬷，这个历尽人世沧桑的老人，一生淡然接受宿命的安排，直至安然而逝，从此踏入涅槃之路，被束缚的心从此解脱，命运的羁绊从此消失了，天国之门向她打开了。

二

香港——东方之珠，世界金融中心，亚洲的购物天堂、美食天堂。对大多数国人来说是那么遥不可及，只是地理书上的一个地名，或许是贴在墙上的一幅高楼林立的画。可是有谁知道，在赣南的大山深处、养在深闺的雅凤围里，却住着一位耄耋的香港老人，这对来此的外地人来说可能觉得新奇，可是对我们当地人来说，却是现实版的凤凰传奇。

她姓欧，香港油麻地人。一九四三年她十五岁，香港沦陷了，炮声湮没了象牙塔里的读书声，校园成了人间地狱，她随同老师和同学们逃出香港来到内地。却不幸落到人贩子手里，数次被拐卖，最终重病缠身的她被卖到全南一刘姓木匠家做了童养媳，半年后，在刘家的照顾下，她的身体逐渐好转，好心的刘木匠转认她为自己的干女儿并改名欧义妹，一九四七年刘木匠做主把她嫁给了龙源坝雅溪村一陈姓人家，从此她便住进了雅凤围。

有月亮的晚上，欧妈妈总是喜欢坐在围屋中央的那口水井边，望月怀远。她是识文断字的女人，还清晰记得当年学过的诗词："床前明月光，疑是地上霜。举头望明月，低头思故乡。""上有青冥之长天，下有渌水之波澜，天长地远魂飞苦，梦魂不到关山难。长相思，摧心肝。"长相思，摧心肝！多年前，想到这一句，总是会有泪水轻轻地滑落，在一些如中秋节等特殊的日子里甚至背着家人轻轻地啜泣。年龄大了后，特别是生儿育女后，整天劳碌着，渐渐地不再哭泣了，但是，那梦牵魂绕的故乡依然是她心中一个永远的痛点，不敢触碰，每碰一下，都会引起一阵锥心疼痛。对家乡和亲人的思念也许是欧妈妈漫长人生里的一种煎熬和慰藉。世界人的香港是那么遥远，可是作为她故乡的香港在思念里却又是那么近，仿佛唾手可得，却又虚无缥缈。香港是个特殊的地方，与内地相隔的不仅仅是万水千山的实际距离。

有人说，书能洗心。是的，繁芜的世事、坎坷的经历会让一个人的心灵蒙尘，而文字就是拂尘，能扫除人心灵的灰尘，让质本洁来还洁去，这也许就是识文断字的功用。它能使人在尘埃中开出一朵艳丽的花。旧时的赣南，由于生存环境艰苦，家务事繁重，绝大多数妇女与文化教育无缘，因此客家女子有文化者凤毛麟角。万幸，欧妈妈识文断字，受到人们的认可，在村里先后做了扫盲老师、会计、保管员等。

可是她的命运依旧多舛，出嫁后曾八次流产，据她说那时因为她逃亡过关时被日寇逼着打了毒针。她以为自己此生可能再不能做母亲了，几次想轻生。"唉，好在我家丈夫对我好，要不然就算不死恐怕也被赶出门了，好在苍天有眼，我三十四岁以后在围屋里生下两崽一女，加上丈夫对我好，我才慢慢对生活有了信心。"讲起心酸的往事，她的眼里总是溢满泪水，讲起丈夫的好，她的眼里又满是柔情和感激，可是丈夫多年前就去世了，这也是她心中另外的一个大痛。

一个又一个十年过去了，韶华渐渐褪去，霜染的两鬓刻满了岁月的印痕，可欧妈妈的心里一直没有放下过对亲人的牵挂。八十年代后，春天的故事里，她生命里另外一个春天也来了，香港与内地往来频繁，她的心动了，有了寻找香港亲人的念头。可时隔四十多年了，如何填满这时空上的遥远距离？唯有书信。只有把一腔思乡的情愫撒向一页页的纸张，按照记忆中家里的老地址邮寄过去。信写了一封又一封，泪水流了一回又一回。可是，一封封家书就如泥牛入海般，有去无回。但她坚信：现在天下太平了，有文化有老地址还怕找不到吗？于是，她坚持不懈地写信，一封又一封。也许是苍天垂怜，九十年代的一天，一个平常的日子，香港的亲人回信了，看着信封上那竖版繁体的字迹，就像看到了维多利亚港那翻滚的浪花，她紧紧贴在胸前，久久不舍得打开。

信是表哥寄来的。这弥足珍贵的信笺让她觉得香港好近了，就在一闭眼的前方。打开信笺，在欣喜的同时，她也得知了最不幸的消息，自己最亲的爷爷、奶奶、父母早已死在日寇的枪炮之下，那夜，欧妈妈整整哭了一夜。

她又想起了香港，想起了少女时代。哪个少男不钟情，哪个少女不怀春？十五岁，豆蔻年华，她也曾做过很多梦，这些梦，是所有花季少女都曾做过的。她曾经和女伴们一起羞涩地讲起各自的梦，曾经一起憧憬未来，暗自揣想，唯愿此情此景里，还有同样一双清隽的双眸，有一个骑着白马的翩翩少年，能教好梦成真，不令孤影落寞。可现实中，流光里，骑着白马的王子在梦中一瞬而过。烽火狼烟的岁月，又有多少女子能将梦书写成现实呢？而今，八十多个春秋过去了，一切都淡然了，唯有将自己一世的传奇在别人写的故事里镌刻成史书。

她曾有一个美丽的名字——欧丽芳，并不耀眼，并不夺目，就像是阳台上种着的一株小小茉莉，美丽芬芳，清幽淡雅。我总是在揣想，在民国，在欧妈妈年轻的那个时代，那个奇女子辈出的时代，如若没有战争她会怎么样呢？也许她会成为用一支生花妙笔纵横天下的张爱玲；也可能成为才貌双全翻覆红尘的林徽因；更大的可能是和千千万万那时代的普通香港女子一样，选一个如意的郎君，在如花一般的年龄嫁作人妇，相夫教子，依旧能在悠悠的岁月里，被维多利亚港的浪花铭记、被掠过狮子山顶的白云收藏，还可以因为一件裁剪得体的新衣服被街坊邻居用那热情洋溢的话语所赞美。可是，一切都成了命运的童话。那么美好的少女时代，梦还没来得及开始就断了。香港少女欧丽芳成了她的前世，客家妇人欧义妹才是她的今生，于是，和围屋里的曾嬷嬷一样，她日出而作，日落而息，毫无怨尤地接受了命运的安排。

很多年前，我第一次见她时，她曾说过，如果她不是香港人，没有那一段传奇经历，或许这里没人会记得她的名字甚至姓氏，也不会有人对她的生活感兴趣。她也知道，他们没有恶意，都是同情她的。她说，她习惯了这里的一切，早就喜欢上了这里。她感谢自己遇到那么多的好人，她和养父刘木匠家的两个儿子就是亲姐弟。落难时，她的心就像断了线的风筝，是这里的客家人接纳了她，围屋接纳了她，她是一只落难的凤凰，落在雅凤围这棵梧桐树上，从此有了栖息地，从此不再漂泊。

光阴荏苒，红了屋脊梁上的杜鹃，绿了雅凤围外的芭蕉。每次打开经年的信笺，翻过泛黄的纸张，欧妈妈都心潮起伏，这是来自故乡香港的、带着亲人体温的东西，就像连接胎儿与胎盘之间的脐带一样，是她与故乡之间唯一的一条血脉。可是随着唯一亲人表哥的故去，脐带又生生被剪断了，一切都又变得遥不可及。

直到今天，欧妈妈都仿佛不敢置信，一个国家那不堪回首的大痛，一个民族的心酸往事，竟然活生生地影响了自己的命运。可滚滚红尘里，那些爱、那些情、那些痛、那些泪，是真真切切地存在过的。手握信笺，触指间，满纸温润，这温度，似是一日都不曾褪去过。"香港回归那天，我看了一天的直播，国家强大了，再不受欺负了，我好想回香港去看看，看看还能不能找到以前住的地方，以前的同学，不知道她们都还在不在人世了……"回故乡看看，回故乡看看。听到这里，我忽然想起一首歌《常回家看看》，突然间泪流满面。回家看看，我想，这该是一个垂暮老人最大的心愿了，可这对她来说到底有多难呢？

突然想起安意如写慕容冲故事里的那首民谣："凤皇凤皇，止阿房，凤皇凤皇何不高飞还故乡？无故在此取灭亡？"是啊，思念故乡，郁郁累累。然"欲渡河无船，欲归家无人，心思不能言，肠中车轮转"。回故乡，也许会成为欧妈妈今生最大的遗憾。

锦带素裳衣香影

梦 里 蓝 衫

衣服，赣南客家人叫作衫裤，不仅是遮身暖体的工具，更是最具颜值的文化。其中沉淀着一个民族的历史渊源、生活习俗、审美情趣甚至思想理念。

客家服饰主要是指闽、粤、赣三地客家人的传统衣着，它传承了千百年来汉文化的特质。客家服饰的总体特点是肥大宽松、朴实、大方，这种宽大的特点，正跟古代中原汉服宽博特征一脉相承。

全南的传统客家服饰讲究朴素实用，宽松简便，喜欢素衣，因此，在色调方面以蓝、黑、白等素色为主。

我一直认为，全南的客家人有蓝色情结，后来，翻阅大量的书籍始知，蓝衫是客家女性千年衣饰历史中的图腾。已被现代人视为客家服饰的重要特征和客家衣饰文化的载体。甚至有的学者认为客家人对蓝色的迷恋，正是其痛失家园后低哑的吟唱。蓝衫，顾名思义，就是蓝色的衣服。客家蓝衫，又称大襟衫、长衫、士林衫。客家大襟衫宽松、简约，但又有精致典雅的花边镶嵌。客家蓝衫的开襟方式主要有大襟、琵琶襟、对襟三种，其中最具代表性的就是大襟衫，客家人喜爱穿大襟衫，是因为客家人勤劳，长年在山野、田园里劳作，穿大襟衫行动方便，耐脏耐洗而又不显张扬。这种简单中的精致最可以看出一个族群的品性。据说，现在有很多人关注、收藏客家蓝衫，通过客家蓝衫实物可窥见客家服饰系列里所有的细节奥妙与风格，可以研究客家衣饰发展的文化，从中寻找大襟衫背后那些特别的、不为人知的情感故事。

我一直疑惑，雅溪乃至整个全南客家的衣饰大都崇尚天蓝色，为何不是其他颜色呢？原来，雅溪陈氏先祖南迁后，过的是男耕女织、自给自足的农耕生活，为了生存，他们创造和发展了许多独特的传统手工艺，这些对客家人的生活起到了重要的作用。旧时雅溪客家人，家家户户备有纺车和织布机，农耕之余纺纱织布，自织自染。织布是客家女人的必修课，蓝染也曾是客家男人的传统手艺。一位陈姓老人说，小时候，因为家里穷，他的祖父常用植物提取染料染制衣料，因此，他对蓝染有着深深的情结。客家蓝染也是最具代表性的客家物质文化之一，充满浓浓的客家风情。蓝染曾是客家人生活中非常普遍的手艺，但是随着时代的发展，逐渐淡出了人们的生活，甚至在全南慢慢消失殆尽了。据他说，通常有五种植物的蓝色色素可以制作成染料：茶蓝、蓼蓝、马蓝、吴蓝和苋蓝，其中茶蓝最佳。他说百年前，赣南曾是重要的染料基地。赣南地方志也记载了种植茶蓝的习俗，并且在明代后期，赣南的蓝靛大量销往外地，《赣州府志》载："城南人种蓝作淀，西北大贾岁一至汛舟而下，州人颇食其利。"可见，受地域气候影响的赣南盛产蓝靛，是促成蓝色服饰在此地域流行的客观原因之一。

服饰色彩，是服饰特点最为直观的识别形式之一，它往往是一个族群的重要识别标志，同时，服饰色彩还具有性别、身份和地位的象征意义。通过服饰色彩可以把握人物的心理和族群的文化特质。

蓝衫体现了客家人节俭、朴素、勤劳又包容的性格特质，已然成了客家文化的一个符号。文化来源于生活，服饰代表着生活，客家服饰也是客家民俗的重要体现方式，客家文化是由客家的各种习俗、生活方式堆砌而成的，客家服饰是研究客家文化的一个重要窗口。历经了千年的岁月更迭，传统的客家服饰，虽时有更新改良，但，依旧在大山深处、客家腹地如一朵奇葩绽放着。

客家传统服饰的蓝色给人们印象最深的就是明快、清澈，没有低沉、哀怨之感。在客家人的历史中，蓝衫一直是勤奋的象征。蓝色还有一个实用的优点，那就是在客家人开荒垦地的岁月中，家织布染色做成的蓝衫能吸汗耐脏，并且，客家女性传统上衣多纯色，仅在袖口、肩膀、下摆等处镶嵌宽约五厘米的黑边或者素净的花边。这些色彩的配比，都给人既素雅，又清爽的感觉。这正是客家女人坚毅、质朴、精明、吃苦精神的最佳诠释。

我九十年代刚到全南时，恰好是在北线生活，那地区有"墟日"，也就是北方说的赶集，大的乡镇三天一墟日，以农历计，每逢二、五、八或三、六、九等为墟日。一到墟日，所看到的年长些的客家妇女都是样式相同的天蓝色的衫裤，以至于我经常认错了人，闹了不少笑话，这对于我这个新客家人来说，可谓一道独特的风景。

　　行走在雅溪的小巷里，总能看到一个个满头银发的老妪坐在自家门口，或含饴弄孙，或做些简单的手工，她们执着地穿着属于她们那个年代的服饰——客家蓝衫，看着眼前过往的红男绿女。在停车场旁边一处朝阳的开阔处，一对白发翁媪正在用几根竹竿架三脚架晒衣服，老妇身上穿的正是一件下摆和袖口镶了白边的天蓝色短袖。他们的晾衣方法及衣服引起了我的注意，他们不是用现代的一元钱就能买一个镀了膜的铁质衣架，而是由老翁托着竹竿，老妇把衣服穿进竹竿里然后再两人托举着稳稳地放在三脚架上。竹竿上是天蓝色的改良大襟衫，天蓝色的系带裤子，还有几条肥大的天蓝色短裤，见我凑上前来观看，老妇竟有些羞赧，用身体挡住那几条短裤，嘴里喃喃地说："老家伙的衫裤，唔靓，冇看相，你等后生仔的衫裤更靓……"我笑着跟他们打了招呼，不想老大爷特别热情，竟邀我们去他家里喝茶。

　　几杯清茶下肚，倍感亲切，完全没有了先前的拘谨。他家的客厅里还有一台老式缝纫机，还有一些裁剪工具。深聊后才知道，原来老人家竟是裁缝师傅，现在年龄大了，加上随着时代的发展，没有人做衣服了，就把这手艺荒废了。但是他很热爱这门手艺，从他的口中，我们又知道民间很多关于客家蓝衫的掌故。"做蓝衫裤，不需要很准确的量身，不需要多精致的做工，对穿的人没有很严格的要求，一件蓝衫，不管高矮胖瘦都可以穿，所以，有时候一件好的蓝衫，可以穿很久，甚至还可以母女相传。实在太旧了还可以作为背孩子的绑被。"老人家告诉我们，一件普通的农村妇女的蓝衫整体裁剪制作起来不难，农村人粗糙，没那么多讲究。最难的是唱采茶戏演员们的蓝衫，那可就讲究了，他说自己曾揽过给戏团演员做蓝衫的活儿，做那样一件等于做民间十件啊，很多都得用手工缝，最难的是对蓝衫袖口及大襟装饰的缝制，那要缝花边的。他说当年他做出的戏服蓝衫没有一件返工或者退货，骄傲之情溢于言表。"蓝衫的材质以前以棉麻最多，色彩以天蓝为主，比较吸汗、透气、不怕脏，样式上宽松，这都是为了便于劳作，后来就是的确良、的卡、涤纶，再后来还有用乔其纱料做的，都是天蓝色。客家女人能吃苦，以前的女人每天都要做很多事情的，蓝靛染出来的布耐脏，上山下田耕作，衣服脏的时候看不清楚，所以客家蓝衫偏向这个蓝色，唉，以前我家孩子多，劳动力少，你大娘吃了不少苦，她喜欢蓝衫，可是买不起布料也没工夫给她好好做，古语说得好，卖盐的喝淡汤，卖油的娘子水梳头，确实有这事的，也就这几年，没人找我做衣服了，生活条件也好起来了，我才好好给她做了几件蓝衫，可是，冇用了，现在早就不流行了。"他说着，愧疚地看了一眼大娘，这时我们才发现，大娘不知道何时换了一身簇新的天蓝色镶着古色古香花边的蓝衫。翁媪对视着，大娘眼睛竟湿润了。此时，我的眼睛成了一台最高端的数码相机，把这动人的、温馨的一刻，把这位经过时光的洗练后，带着慈祥的微笑锦带素裳的客家老人拍下来，让那一抹蓝色，永远印记在我的脑海中。

虎 头 鞋

客家儿童服饰色彩相比成人来说比较鲜明，呈多样性。具体常以红色、米黄、浅蓝、白等色彩为主调。其中又以红色系列最为常见。此外，偶尔也可以见到一些藏青或黑色为主调的儿童服饰，但在这些色彩上还是会配上些鲜艳、明亮的色彩刺绣图案，特别是配上红色，如独具特色的婴儿虎头鞋、虎头帽等。

儿童服饰色彩主要凝聚着长辈对晚辈的厚爱，也寄托着长辈对后代的期望、祝福。从远古时起，祖先就认为"红"是生命力的图腾。据考古发掘，山顶洞人时代，人们就在逝者的尸体旁撒红粉希望生命在阴间得以延续。雅溪客家老人认为儿童处在阴阳交界处，小儿多阳气不足，阎王常派小鬼来摄他们的灵魂，所以在过去造成很多婴幼儿夭折，因此，雅溪客家人使用红色服饰为儿童吸纳阳气，储备生命力。所以每家小孩都有几件红色的衣服。再者，雅溪多饱学之士，也认为红色在古代服饰色彩中象征较高的社会地位，常常是皇室、权贵等人群的礼服。如《宋史·舆服》载："后殿早讲，皇帝服帽子，红袍，玉束带，讲读官公服系裳。"

在雅凤围门口曾看到一位五十上下的妇女，抱着一位婴孩，孩子的脚上穿着一双精致的虎头鞋，引起了我的极大兴趣。虎头鞋、虎头帽、布老虎，这些都是我们这个年龄人童年的记忆，现代已经快要消失了。在我北方的家乡，虎头鞋一般是做给刚蹒跚学步的一岁左右婴儿穿的。鞋底是用自制的白色棉线纳成"九针子"花样，中间缀一簇彩色的丝线，代表扎下根，寓意走路有根，不会摔倒的意思。也希望孩子穿上它后可以辟邪，远离灾难疾病，脚踏实地，虎虎生威地走完一生之路。那细密的针脚和精美的图案，饱含着亲人浓浓的爱意和深深的祝福。在那里，我禁不住向那个妇女打听，她说，这里幼儿穿戴虎头鞋帽和我说的差不多，我说她的普通话说得好，她说她女儿也是嫁到外地，在深圳打工，生了孩子后，她一直在深圳帮着带，大家都讲普通话，练会了。问及这虎头鞋，她说，是孩子的太婆婆一针一线做的，我翻看一下鞋底，竟和北方一样是九针子的花样，中间一簇红丝线。

"红男绿女嘛！"她说女婿的老家安徽也是这风俗，还说这孩子还有一顶虎头帽，是安徽的奶奶亲手缝制的，天气热没戴。她还用流利的普通话给我说了几句民谣：摸摸虎头，吃穿不愁；摸摸虎嘴，驱邪避鬼；摸摸虎身，步步高升；摸摸虎背，荣华富贵；摸摸虎尾，十全十美……我好感动，好感动。是啊，纵岁月流逝，时空变换，但人们对晚辈那美好的期望亘古未变。只是虎头鞋、虎头帽的身影渐行渐远了，也许有一天会散落在人们的记忆中。

蓝 巾 帕

客家妇女的头饰分为银簪、凉帽、头帕三种。在赣南地区，最普遍的就是头帕。有学者研究后认定，客家妇女的头帕是北方头巾文化的延续和赣、闽、粤本土文化的结合。作为一个在北方长大移居赣南的新客家人来说，我非常赞同这个观点。在我们北方，每个成年女人都至少有一方颜色鲜艳的方形针织围巾，春、秋、冬三季包在头上，用来御寒防尘。客家人从相对开阔干燥的北方平原迁移至多雨潮湿的南方山区，为了御寒防湿，便就地取材，就用头帕代替围巾包在头上。客家地域广阔，每个地方都有共性和特性，头饰也是如此。在我们全南，这种情系古今的客家妇女头饰称作蓝巾帕也叫冬头帕。蓝巾帕是北方头巾文化的延续，更是赣南尤其是我们三南地区客家文化的重要组成部分。一般是在妇女坐月子时和步入中年后佩戴，成为三南客家中老年妇女服饰的最典型特征。

记得我刚来全南时，看到家婆慈祥的面容，一身素净的天蓝衣衫，唯头上用"锦带"束着"一块布"，显得十分扎眼。她每天早晨起来洗漱后第一件事，就是坐在凳子上慢条斯理地戴好那奇怪的头饰，我当时感到万分稀奇。后来当教师的家公对我详细解说了这奇怪的头饰的来历及作用，我才恍然大悟，不得不佩服客家先民在衣饰方面的大智慧。

　　蓝巾帕由披肩、护额、丝带三部分组成。蓝巾帕制作工艺繁复，据说共有十二个步骤，不仅需要有相当的女红基础，还需要静心与耐心。如今蓝巾帕已然成为非物质文化遗产。走到雅溪，我又有了不同的发现。雅溪老妇人的蓝巾帕似乎有些简陋。不像全南南线中寨、南迳、乌桕坝等几个乡镇的那样，披肩是带黑红褐色条纹，做工稍考究些，而是一方蓝色的布，外面系一条艳丽的彩带，称作"裹乌帕"。这种细微的差异，也正说明了客家服饰的多样性。护额和丝带是一样的。

　　在全南客家传统婚俗中，蓝巾帕是女方必备的嫁妆，即便是现在，客家妇女在坐月子时以及步入中老年后仍然喜爱佩戴蓝巾帕，新婚的儿媳还得精心为男方家的女性长辈分别准备一套新制蓝巾帕作为礼物送给她们，这一点，在我的小姑出嫁时，我得到了印证。蓝巾帕也包含了长辈对晚辈的关爱。我坐月子时，家婆每天早晨都无限慈爱地给我系上一块蓝巾帕里的护额，说尽管是夏季，也不能受了风寒，落下月子病，那可是一辈子的病根。记得那时我感动得热泪盈眶。

　　蓝巾帕上那红、黑、白条纹相间的披肩以及前额黑色面料上两条艳丽的丝带，都是有深刻讲究的，那条纹有如客家深厚的土地及层层的梯田；富有层次的头帕如同起伏的丘陵；那两条丝带代表的是两条生命的河，一条是过去的河即养育过他们祖先的北方的黄河，一条是现在的河，也就是现在养育着他们以及他们的子孙赣南大地的河流。蓝巾帕的制作包含了客家先民天人合一的理念，是往昔沧桑岁月的写照，也是未来继往开来的企盼。

宗 祠 遗 韵

　　祠堂又称宗祠、家庙、宗庙、祖祠、祖厝等，是维系一个宗族血脉亲情的纽带。祠堂文化是地方民俗文化重要组成部分。远在几千年前的夏商周便开始萌芽，到宋代形成较完备的体系，明、清时发展到了高峰。

雅溪古村有六百年的历史，楼下村小组和雅凤村小组各有一座气势恢宏的陈氏宗祠。雅凤还有一座支祠——承庆堂。楼下村的陈氏宗祠属于雅溪陈氏的总祠，雅凤的陈氏宗祠属于分祠，而承庆堂则属于雅凤围主陈先学一脉的支祠。

楼下陈氏宗祠坐北朝南，背倚连绵的青山，气势恢宏。门楣上"陈氏宗祠"四个大字由两个仙童用手扶着，"仙童扶匾"是这座宗祠独具的特色。上面还有"八仙过海"的雕刻。宗祠整体建筑高大宽敞，构架用材大气，斗拱等饰件雕刻也古朴大方，历经自然界风雨和人为因素的损坏，内里已经十分破败，但许多地方还原汁原味地保存着当年的历史风貌。

楼下宗祠体现的是天人合一的理念，整体构造与自然环境和谐统一，很有气势，又很有艺术美。宗祠里石雕、砖雕、木雕等建筑构件，非常精美。上厅的神龛上方悬挂着一块巨匾"伦正堂"。寓意为"叙伦常与百世，耕读启后，崇正道于万年"。中厅上方悬挂着"为祖勤劳"的匾额。从这些都可以看出陈氏家族耕读传家，家风严谨。此外，还有一些小的匾额、楹联等，其文字本身就是一件件精美的书法艺术品，这些都综合地展示了陈氏家族的历史和人文风范，也反映出了陈氏宗祠建筑的高超水平和艺术特色。

宗祠文化的核心是"孝"。祠堂的基本功能是祭祀祖先，祈求祖宗保佑。以血亲关系的延续为纽带，把全体家族成员联系起来，起着维系、团结家族的作用，形成宗族内部的凝聚力和亲和力。祠堂不仅作为祭祀先祖和崇拜神灵的地方，还是一个乡村的中心，它维系着一个村庄、一个姓氏的荣耀和秩序。在雅溪楼下祠堂的大门外，你总能看见村中的老者们聚集在这里，聊一聊家长里短，议一议族中大事，甚至搬出族谱，戴上老花镜来翻阅，他们百看不厌。每看一次，都激动不已，上面先祖的名字和所记载的族中大事，对他们来说都很亲切，就像与先祖们进行心灵对话。这座宗祠如同一部绵长的历史典籍，既蕴涵淳朴的传统内容，又蕴藏着深厚的人文根基，向后人展示出一种独特的文化内涵。

风格古雅、气势宏伟的祠堂建筑，是中华民族历时数千年之久的伟大创造，也是中国传统文化深层内涵的重要表征。祠堂是海内外宗亲扯不断的根，它铭记的是文章报国、诗礼传家、科第绵延、门第兴旺的家族史，能让身在异乡的游子记得那一分乡愁。

祠堂庄严肃穆，免不了让人心生敬畏，相比村里其他地方的熙攘热闹，这里有点闹中取静、遗世独立的韵味。

走进雅凤，卵石铺路，曲径蜿蜒，处处透着平易、隽永的亲切感，环境之清丽可人，使人生出百般遐想。古老的建筑群流露着淡雅、含蓄的个性，呈现出南方民居清淡、典雅、含蓄的特点。"晴天耕作雨天读书"，商儒并重，耕读传家，让雅溪人的骨子里透着文人雅士的韵味，"气质美如兰，才华馥比仙"。他们不惜重金，在祠堂的门楣、廊柱等处，把祖德、家训等以对联的形式雕刻粉绘，既能教化族人，又可装点门庭，相得益彰，浑然一体。游览古村，古朴中有雅致，听风声，闻雨响，倦意淡赏四时景，妙手偶得真乐趣。

一个古村能在时光里"活"下来，必须有天时地利人和，以人间的烟火作为底色。古村遗韵，需世代传承之。在雅凤，不仅有精美的建筑遗存、优美的自然景观、丰富的人文遗址，更有传承千年的祠堂文化。

一座宗祠，就是一处民族文化精神的载体，它是美学、哲学、宗教学、考古学等的结晶，是一个家族老祖宗留给后代的物态载体，这不可复制的财富，只能传承，不能毁坏。雅凤陈氏宗祠初建于清末，距今已有一百多年，其承载的耕读传家精神，令人感慨、钦佩。这建筑除了有很多楹联，也有众多精美雕饰，这些点缀不仅美化了建筑，还传承着文化。

雅凤的陈氏宗祠，更具有文化底蕴。大门的廊柱上题写着"诗书精读子孙辈出后生才，世代勤耕族脉情传先祖德"的楹联。走进去，《雅溪家训》《新赣南家训》赫然题写在照壁上；《公民道德歌》、"风追华莩"典故的图片用镜框镶嵌着挂在墙壁上，这一切，都让人感觉到，这座祠堂，这一脉族人，是有气质有性格的。

曾经跟雅溪的一位老人聊过天，他说，他们村里有村规即《雅溪家训》，每一个人都要做到"醇、谨、厚、诚"，代代、家家、人人都在呵护着这村风良俗。《雅溪家训》是族中一位精通书法的陈姓老人用毛笔写在祠堂的照壁上的，虽历经风雨，字迹依然清晰可辨。家训共九十六条三百八十四字，内容涉及家国情怀、伦理、风化、文教、孝悌、道德等多个方面，告知族人什么是应该倡导和遵从的，什么是应该反对和禁止的，都写得十分清楚明确。尤其是族规中的一些内容，如，"国家兴亡，族众长系""将相无种，人须有志"

"戒淫戒懒，赌毒莫试"，至今仍意义非凡。国有国风，军有军纪，村有村风，村风正则民风淳。村风良俗，不是一日之功即能实现，是十几年，几十年，甚至几代人的不懈努力。这些都是古村的纪念碑。

百年沧桑，家训如清泉流淌、涤荡心灵。雅凤的陈氏老人还说，百年来，家族中虽未出现过经天纬地之才，却都是知书达理、对社会有用之人。是他们家独特的家风在时刻警醒教育着这些人。他说，村中人喜欢读书，书读得多了，智慧和道德水准也就增长了，人的素质也就提高了，人们也从中找到了乐趣。是啊，读书能陶冶一个人的情操，一个家庭如果都是读书人，这个家庭就会有情操、有品位、有欢笑。"修身齐家治国平天下"，中华民族自古即以家国情怀为重。家风的传承，更多地靠耳濡目染。家风、社风、国风互相融通、互相影响。要让每一个小家都成为温馨港湾、厚德之所，"国泰民安"这四个字才更容易实现。

如果从政治的角度来说，社会主义核心价值观是"国风"，那么家风则是践行价值观的第一粒扣子。"家庭做到家风和，乡村就会乡风醇，社会就会风气清。"家风，不仅仅是怀念过往，更应当憧憬未来。相信随着雅溪村民整体素质的提升，家风建设必能结出更多硕果，核心价值观也一定能真正落细落小、落地生根。

陈氏宗祠，堪称是一座历史的丰碑，它是一座有生命的建筑，沉淀了陈氏家族几十代人的人文观念，积攒了几百年风雨沧桑中的感人故事，包含着很多传统文化资源，是历史遗产的真实载体。陈氏宗祠是全南历史文化遗迹，是反映雅溪古代乡土社会的"活化石"，历史不会在发展的文明中消失。陈氏宗祠是祖先无数荣耀的积存，也是后人们无数梦想的发源地。相信这些梦想未来一定还会被无数的族人传承下去，变成现实。或许将来成为除族人外很多人的梦想。因为它现在已不是陈氏的家族财产，已属于全南客家人甚至是更多人可以共享的人文景观、旅游景点、精神家园。

祠堂代表着一个家族的祖先，蕴藏着一种质朴的精神动力。从民俗学的角度看，祠堂是"用自己存在的方式诠释时代文明"。阅尽风雨沧桑的陈氏宗祠，静静地伫立。多少游子历尽苦难，衣锦还乡，在这里为祖先上一炷香；多少人来这里摆三牲祭礼，在传统节日，祈求平安，祈福未来。那长满青苔的青砖路，是历史厚重的遗迹，也是今日生机勃勃的起点。

百年丹桂暗留香

桂花是中国传统十大花卉之一，栽培历史达两千五百年以上。春秋战国时期诗人屈原在《九歌》中云："援北斗兮酌桂浆"，"辛夷车兮结桂旗"。其中桂浆可能是添加桂花而酿制的美酒，这是现在可考的最早提及桂花和桂花酒的文字。从汉代至魏晋南北朝时期，桂花逐渐成为名贵的花卉与贡品，并成为美好事物的象征。

全南的亚热带湿润气候正适合桂花生长。这里不但有中寨的野生古桂花树群，还有位于南迳乡的芳香产业基地——厚朴生态林业有限公司，人工栽培的大量桂花，品种繁多，不仅有传统的金桂、银桂、月桂、丹桂等，还有一些新培育的名贵品种。那里的乡镇街道上、民居的房前屋后都广植桂花，成了远近闻名的桂花之乡。然而，在全南北线龙源坝镇古村雅溪的雅凤围外，有一棵非同寻常的百年丹桂树。

雅凤围门坪前有小溪自东向西流过，下一个小土坡，下面是一口面积不大的池塘，池塘边的小斜坡上有一棵老桂花树，离围屋约三十米，足足有脸盆那么粗，树干上有一个空洞，枝开得很高，稀稀疏疏的，主干已经枯了，但看得出枯叶还是绿色的，说明是不久前才枯萎的。村人告诉我说，围屋现在的主人曾嬷嬷二十多天前去世了，高寿九十岁，这桂树是她的老朋友了，她经常给它施肥，经常来采摘花朵，还会喃喃地对着它说话，她死了，树的主干也枯了。我的心里不觉一阵感慨，在这风雅之地，草木也有灵性也多情啊。幸好，两侧的旁枝叶子还算繁茂。他们还告诉我说，这是百年桂花树，比围屋年龄还大呢。这棵老树，是围主例进士先学亲手所栽。一百多年来，它一定铭记着雅凤围的每一段前尘往事。在这风雅之地，树也风雅，因为，它有一个美丽的名字——"美人扶"。原来这树是有来历的，当年雅凤围竣工后，围主总觉得缺少些什么，于是请风水师来观望，风水师认为围屋还需要有"扶手"，才能世代荣昌，于是他在围屋的左右两侧各移植一株桂花树，当作围屋的扶手。可惜左边那棵在二十几年前就枯死了，只有这棵老树，与围屋相伴到现在。

桂花的"桂"与"贵"同音，旧时又被称为"桂子"，谐音"贵子"，人们认为添子是"福"，蝙蝠喻"福"，所以很多官宦富贵人家的宅院里往往都有把蝙蝠与桂花组合雕成的图案，寓意为"福增贵子"；据说在江浙一带，谁家生下男孩，邻里、亲朋都带兰花与桂花组成的吉祥图案前往祝贺，称为兰桂齐芳，兰比作高雅的君子，贵是富贵之意，集高贵和典雅于一身，寓意子孙仕途昌达、尊荣显贵；此外，桂花与莲子合图，寓称为"连生贵子"；桂花与寿桃合图，则称"贵寿无极"等。据记载，有些地方的习俗新娘子要戴桂花，则是寓意"早生贵子"。可见，饱学而又风雅的例进士陈先学，用桂树来做围屋的扶手，是有深远意义的。

当围屋的几个少主还是孩童时，树就站在那儿，或许，他们在这棵树上攀爬、嬉戏过，在清风中，抖落一串笑语，摇落满树的繁花，一地缤纷。我一边默默地看着，一边想象着它的前世今生，想它怎样由一粒种子落在土里，怎样生根发芽，怎样开枝散叶，长大后，怎样昂着头颅在风中企盼，怎样被风雅的主人发现，万般怜爱地移植到这里，然后怎样地呵护，当它开出第一朵花时，主人该是怎样地欣喜啊。后来它渐渐地长大了，把花香填满一个村庄，而风雅的主人却渐渐地老去了。渐渐地，我的意识开始模糊起来，眼前开始出现一个披一件淡雅蓝衫、蓄着三绺美髯的男子的幻影，那幻影绕树三匝在痴情地吟哦着诗词歌赋，诉说着绝世的风雅，然后渐渐地，渐渐地模糊，模糊，直至在我的视线里绝尘而去，只剩下一片虚无……此刻，正是秋风送爽的时节，长长的夜，虫鸣鸟歇，围屋庭院深深，风渐渐柔和，唯有那棵树在微微呼吸。此刻，好想借一丝秋风清逸，饮一杯清茶，着一袭紫衣，笼两袖月光，漫步于桂树下，赏月色染就的一树芳华，那一定忘记了这里是雅凤围旁，疑似在广寒宫外。

桂花不光好看、好闻，还好吃。除了桂花酒、桂花茶等饮品，我国还有众多以桂花为原料的美食，如桂花糯米粥、桂花酥、桂花糕、桂花酒酿细丸子、桂花小豆粥等等，想想就令人垂涎。

另外，有关桂花的神话也是广为流传。相传，月中有桂树，高五百丈。汉朝河西人吴刚，因学仙时，不遵道规，被罚至月中伐桂，但此树随砍随合，总不能伐倒。千万年过去了，吴刚总是每日辛勤伐树不止，而那棵神奇的桂树却依然如故，生机勃勃，每临中秋，馨香四溢。只有中秋这一天，吴刚才在树下稍事休息，与人间共度团圆佳节。桂花常在农历八月，也就是中秋时节盛开。在科举时代，桂花象征文人的荣誉。"蟾宫折桂"就是进士及第的雅称。

沿着村里的小路，慢慢地散步，凉风习习，一路都是桂花香。这个季节，还真是应了那句屡见经卷的话"金风送爽，丹桂飘香"。那株百年丹桂和新农村建设时种植的株株小桂花树都将争相开放。在村外的公路边就能闻到花香。尤其是在清晨，从睡梦中醒来，推开窗户，任淡淡的幽香慢慢地弥漫整个房间，这沁人心脾的气息无法让人不贪婪。轻轻地吸一口气，顿觉神清气爽，直入肺腑。就算离开了半晌，这清香也会在心底里悠悠地持续着，让你回味无穷，好不醉人。

清晨里的老丹桂树别有一分韵味，凝神驻足轻闻，轻漫漫满树溢香，微风吹过，花枝轻轻地晃动着，那躲藏在碧叶间的黄色小花朵，那小小的花瓣，在微风中飞舞着，在灿烂的朝阳里，映射出迷人的色彩，清新而飘逸。然，繁花落尽，这棵百年丹桂依旧难掩岁月的沧桑。一村风雅，满围故事都无觅，唯有桂花香暗暗飘过。

突然又想起了曾嬷嬷。想起村人说在过去的每一个花开时节，曾嬷嬷年年都是在中秋节前后到这棵老树下"打花"。她先将树底下铺上大塑料布，然后用长长的竹竿敲打树枝，顿时桂花就像雨点一样飘落下来，掉在塑料布上。打下来的花中还夹杂着一些枝叶，经过捡筛、清洗、晾晒等三道工序后，一捧捧干净、散发着阵阵幽香的桂花就处理好了。曾嬷嬷把它们制成桂花酒，她每年都做桂花酒，她是在等一个人，一个喜欢喝桂花酒的人，她曾经的爱人。桂花酒浸了一年又一年，那陈年的酒色如黄金，味道愈加香醇，然而直到她离开人世，她苦苦等待的人也没有回来。如今，痴情的曾嬷嬷已经逝去了，只有这株百年桂花树仍孑然立在那里，用枯萎主干的方式默默地悼念着她。

"幽香闻十里，芳誉亘千乡。"秋日余晖里，行走在雅凤围外，沐浴在桂花香中，听小溪潺潺流水声，品桂花飘香韵，仿佛又看到当年围主召集众多文人墨客在花丛中赏月吟风的风雅。在这风雅之地，树也风雅，真的，它是文人雅士的精神依托。《红梦楼》里，摇曳着潇湘馆的竹、怡红院的垂丝海棠。《牡丹亭里》轻舞着的摄丽娘魂的柳、断书生肠的梅。所以，这世界不缺乏美，只是缺乏发现美的眼睛。文人与树，窗前一团绿云、一笼春烟，纸上一首小令、一阕新词。不求荡气回肠，只求爽心悦目。李清照曾作《鹧鸪天·桂花》："暗淡轻黄体性柔，情疏迹远只香留。何须浅碧深红色，自是花中第一流。"

自是花中第一流，百年丹桂暗留香。

五福欢腾闹古巷

这是我偶然在全南论坛上看到的一首小诗，没有太高的文采，却也朴素清新，说的是村里的乡土戏。所谓的乡土戏也就是民间小戏，是指由劳动人民自己创作并演出的，载歌载舞、唱白相间，有相对完整故事情节的小型舞台表演艺术形式，一般是戏曲演出前的前奏。全南龙源坝镇的雅溪古村在近千年的历史长河中积淀了凝重厚实的文化底蕴，这里的乡土文化、地方小戏就是客家全南的地方民俗文化的生动表现。

在龙源坝镇，最具特色的地方戏就是江坪牛牯戏。距今已有一百多年的历史了。在江坪村，提起牛牯戏，老人们都说得出它的来龙去脉，最津津乐道的就是九十高龄的廖益财老人。他说，牛牯戏的鼻祖是他的本家堂叔廖观音。堂叔出身贫苦，为了活命，十几岁就到广东的始兴去给人家做长工。但他天性活泼乐观，很有文艺天赋，喜欢吹拉弹唱。繁重的劳动、贫苦的生活并没有摧毁他快乐的天性。当地流传着一种地方戏曲——牛牯戏，一般在牛年的春节期间和春、夏农闲时节演出。牛牯戏曲目内容贴近农村生活，围绕农村春耕生产，以说唱形式劝农，提醒百姓春节期间莫忘农业生产，许多年来真实记载了各个时代农民生活的变化，是起教化作用的好戏曲，他很喜欢。于是就在闲暇时间学习。他很有戏曲天分，没几年的时间就学会了整套的戏路。后来他回到家乡，节衣缩食，自己制作了全套的道具，并手把手地把唱腔、唱词、舞步教给村里有戏曲天分的青年人。于是，每到牛年春节或者丰收后以及农闲时节，他就指挥村里人演出这种戏曲，他经常亲自上场，生动的演出深受乡亲们喜爱，以至于流传越来越广，逐渐成了全南北线传统的地方戏。他一年一年地老去了，可是牛牯戏却一年又一年地红火起来，一直传承到今天。廖观音老人一生清贫，终身未婚，没有留下子孙后代，可是，他却给全南百姓留下了宝贵的精神财富，他的这种乐观向上的精神，正是客家精神的体现。有的人死了，他还活着，牛牯戏就是他生命的延续，不朽的丰碑。

全南江坪牛牯戏一般表演人员为五人，其中两人要藏到牛形道具内充当水牛的前腿和后腿，另外三人身着民族服装饰兄、嫂、妹等角色。还需要小锣、小鼓、大鼓、二胡、小钹等六七名器乐手。牛牯戏的唱腔结构以高腔散板为前导，表演时采取对白、说、唱、舞踏相结合的方式。唱腔风格以及节奏都近似"赣南采茶戏"中的"采茶调"，唱词有长短句和齐言体两种，两者词意会随着时代的变迁而做修改。伴奏用小锣、小钹和两把二胡，帮腔部分又加进靠腔大锣和鼓，形成热烈的气氛。

牛牯戏只是戏曲演出的前奏曲，故所发现的较古老的唱调，也是"唱灯"的材料。牛牯戏之所以未能进入正规大舞台，很可能是受其道具所制约。牛灯体积庞大，不说是草台，即使是正规的京剧、评剧大舞台亦无法运转自如。但若去掉牛灯这一道具，用虚拟动作象征性地表演，则失去了祈年报赛的直观感，得不到农民观众的认可，故一直停留在民间舞台阶段。

廖益财老人还热心地领我们到村里的文化站看了牛牯戏的道具。江坪牛牯戏演出道具有水牛一头、犁耙一张、锄头一把。水牛的牛架系木结构，牛头外形用竹片扎成。牛身外用黑、灰布糊裱。犁耙、锄头采用木制模型。现在，每逢牛年和农闲时便会演出。每到演出时，村里聚满了男女老少，到处回响着欢声笑语，场面甚是热闹。

雅溪古村，从古到今精神生活就非常丰富，不仅有经典的牛牯戏，还有大锣大鼓、采茶小调、南线车马灯等全南乡土戏曲在传统节日里轮番上演。近年来，在政府的扶持下，龙源坝镇成立了农村文艺团队，抢救、挖掘、传承这些地方戏曲。雅溪古村的村民非常喜爱这些独具特色的地方戏，每当这些戏上演时，几乎是全民参与。大街小巷中，每一个人都在忙碌着，都在精心准备着，希望自己能有机会上场。正因为有这样一个全民参与的活动，这种文化才得以在这里传承发展下去，这里的村民也因此更和谐更有凝聚力了。廖老人是牛牯戏的金牌守望者，他常说牛牯戏是咱龙源坝百姓自己的戏，这句话深深打动了我，因为话里掺杂着浓浓的乡情。他还收藏着很多道具，虽然说不上精致，可是让人感觉到他的那分热情和执着，也让人觉得乡土戏的根在民间，从中还可以看出老百姓对这种地方戏有融入血脉的钟爱之情。牛牯戏是乡土里开出的一朵奇葩，在乡村的舞台上展现出最美的风采。看戏的父老乡亲神情是那么专注痴迷，他们堪称是最美的观众。村里那些从珠三角、长三角打工回来的后生妹仔们因年轻，不懂戏份，无法登台，他们就在戏台前用智能手机拍照留念，把那些道具和演员一一捕捉入镜，分享到微信的朋友圈中，让天南地北的朋友们都知道自己家乡的牛牯戏。天色渐晚，文艺团的演员们已经卸了妆，把道具一一收拾到木箱里，搬到皮卡车上，人们才依依不舍地散去。牛牯戏于繁华喧嚣的流行歌曲、黄色段子中独守一隅，我的内心着实很有些感慨，也感觉沉甸甸地，这样的乡土戏真的需要有人坚守和传承啊。

一百多年里，村中艺人就这么来来往往，代代相承，唱念做打，令戏台下的观众抛出许多痴迷的目光，喊出许多发自内心的喝彩。一百多年的月色和日光，在雅溪古村的两座围屋外墙上交相辉映，流年碎影，老戏旧腔，生、旦、净、末、丑轮番纷至沓来，不知演绎了多少悲欢离合的故事。

廖益财老人说，他从十岁就学牛牯戏。演出这些乡土戏，是不计较得失的，纯粹是为了自娱。他说，演牛牯戏时，"演员"们中午有时就在菜地里摘把青菜叶子，煮点粉子吃，晚上回到家里往往都是下半夜了，腰酸腿痛的，"那罪不是一般人能受的"。民间戏曲就生长在这样的土壤中。它们有时是那么慷慨激昂、铿锵高亢，有时又是那么悲切凄楚、缠绵幽怨。也许，那悠扬的管弦乐器声、那声嘶力竭的吼叫声，或者浅吟低唱声，或多或少可以抚慰、熨平生活的粗粝与艰辛，让人们既可以宣泄一下心头的愤慨、悲怆，又可以低头思量、暗自神伤。所以，乡土戏文能热闹地充满人心，但也会莫名地让人倍感凄凉。在这个日益落寞的行当里，很多人的坚守都是源于热爱。"这么多年下来，你不让我唱它，我都舍不得。"廖益财老人说。令人欣慰的是，这牛牯戏和车马灯、香火龙一样，已经成为非物质文化遗产。有关部门已经组织专门人员收集整理这些民间故事、山歌和曲目，撰写成文字，多少年来，这一切终于可以用成文的形式继续传承下去了。

古老的乡土戏，一直是最纯朴最畅怀最有魅力的表达方式。前不久，就看了一场龙源坝镇业余剧团的演出，简陋的舞台，简陋的道具。十来个人组成的戏班子，却创造出深沉而悠远的境界，深受农民欢迎。戏曲中，粗犷的唱腔，通俗的唱词，方言土语，道出了生活中真挚的情和爱、美与丑、善与恶。戏文中，可以看到全南火热的新农村建设、迅速发展的招商引资工业园区建设，以及客家全南的四季美景，风土人情，真是一种美的享受，让人心旷神怡。这取材于民间、上演于民间的乡土戏，走进了客家全南的千家万户。只要你也是全南人，不管你离开家乡有多远，时间有多长，这独具特色的全南乡土戏总能将你吸引，将你陶醉，将你牵绊，让你总是怀念和回味。

乡土戏不可缺少，那乡土韵味悠悠的呼唤，是乡村的精神食粮。同时，唱响乡土戏也让每一个思归的游子，都触摸到一种绿叶对根的无尽情思。牛牯戏、车马灯、香火龙……古老的全南乡土戏正焕发着一种新的风貌。年终岁尾，五福欢腾闹古巷，让我带你到古村雅溪去看一场这原生态的展现乡土文化小戏，体验一回民俗文化与旅游的乐趣吧。

舌尖色香觅乡愁

民以食为天。世界上没有哪个国家、哪个民族能像华夏子孙那样将口舌之欲变成光辉灿烂的饮食文化。一部《舌尖上的中国》用轻松愉悦的表现手法彰显中餐文化的深厚底蕴。

饮食不但能果腹，而且可以防病甚至治病。从远古时候开始，人类在与自然界斗争的过程中，逐渐发现了有些植物既可充饥又可保健疗疾，食法得当，可"令人无腹疾"，因此就有了古人常言的"医食同源、药膳同功"的理念，这就是我们通常说的食疗。其原理就是利用食物原料的药用价值，做成各种美味佳肴，达到对某些疾病的防治作用。于是擂茶应运而生了。擂者，研磨也。擂茶，就是把茶叶、芝麻、花生等原料放进擂钵里研磨后冲开水喝的养生茶，各地擂茶制作方法各有不同，尤其是配料的选择差别较大。按地域和族群可以分为客家擂茶和非客家擂茶两大类。擂茶是雅溪客家人的特制饮品，其制作与风味别具特色。雅溪擂茶的基本原料是新鲜茶叶、芝麻、黄豆、花生、盐等。相传擂茶起源于中原人将青草药擂烂冲服的"药饮"。客家先民在颠沛流离的南迁过程中，身心俱疲，容易"上火"，为防止"六淫"致病，经常采集清热解毒的青草药制药饮。江南可供采用的药草很多，茶就是其中的一味。雅溪客家人的擂茶，采用茶树最新鲜的嫩叶，茶味醇厚，色泽碧绿，不仅能生津止渴，清凉解暑，而且还有健脾养胃之功效。

每一种饮食文化，都是生活哲学的一种诗化，一种启迪。擂茶的品格与客家精神有某些相通之处。擂茶，取之于山野，烹之于征途，映日月星辰，染风霜雨雪；品之，呈优雅闲适之情，增粗犷豪迈之慨，它是客家的瑰宝，是跋涉者的甘露。雅溪擂茶没有特定的传承方式，千百年来，一直靠口传身授流传下来。陈氏先人在南迁征途中，从金陵出发，千里迢迢，跋山涉水，餐风露宿，历尽千辛万苦，到了赣南大地，又披荆斩棘，白手起家，逐渐养成一种坚韧耐劳和敢于冒险的品格。正是这种品格，给了客家人不知疲倦地寻找新天地的原动力。全南客家擂茶历史积淀深厚，特色鲜明，最具有代表性，现已成为国家级非物质文化遗产。"走东家串西家，喝擂茶笑哈哈，来来往往结亲家。"雅溪客家人热情，多以擂茶待客，在雅溪村无擂茶不成宴。

曾经在一个初冬的午后，看见一个穿着半旧客家蓝衫、头戴蓝巾帕的老妇坐在雅凤围内的古井边，双腿夹着古旧的擂钵，抓一把清早采回来的鲜嫩茶叶，左手按着钵沿，右手握着擂捶，有节奏地捣着，然后又持续地慢慢地添加一些花生、黄豆等原料，间或抬起头透过天井，仰望着天空，目光深邃沧桑，让人顿生怜悯之心，这是在雅凤围里住了六十多年的香港老人欧妈妈，她在想什么？仰望什么？莫非是想着香港的亲人和那片土地？她多想有机会给香港的至亲奉上一盏自己亲手制作的清香擂茶啊。看着这位藏着悲欢离合故事的沧桑老人，那一刻，我的脑海中倏地出现了这样一幅画面：若干年前，南迁至此的陈氏先祖，那一位位穿着蓝衫的满脸沧桑的老妇，那梳着家乡发髻的少妇，那一脸清纯的少女，在某一个节日，坐在茅舍竹篱前，手握擂捶，集体在捣着擂茶。那"噗噗噗"的擂捶声，依然在我耳畔回响，那一缕苦涩的清香依然在千年以后刺激着我的嗅觉。这和着乡愁味道的擂茶啊，沉淀着古往今来的深情大爱。

从个体生命的迁徙，到食材的交通运输；从烹调方法的演变，到人生命运的流转，人和食物的匆匆脚步，从来不曾停歇。雅溪，还有一种香甜的糯米麻糍，雅溪人逢年过节和办喜事都要做麻糍。麻糍代表团团圆圆，幸福美满。雅溪麻糍有三大特色：一是松软甜美，富有弹性；二是柔韧爽口，黏性强；三是香滑可口。雅溪麻糍能有此三大特色，自然有它一套与众不同的制作方法。首先是选料。麻糍的主要原料是糯米，因此对糯米的要求很高。听雅溪老人们说，做麻糍所选的糯米越纯越好，要把杂在糯米中的粳米剔除干净，因为粳米性硬不易碓烂。还要经过浸泡、蒸和用石臼碓等几道工序，每一道工序都有很多讲究的。尤其是碓糯米饭，那可是一道很讲究的工序，也是最关键的一道工序。这道工序必须有两个人以上才能完成，一个人碓，另一个人翻动，这样才能确保所有的糯米饭碓均匀，做出来的麻糍才够韧性。

现在有的人用机械将糯米饭碾烂代替人力碓炼，虽省了不少工夫，但做出来的麻糍就逊色了很多。待糯米饭被碓至黏稠状时（一般约碓三十分钟），便可将其搓成直径为五厘米左右的圆团状。因为黏稠状的糯米饭很容易粘在手上，所以都会先在手上抹一层油再去搓，以防粘手。

据了解，雅溪麻糍有多种吃法：有的在搓麻糍的过程中，将白糖、花生米、白芝麻等碾成粉末包进里面，在外表涂上鸡蛋液，下油锅煎炸，使其表面呈金黄色，内为白色，名曰"金包银"。吃起来香甜满口，松软柔韧，别具滋味。有的把芝麻或者黄豆炒香磨成粉拌上白砂糖，放在大盘里，把做好的麻糍在上面滚一下，即可取食，口感更加香甜。

"麻糍的制作过程需要消耗大量的体力，如今大家都去市场选购而不自己做，所以懂这门手艺的年轻人也越来越少了。我希望这门手艺一代代传下去，让更多的人能吃到'雅溪客家麻'。"村里一位老人不无遗憾地对我们说。"现我们村里就有一位妇女，擅长做麻糍，她在县城租房子，专门做麻糍，每天脚踩三轮车沿街叫卖，听说生意很好，家里都盖了新楼房呢。好啊，总算有人把我们雅溪麻糍承下去了。"老人家又高兴地说。

这时，我想起了京城的传统小吃——驴打滚，黄豆糯米，蒸熟，在石臼中打烂，裹以红糖水馅，滚于炒豆面中，置盘上售之，取名"驴打滚"真不可思议之称也。这驴打滚和客家糯米麻糍有异曲同工之妙，这也许是和客家南迁有关吧。

客家美食源于自然，主要流行于闽、粤、赣的客家聚居地。客家菜肴风味的形成跟古代客家民系的形成是分不开的。就像客家话、客家风俗保留着中州古韵一样，客家菜同样也保留着中州传统的生活特色。客家菜的口感偏重，倾向于北方的口味肥、咸、熟。

"广厦千间，夜眠仅需六尺；家财万贯，日食不过三餐。"客家人崇尚勤俭持家，注重烹饪之术，简单中的精致正是客家菜的特点，也是其生存观的体现。赣南传统的客家招牌菜是盐焗鸡、客家酿豆腐、猪肚包鸡、酿苦瓜、芋子包、三杯鸡等。

客家酿豆腐是全南的名菜。全南北线的社迳豆腐、龙源坝豆腐久负盛名。雅溪的正宗客家酿豆腐更是享誉全南。雅凤围现在的主人老陈是做豆腐的好手。据他说，做豆腐首先要有好水。雅凤围中那口水井水质甘甜清冽，正合适；其次，还要有好的原料，一般是自产的黄豆，须是当年新收的。泡黄豆的时间，也要把握得十分精确，泡豆子的时间过长或过短，都会影响豆腐的出浆率，从而影响豆腐的产量和质量。虽然现在家用电器普及，电磨、豆浆机已进入寻常百姓家，但是老陈却一直用老式石磨。他说他十几岁就学会了做豆腐，三十多年了，一切都改变了，唯有他制作豆腐的工艺流程没有改变，他认为他做的雅溪石磨豆腐才是正宗的客家豆腐。老陈说，磨豆腐很耗体力，但慢工出细活，也只有用纯手工磨出来的豆腐才好吃，因为石磨能把豆浆压磨得更细腻。我说市面上用电磨出的豆腐按理也很细腻啊，他摆摆手说："不好！不好！细腻是细腻，但出浆太快，做出来的豆腐不够嫩滑，没有韧性，别说口感，就是煮都不好煮。把黄豆浸透，放进石磨里，慢工细磨，原汁原味，那味道是电动打浆机磨出来无法相比的！"其实最为好吃的东西，往往是默默无闻的村民用土方法制成的美味。食材一旦经过大酒店用高端炊具精心加工，端到大雅之堂上，就会失去原有的乡土本色。

豆腐做好了，"酿子"也是很重要的一环。把一块瘦肉占大比例的五花肉剁成末，再依个人喜好，放入香菇、大葱或者荸荠等，把豆腐切成长方块，用筷子在豆腐中间挖个洞，小心地把"酿子"戳进去。然后，把所有酿好的豆腐放入锅中小火慢煎，掌握好火候，豆腐煎至两面金黄后再放进沙煲里小火慢煲，煲锅底可放大蒜苗、芹菜、香葱或者洋葱等，全依据个人喜好。煲的时间不能过长也不能过短，以免过老或夹生。出锅后，在豆腐上面放几根香菜，或者撒些葱末，用来点缀，此时的豆腐可谓是色香味俱全。

越是弥足珍贵的美味，外表看上去，往往越是平常无奇。如酿豆腐，不仅仅吃味道，也是吃那分心情。豆腐营养丰富，为补益清热养生食品，素有"植物肉"之美称。豆腐的平淡、廉价，显出了客家人的淳朴，客家人淡泊名利，勤俭持家，这也是酿豆腐在客家饮食文化中长期保留的原因之一。

中国人对食物的感情多半是思乡，是怀旧，是留恋的味道。无论脚步走多远，在人的脑海中，只有故乡的味道最熟悉最悠长，它就像一个味觉定位系统，一头锁定了千里之外的异地，另一头则永远牵绊着记忆深处的故乡。中国人总会将苦涩藏在心里，而把幸福转化成食物，呈现在四季的餐桌之上。美食是深入骨子里的乡愁，所以很多时候用美食慰藉乡愁是最好的方式，也是最有效的方法。客家人最善于用食物来缩短自己与故乡的距离。每一道饮食背后，都藏着一段动人的故事。传说酿豆腐源于北方的饺子，因南方不产麦，思乡的中原客家移民便以豆腐替代面粉，将肉末塞入豆腐中，犹如面粉裹着肉馅的饺子，味道鲜美，于是便产生了这道客家名菜，也表现了客家人的饮食智慧和那颗思乡之心。

半生闯荡，带来家业丰厚，儿孙满堂，行走一生的脚步，起点到终点，归根到底，都是家所在的地方，这是中国人秉持千年的信仰，朴素，但有力量。不管是否情愿，生活总在催促我们迈步向前。人们整装、启程、跋涉、落脚，停在哪里，哪里就会燃起灶火，而燃起灶火的地方，也就是家的雏形。家，是生命开始的地方，人的一生都在回家的路上。在同一个屋檐下，人们生火、做饭，用食物凝聚家庭，慰藉家人。平淡无奇的锅碗瓢盆里，盛满了中国式的人生，更折射出中国式伦理。家常美味，也是人生百味。

"治大国若烹小鲜。"认清明天的去向，不忘昨日的来处！这正是客家美食的精髓。

四时田园话桑麻

"暧暧远人村，依依墟里烟。狗吠深巷中，鸡鸣桑树颠。"陶渊明的这首《归田园居》，不知让多少现代人心驰神往。这诗中的意境也正是雅溪古村田园生活的写照。

雅溪古村坐落平畴而又四面环山，"绿树村边合，青山郭外斜"。走进村里，顾盼之间给人的是这样一种清新愉悦的感受，使人感到清雅幽静而又不会冷傲孤僻。

恬静的清晨，初阳、朝露和清风带来了乡间特有的气息，婉转的鸟啼声、鸡鸭的鸣叫声组成一首和谐的鸣奏曲。袅袅炊烟带着它特有的暖香从青瓦的屋顶冒出来，时而笔直如柱，时而缥缥缈缈，给古村罩上一层淡雅的白纱。家家锅碗瓢盆响，户户灶下飘清香，一条条小巷里散出带着农家特有柴火灶清香的米粥味、腌菜味、煎鱼味、煎蛋味……让人垂涎欲滴，吃上一顿，飨了胃口，醉了心田。一座座老屋，一条条小巷，这些也都是有味道的，它们散发出的是一种安宁的、古典的韵味，带着一种岁月的气息。他们和那些香、辣、苦、甜组合在一起就成了乡村的味道。我极爱这乡村的味道，随意抓一把泥土，摘一片树叶，嗅一嗅都有亲切感。每次外出路过雅溪，看到那一缕缕的炊烟从一个个农家小院升起来，或闻到带有农家烟火味道饭菜香时，一种亲切之情便油然而生。我总是停下来，用眼睛、用鼻子享受一下。我羡慕这些田园人家的日子，一家人守着几间瓦房、一座小院，守着一缕散发着乡村味道的炊烟，就是守着幸福。

我是农村的孩子，童年和少年时光都是在乡间度过的。即使是在省会城市读大学，学校所在地也是在距离主城区很遥远的城郊农村。来到赣南后，也在乡下生活了近十年，我尤爱南国这风景如画的田园农村。所以行走在雅溪的乡间小路上，踩着这片红土地，身体也像接了地气，身上仿佛涌动着大地的脉搏，一阵微风吹来，泥土的芬芳扑面而来。习习清风拂过脸庞和身体，清爽干净，像是不染世俗凡尘。田埂上、沟渠旁叫不出名的野花正怒放着，彩蝶在翩然起舞，勤劳的蜜蜂在花丛中忙碌着。悠然地沐浴在这明媚的春光里，如同行走在童话的世界里。

雅溪的乡下人家虽然都只有小小的院子，但总爱见缝插针，种些不占地表面积的爬藤菜蔬，或南瓜，或丝瓜，或苦瓜或豇豆。人们给那些瓜藤搭上棚架或者架上篱笆，甚至可以让它们爬上屋檐。当花儿落了的时候，藤上便结出了青、红的瓜，或者细长的豆角。它们悠悠然地挂在房前，衬着那长长的藤，绿绿的叶，构成了一道别有风致的装饰，比起城市富人家别墅门口种着的发财树、桂花树来说，有韵味多了。

村里的人感情是真挚的，见面总会用最实在的语言打个招呼："阿叔，你吃了吗？你家的田头缺水了，要赶紧去放水。""老侄你卖西瓜回来了？你家的西瓜喜获丰收，传授点经验给我吧。"村里的禾场上、围屋外、祠堂门口都是人们夏日纳凉、冬季晒太阳、休闲聊天的好地方，他们用最朴实、最地道的客家方言俚语说着家长里短、柴米油盐。浓浓的乡情在这里得到升华，天南海北的奇闻逸事都在这里集散。

雅溪古村是个以农耕为主的村落。自从六百年前陈氏先祖南迁定居到这里，就进入了农耕文明的时代。以前，农业是村民们赖以生存的基础。农民依靠从土地上获得的各类产品生存繁衍，在八十年代后随着党的富民政策的实行，逐步发展成为具有高度智慧和丰富经验的新型农民。雅溪村从早期的种稻、种番薯，发展成今天的种植各种油料、蔬菜、烤烟、橘橙、葡萄等经济作物的综合性现代化农业村，这离不开村民们的勤劳和智慧。从土地的翻耕、种子的播种、田间的管理直到成熟时的收获，以及后期的储存加工，都需要付出辛勤的汗水。

"乡村四月闲人少，才了蚕桑又插田。"雅凤村口就是一大片优质水田，插秧时节，在柔柔的微风中，透过田边掩映的垂柳，就能看见一个个勤劳的身影：挽着裤筒、衣袖，把身体弯成一张弓，面朝水田背朝天，左手拿禾扎，右手插秧。一片白茫茫水田不大工夫就在他们手中变得葱绿。仿佛是国画大师用妙笔在宣纸上挥毫泼墨，那一刻，他们的身份是技艺高超的画家，而田野就是他们的画卷。他们用手当画笔在画卷上描绘出自己心中最美的风景。他们的作品，虽然不是世界上最名贵的艺术品，但却是最美、最自然的艺术杰作。假如在田里劳作的是我，那我一定会觉得很有成就感。

"昼出耘田夜绩麻，村庄儿女各当家。童孙未解供耕织，也傍桑阴学种瓜。"这里的孩童不用上各种补习班，不用被父母逼着含泪练琴，在漫长的暑假里，可以快乐地拿着小铲子在树荫里学着大人的样子玩种瓜、种豆的游戏，可以到小溪里戏水、到池塘里捉泥鳅……夜晚依偎在爷爷奶奶怀里在月光下听老人们讲过去的故事，多么快乐的童年时光。

"明月别枝惊鹊，清风半夜鸣蝉。稻花香里说丰年，听取蛙声一片。"有了春的耕耘、夏的呵护，就有了秋的收获。秋天的古村，村前金色的田野一望无际，远处的老屋、古围成了它最好的点缀，蓝天上白云朵朵，田野里的几棵老柿子树，硕果累累，如挂着一盏盏红色的灯笼。又是一个丰收年啊。全南公路边的候车亭边，有几位穿着客家蓝衫的妇女在那里向过往行人卖葡萄，公路对面还有一块巨幅广告牌，上面画着一串串紫红的葡萄，书写着"雅溪葡萄熟了"，下面还有一行小字，写着欢迎进园自助采摘，还留有园主的手机号码，古村的农民也与时俱进了。

夜幕降临了，秋风习习，水田里的蛙鸣由远及近，如潮水般一浪高过一浪，可以说没有哪一种动物的鸣叫如此声势浩大，且又有感染力，一呼百应。它们时而高声合奏如鼓乐齐鸣，时而又单独吟唱如温馨的小夜曲。一贯失眠的我，如果能在这里睡一晚，把它当成催眠曲，说不定会安然入梦，睡得很香呢。

雅溪古村一村两区，新村区大都是"被规划""被设定"有概念的现代化建筑。说起来奇怪，以前我讨厌在古建筑旁边掺杂现代的东西，但雅溪现在的这种格局，居然也以建筑的形式感动了我，让我从中看到了时代的发展，村民生存质量的提高。古典与现代并存，自然与人文同驻，使得这一片田园农村依然如诗如画。这里的田园永远如诗歌一般浪漫美好，这里的人们永远都在"诗意地栖居"。

我能想到最浪漫的事，就是多年以后，能居住在像雅溪那样的一个农家小院里，坐在藤椅上，倚在木窗前，煮一壶山泉，泡一杯自制的手工绿茶，近看猫狗嬉戏，远观日落烟霞，不理尘世浮躁，不叹世事的变迁。将烦恼就着那袅袅炊烟，随风荡去。

我羡慕陶渊明过的那茅舍竹篱、粗茶淡饭的田园生活，更欣赏他"采菊东篱下，悠然见南山"那淡泊名利的精神境界。此时，不禁又把思绪拉回百年前，想起村里那位风雅的不愿出仕，只爱田园桑麻的例进士——雅凤围主陈先学，不知百年前，他可曾在南山种豆，戴月荷锄归？芒鞋踩碎一地月色如水？可曾采菊东篱下，只影向山水，月落乌啼时，轻嗅那一缕菊花香？可曾花阴煮酒，把盏吟一句"相见无杂言，但道桑麻长"？可曾柳下垂钓，青箬笠、绿蓑衣，斜风细雨里看鱼戏莲叶间，心系云水，但使岁月静好？

"今人不见古时月，今月曾经照古人。古人今人若流水，共看明月皆如此。唯愿当歌对酒时，月光长照金樽里。"隔着久远的年代，回看千年前朦胧的云和月，不知当年先学公在某一个月夜，是否醉在那一碗浓浓的家酿黄酒里，赏月吟风？今夜，天边新月如钩，今天的我，在雅溪的农家乐里和着那田园雅韵，品着那醇香的米酒，沉醉不知归路。

第四辑

青山如是

　　家乡的青山是带有母性的，陪伴着一个人的生命历程，永远地珍藏在游子的心灵深处，从不会随时光流逝而淡化、减少和流散。那些与青山有关的带有亲情味道的绵密悠长的回忆，缭绕在记忆的云烟之中，化作一缕缕乡愁，那乡愁仿佛是物质的，随时可以抓上一把，撒到每一处异乡的土地上，让它遍地开花。我总是觉得，游子对故乡青山的情结，是流淌在血液中的，这血脉中流动的分子，又怎能轻易改变呢？

南 山 诗 意

记忆中，从没有人刻意教过我方位问题。幸好，北方的村庄都是坐北朝南方向。故乡辽西那个小山村，前面是山脉，后面是河流。那山脉叫南砬山，村人惯称为南山，属于燕山余脉；河叫黑水河，汇入六股河后再注入渤海。我从小就生活在这南山黑水之间。南大坡、北河套、东洼地、西山台，从大人们去哪一片庄稼地里劳动的只言片语中，我知道了东南西北的方位。

南山的主峰五华顶在村子的远处。村里有很多大大小小的山坡，是南山的支脉，每座山坡都是有名字的，家家都靠山而居。我家老宅东面靠山，那山叫杏山台。杏与"幸"同音，杏树是北方的吉祥树，几乎家家户户门口都种几棵杏树，南山上也遍布野生杏树，到了春天，清明一过，漫山遍野的杏花竞相开放，远远望去，就像下了一场三月雪。野生杏树的果实就是中药杏仁，具有祛痰、止咳、平喘和润肠等功效，可以说我家这里是主产区之一。

我家祖上是开私塾的，曾祖父是私塾先生，在方圆几十里很有威望。这一点从曾祖父遗留下来的红木书柜、铜戒尺、线装的古书和那些大大小小的算盘及做工考究的象棋子就可以得到印证。记得小时候，偶然做点取悦大人的事，总有人在旁边夸奖，说我就是不同，颇有曾祖父张先生遗风。

我家爷爷辈以上的男人我没见过，只见过两位姑奶。从他们的口中我知道家业曾经是多么辉煌，他们的父亲张先生是多么德高望重，那时，十里八村六十岁以上有点文化的人都是他的学生。只可惜老辈人都早逝，家道衰落，父亲和姑姑都只读了小学，只有叔叔读了当时十年一贯制的高中，由于种种原因，最后还是没能端上公家饭碗。所以，除了深藏在骨子里的基因，我没有受到任何家庭文化的熏陶。我听到的第一句诗是"采菊东篱下，悠然见南山"。上学后学过的第一首诗是李白的《早发白帝城》。

按理说，我家祖宅靠着杏山台，应该幸运，人财两旺。却事与愿违，最后落得只剩几个孩子孤苦伶仃。究其原因，村子里博学而又德高望重的刘四爷说，我家是犯了大忌的。在北方，一直有前不栽桑，后不种柳，庭院不栽鬼拍手一说。我家老太爷是饱读诗书之士，一定也知道这个道理，但是因为我们是满族人，信奉萨满教，没有汉族那么多繁文缛节和那么多的风水讲究。他是个风雅之士，又崇尚耕读传家，素喜柳的婀娜，桑的实用。于是在房子的右侧种了几棵垂柳，其中的一棵在我记事时已经长到两个成人合抱那么粗，而且已经中空，我记得五岁的时候，在一个雷电交加的午后被雷击中起火而倒下来了。他还喜欢蚕桑，在院子的前面和后面各种一片桑树，每到春天就自己采桑养蚕。但据姑奶奶们说，曾祖父养蚕纯粹是自娱自乐，是喜欢采桑养蚕的那个过程，他的蚕茧从没有给家里增添过一丝一缕，但他却几十年乐此不疲。后院还有一棵果桑，树干有脸盆粗，夏日里，挂满一树紫红色的桑葚，记得小时候我总是央堂姐赤脚爬到树上摘桑葚给我吃。院子里菜园的围墙内，长着一棵硕大的白杨树，夏天总是遮天蔽日的，据说起风时总是沙沙作响，就像一群人在拍手一样。我没有见过这棵树，听说是娶我妈时没有钱，砍了卖给外村一户人家做寿材了。我只见过一个凸出地面的树墩，后来母亲嫌种菜碍事，让父亲和叔叔挖出来烧火了。桑、柳和鬼拍手（白杨树）一起种在我家的房前屋后和院子里，也许就是我家衰败的原因，以至于靠着杏山台也镇不住了。

乡村的院子临山而起，可以不受限制，随意扩展。我家有个大院子，我的母亲嫁过来后，坚决要改变家庭的命运，硬逼着我父亲砍了墙外的另外几棵柳树，挖了柳树残根，卖了后院的那棵果桑，又请人将倒塌的院墙修好。她说过日子人家一定不能到处破破烂烂的，塌墙烂院注定会衰败，她在院子周围种了很多杏树和花椒树，每年夏秋季节杏子和花椒都能换点零用钱。她还在院子里种上各色花卉，花开时节，姹紫嫣红，一院生气勃勃。

母亲的那个大菜园子，种了很多四时菜蔬，靠近院墙的那一侧，种着扁豆。藤蔓用一排槐树枝引到高高的院墙上，扁豆生长期长，花可以一直开到老秋，那一串一串紫色的花朵，颇有紫藤的范儿，我非常喜欢。菜园的另外两侧用石砌的矮墙围着，上面栅着篱笆，篱笆上爬满了牵牛花，开着各色的喇叭状花朵。围墙脚下，种着菊花。红的、黄的、紫的，九月菊、月月菊都有。重阳时节，是菊花的芳华时代。院子的大门正对着远处的南山，门外种着高大的槐树、榆树还有杏树，天空白云朵朵，阳光明媚，院子里各色花朵争奇斗艳。蓝天、白云、远山、近树，农舍、篱笆和花朵，组成一幅优美的农家画卷，在不经意间就惊艳了时光。

母亲是读过中学的，外祖父也是读书人。可是那时的学校学军、学农和背老三篇的时间远比读书的时间多，所以尽管我的母亲也喜欢诗词，由于时代影响，又身处偏僻落后的农村，只不过会背一些李白、杜甫等大诗人的简单而经典的绝句而已。她的学识是不足以知道"采菊东篱下，悠然见南山"的，但她却喜欢种菊花。

村子的东头是大队部，旁边有一排红砖砌就的平房，那里是青年点，住着二十几个插队的知青。那些洋气的男女知青来自五湖四海，有家在我们县城的，也从有北京、上海等大地方来的，他们是村人眼里的金童玉女。他们有的读过高中，有的读过初中，在农村人眼里就是文化人了。村里人很同情和关照他们，经常请他们来家里做客或者吃点好吃食。我的母亲很热情好客。她的热情好客和她的菊花引来了那个瓜子脸、大眼睛、梳着两条又粗又长麻花辫的上海女知青，她叫郦君，这是我从大人口里知道的。母亲让我喊她郦姨，可是我总觉得拗口，喜欢连名带姓加一起，喊她郦君姨。

那是秋天的午后，母亲在院子的花丛中放了一张小木桌，上面摆着新摘的葵花籽、半红半黄的脆枣还有紫红色的葡萄，还沏了一壶茉莉花茶。准备好后，母亲就笑吟吟地引着郦君姨和她的一个女伴来到我家。辫梢系着紫色的蝴蝶结，浑身散发着芬芳香皂味的郦君姨在我家院子里转了一大圈，啧啧称赞那些花朵，然后又站到门口远眺苍郁的南山。"采菊东篱下,悠然见南山"，就在她的红唇白齿间吐出。妈妈似乎没听懂，她的女伴也诧异地问她说什么。"采菊东篱下，悠然见南山"，她又重复数次。我记住了，因为我觉得这一定是最好听的话。因为那时郦君姨的表情看起来非常愉悦。

那次以后，不知为何，我就喜欢起她来，可又羞于见她。远远地见到她来了，我总是飞快地跑到一个角落里藏起来。脑海里总是那句"采菊东篱下，悠然见南山"。等到她走过去，我就从暗处跑出来，在她身后大声喊着："采菊东篱下，悠然见南山。采菊东篱下，悠然见南山。"等她回过头时，我又做贼样飞快地跑开。小伙伴们十分不解，以为我说的是什么不好的话语，我自己也很纳闷，为何要这样做，可每次却又情不自禁。而我却从大人们口中听说她夸我聪明。

小时候八岁之前是不用读书的，和小伙伴们漫山遍野疯跑或者跟大人们下地劳动成了童年的必修课。那时还是以生产队为单位的大集体劳动，那时计划生育也还不严，每家孩子都很多，你带一个她带一个，就凑成一大群，那时田土似乎都很远，生产队拉农具的马车就成了我们的摇篮，大人们在车厢里铺一块棉垫子，把我们抱到马车上，他们则扛着农具跟在马车后面走，在慢悠悠的马车上摇啊摇啊就长大了。那时候，我最喜欢去的地方是大铁沟，那里是队里的果园，种着很多梨树：白梨、花梨、安梨和鸭梨。那里风景极美，有一条平缓的可以行车的土路，一直蜿蜒通到南山深处，山路尽头是一个林场，林场的厂房坐落在清澈的山溪旁边，门前种着一大片水杏树和几棵高大的枫树，春天杏花如雪，深秋枫红似火，别有一番韵味。

父亲的发小柴叔就住在林场里，他是林场的工人，在村里小有名气，他什么都会，做橱柜、做凳子，维修各种农具、日用品，被村人称为"小万能"。据说他读了很多书的，但是家庭成分不好，是地主成分。他父亲已经故去多年，姐姐远嫁山东，两个哥哥是国军军官，曾参加过长城保卫战，据说一九四八年时候都去了台湾。听村里岁数大的老人家说，他是地主小老婆生的孩子，母亲在他很小时候就跟着他家的酿酒师傅私奔了。他家的财产在土改时都被分给了村里的农民，只剩下一间以前用来养马的泥巴房子，由于年久失修，已经住不得人了。他索性就打起铺盖卷住进了场部，快三十岁还是孤身一人。

那里有二十多个工人还有几个知青，主要从事种树、护林和防火等工作。柴叔是那里的技术员，他人很热心又忠厚，村人都喜欢他，除了大队书记，没人为难他。他和我父亲同龄，两个人从小一起长大，都喜欢下棋，他经常骑着一辆半旧的白山牌自行车来我家找父亲下棋，对我和弟弟特别好，经常带一些南山上采的野果给我和我们吃。

那年七月初一，我姨姥爷不慎因公摔断了大腿，要在县城的医院住院治疗两个月，姥姥便带着我去给她家料理家务。谁也想不到，两个月后我回来时，我心目中仙女一样的郦君姨竟然跟柴叔谈起了恋爱。据说，这个消息一经传出，村里人和青年点的知青们都炸了锅，要知道，郦君姨可是十里八村男知青们的梦中情人啊。当然，这句话我是从其他来我家串门的知青叔叔阿姨们那里听来的，我一个六岁的毛孩子能懂得什么呢？几个月后的一天，郦君姨和柴叔一起来我家发大白兔奶糖，说是他们要结婚了。

他们的婚礼很快就举行了，就在青年点的会议室举行，墙壁上挂着一张毛主席像。正是早春时节，郦君姨穿着一套草绿色的军装，胸前别着一朵红色的纸花，头上那两条麻花辫的辫梢系着两个红色的蝴蝶结。柴叔也是一样的草绿军装，胸前也别着一朵红色的纸花，他剪了头发，刮了胡须，容光焕发，这不由得使我对他刮目相看了，感觉他还真挺英俊。婚礼由村里年纪最大、辈分最高的刘四爷爷主持，他先让郦君姨和柴叔对着毛主席像三鞠躬，然后又让他俩互相三鞠躬，说了些百年好合、风雨同舟、共同进步等让人听着很舒服的吉利话。柴叔脸上洋溢着的那喜不自胜的表情，是我从来没有见过的，这也许是他最高兴的时刻吧。郦君姨倒是很平静，看不出太多的喜悦，但是脸色红扑扑的还带着一丝羞赧。最后是大队书记讲话。他说，你们俩都是出身不清白的人，要互相监督，既然走到一起了，也是物以类聚，最好的结果是好好反省，争取共同进步吧。大家听了都十分不爽，刘四爷气得蹾了几次拐杖，气呼呼地走了。柴叔却赔着笑脸，连声说："承蒙书记教诲，我们一定做到！"婚礼在村人的欢呼声中结束了。他们的新房在林场，队里给郦君姨安排的新工作是看守大铁沟的果园，那里离林场近。青年点的知青们把郦君姨的行李搬到马车上，其实也没有什么东西，一个用红色线毯包着的行李，一个樟木箱子。除此之外，我还看见了一大摞书，用麻绳捆着，装在一个大网兜里。我总是觉得"采菊东篱下，悠然见南山"一定就写在其中的一本书里。柴叔先把郦君姨扶到车上，接着自己也跨到车上，车把式韩大爷就吆喝着马车出发了。我跟在后面，看着马车向南山深处走去，不知怎地，心里一阵酸楚，我突然就想起了"采菊东篱下，悠然见南山"。"采菊东篱下，悠然见南山；采菊东篱下，悠然见南山！"我边追着马车跑边大声哽咽地喊着。郦君姨惊讶地回头看着我，急忙让韩大爷停车，她从车上跳下来，紧紧拉着我的手，在我脸上亲了一口，没作声，只是从挎包里掏出一大把大白兔奶糖，分装到我的几个衣袋里，然后拍拍我的脑门，就又跨上车走了。我看着手里的奶糖，目送着远去的马车，眼泪止不住地流下来。

那天夜里，我躺在炕上，不知道怎么失眠了，满脑子都是郦君姨和那句"采菊东篱下，悠然见南山"。黑暗中我听到父母在小声议论，我才知道，原来郦君姨是遭了大难的，她的父母双双自杀身亡，直到三个月后她的姨妈才敢缓缓地告诉她。她无法接受，在一个晚上去青年点后面的树林里寻短见，被刘四爷和柴叔救下。那天是农历七月十五，刘四爷和柴叔在夜深人静时候偷偷在河边树林里化纸钱祭奠柴叔的父亲，刘四爷和柴叔的父亲是拜把子兄弟。刘四爷把她带回自己家里，让四奶奶给她煮了一碗姜丝鸡蛋面，苦口婆心地劝慰和开导了她一整夜，柴叔也守了整整一夜。此后的日子里，柴叔和刘四爷经常关照她、开导她，给了她活下去的勇气。也就是那时，柴叔那颗已经冰封的心开始春潮涌动了，他给郦君姨写了好多封热情洋溢的情书，郦君姨那颗万念俱灰的心也渐渐恢复了生机，她也对柴叔有了好感，最终，在刘四爷撮合下，她们结婚了。听得出，父母对他们的婚姻唏嘘不已，我也不太懂个中的原因，就是觉得郦君姨搬到林场，离我远了，见她的机会少了。此后的日子里，我总是很失落，经常望着南山发呆，口里喃喃自语"采菊东篱下，悠然见南山"。有时竟然恨起柴叔来，是他抢走了郦君姨。

没想到，一个月后，郦君姨又回到了生产队。因为林场又来了新的知青，房屋不够，柴叔和郦君姨的新房被划成了五人一间的集体宿舍。生产队的饲养员齐二大伯把生产队的一间仓库腾出来裱糊好，给他们做了房间，还用土坯和石棉瓦给他们做了一间厨房。柴叔每天从林场下班后就回这里住。

令我万分惊喜的是，队里给郦君姨分的工作是和我母亲及另外一个女社员一起放猪。放猪，是我们满族居住区一个独特的习俗，据说唐代时，我们满族祖先的一支——黑水靺鞨就在黑龙江流域放牧猪群。也可能是因为那时物质生活匮乏，没有多余粮食来喂猪，把猪赶到山上可以吃一些野菜果腹。现在想想，这猪肉肯定很好吃，属于纯天然绿色食品呢，只是那时能吃到猪肉的机会很少，根本没有心思去品味，每次都跟猪八戒吃人参果一样，顷刻间就囫囵吞下去了，所以到现在还后悔不知那时的肉味。每天早晨七点钟，吃过早饭后，猪倌就来到小队部，从家里出来时要绕着村子边走边喊："松猪啰，松猪啰！"郦君姨害羞，怎么也喊不出，于是我自告奋勇地帮她喊。我天天乐颠颠地跟着母亲和她一起上班下班，以至于饲养员齐二大伯给我起了一个"小社员"的外号。

通常我母亲和郦君姨以及另外一个女社员都是把猪赶到各种野菜丰富的南山上。山谷里总是有清清的溪涧，一般我们都是先把猪赶到溪涧的上游，然后沿着溪流慢慢往下放，直到中午或者晚上收工。那时可能因为家里没有吃食，猪一到山上就埋头寻找食物，所以，猪倌们也就不很操心。母亲就跟另外一个妇女边拉家常边做女红，也就是纳鞋底绣花或者编织毛衣类。郦君姨通常是拿着一本书来看，看一会儿就来陪我。春日里百花开放，她就教我背："等闲识得东风面，万紫千红总是春。""草树知春不久归，百般红紫斗芳菲"等诗句。秋日里，层林尽染，万山红遍。她就教我背："停车坐爱枫林晚，霜叶红于二月花。"她说她极喜欢南山，一年四季都风景如画。母亲说："你总有一天会回去的，你是大城市人。"她却说，就算回去了，等她死了也要埋回来。然后就又说一些"我见青山多妩媚，料青山见我应如是"等我们更加听不懂的诗句。不久以后，从妈妈得口中我得知，郦君姨怀孕了，她们都特别高兴。不知不觉，郦君姨的肚子越来越大了，到第二年的春天她就不再放猪了，就在生产队队部做些杂活。清明一过，就生了一个男孩。我和母亲提着鸡蛋和小米去看望她。她的额头上包着一条手帕，怀里抱着一个小婴儿，那婴儿粉嘟嘟的小手摸着她的胸脯，她正在给他背诗："采菊东篱下，悠然见南山。"那时的郦君姨脸上的表情十分恬静，眼神里写满了慈爱，那眼神，像极了姥姥看着我时的样子。我觉得那真是极温馨的画面。此后，郦君姨一直没有去放猪，也极少出门，几个月我只见了她几面，感觉非常想念。直到九月份，我上小学了，我惊喜地发现，她竟然当了学校的老师，教我们整个小学的音乐课。

原来是当时有些什么政策，知青可以由大队推荐考大学。郦君姨因为结了婚生了孩子，自己就断了这个念头。恰好，当时在村小教音乐的老师是个军嫂，到了年头，随军走了。这个空缺一直没有合适的人来填补。我们小学校长、德高望重的周老师于是就向公社教育专干推荐学过声乐的郦君姨。几经周折，郦君姨才正式到村小当民办老师教我们音乐。从此，我对她的称呼就由郦君姨改成了郦老师。

学校里有一架电子琴和一架手风琴，原来的老师很少用它。以至于它们被丢弃在一个角落里落满了灰尘。郦老师把它们清理出来，擦拭干净，摆在办公室最显眼的桌子上。她每天中午都早到校半小时，或弹电子琴或拉手风琴，非常优美动听，引得我们一群学生娃都趴着窗台听。郦老师挑了几个有音乐天赋的学生，组织了一个小乐队。那年月还是有很多活动的，经常要演节目，她组建的小乐队就派上了大用场。她把节目都编排得很生动，很受中心小学和公社领导的赞赏。她还会利用课余时间教我们背古诗词。她说古诗词是中国汉语里最精华的东西，是一个人文化底蕴的根本，必须要背。幸好我们也都喜欢。她有一本清代蘅塘退士编纂的《唐诗三百首》，用挂历纸包着书皮儿，她视为珍宝。每周三下午不用上课时，她就带着我们去爬南山的缓坡，让我们坐在岩石上，她捧着那本书教我们读诗。学得多了，就组织我们分组比赛。我第一次知道了飞花令和诗词接龙。我让她教我们"采菊东篱下，悠然见南山"。她却说这本书里没有，这是东晋大诗人陶渊明的作品——《饮酒之五》。在我的一再恳求下，她还是教我们学了。南山的怪石巉岩、青松翠柏之间回荡着我们稚嫩的朗朗的读诗声，现在回忆起来仍觉得十分美好。

她的小娃娃渐渐长大了，非常可爱。为了方便她，周校长特地腾出学校的两间空房子给他们一家住，还请了村里的一个老奶奶帮她照看儿子。这样我与她相处的机会就更多了，除了吃饭睡觉回家，我几乎整天都在学校。跟她学弹电子琴，学古诗词。日子好有乐趣，好快乐。

就在那一年，不知道是怎么了，青年点的知青们开始陆续回城，每走一个，郦老师都会去送他们。回来时，我总是看见她忧郁的眼神。有一次她去送的是一个和她一起来的上海知青，回来后，竟然和柴叔吵起架来了，柴叔说了什么我没听到，只听见郦老师说："我是不会离开你和孩子的。"听语调像是很生气的样子。柴叔又说："这样怕会毁了你的一生了，我会不安的。"后来又说了什么我们没听见，因为见有学生在外面围观，他们把房门关起来了。大家都散了后，我不放心，又折回来，藏在墙角听动静，房门打开了，我听到了郦老师的哭声，哭得很伤心。又一学期开始了，到了十一月，几乎一夜之间，青年点就空无一人了，只剩下一些他们丢弃的物品，引得村民们纷纷去拿回来家用。郦老师还是一如既往地在学校上课，不同的是，她不但教音乐，还当起了二年级的班主任教语文。只是，有时候，她很忧郁，甚至发呆。有几次我看见她一个人到废弃的青年点转悠，那里因为没人居住、打理的关系，房屋已经开始破败了，她就那样呆呆地站立在门前许久。母亲说她有一次在晚上也看见她一个人站在那里哭泣。父母都说她好可怜，一个大城市上海来的知识青年，却留在我们这样偏僻的农村，真的太可惜了。我也觉得可惜，但是又怕她离开。

那年春节，柴叔第一次跟郦老师一起回上海过年。他们是去她姨妈家过年。元宵后，他们回来了，可是，柴叔和郦老师很少出门，我们不知道怎么了，心里总是有某种不祥的预感。果不其然，三月二日开学典礼时，郦老师在会上对我们说她四月份要回上海了，这个月是她最后一个月在我们学校任教。说完眼圈都红了，学生们都伤心不已。郦老师很是羞愧。周校长立刻打圆场说郦老师要回上海这也是好事，毕竟上海是中国顶尖的大城市，咱也不忍心让一个大城市的女子一辈子生活在咱这穷乡僻壤不是？人心都是肉长的，谁家没有儿女啊？咱们要为她高兴才对，郦老师为咱们学校没少做贡献，她到现在还是民办老师呢。大家觉得周校长说得对。但是我和几个文艺队的伙伴都悄悄流下了眼泪。

清明过后的第二天，郦老师就要回上海了，村民和学校的师生们都自发地去村里的班车站送她，尽管大家都说着吉利的话语，可是眼圈都是红的，难掩那分悲凉。郦老师流着泪跟每个人握手道别，他们的儿子，此时四岁多，一脸懵懂地看着大家，柴叔的姐姐也回来了，听说她是来接小侄子过去她家的，据说柴叔和郦老师已经悄悄办了离婚手续，小孩子归柴叔，由他的姐姐代为照看。班车很快就来了，郦老师和柴叔以及他们的儿子还有柴叔姐姐一起上了车，他们是要送她到县城的火车站。郦老师抽泣着和我们挥手道别，我们都大哭起来。班车很快绝尘而去，人群也渐渐散去，只有我呆呆地站在那里流泪。不知怎么，我就是不想离开车站，好想大哭一场，又怕别人看见。我就走下公路，走到一片果园里。果园里种着杏树、桃树、梨树和苹果树。杏树正在开花，有些早熟品种的花已然落了些，地上一片雪白，更惹人感伤。紫色的丁丁花，黄色的蒲公英花，也开了，我却没有心情欣赏，心里还是想着郦老师的离去，非常伤心，为了自己也同情柴叔，我终于止不住放声大哭起来。哭了一场后，又想起周校长的话，心里痛快了一些。我原以为，这春日里最催泪的离别，或许是郦老师以后潇洒人生路的开始。

大约半个月后，我放学回到家里，姥姥拿出一包东西说是郦老师寄来的。打开一看，原来都是母亲和我心仪已久的小物件：上海产的削发器、几枚镶钻的上海别针、一枚蝴蝶形发卡，那别针和发卡是送给我的。还有一本《毛衣花样编织针法大全》和一本《唐诗三百首》。虽然知道唐诗里没有陶渊明的诗，但我还是下意识地想起"采菊东篱下，悠然见南山"。翻开书我马上就热泪盈眶了，因为那里面夹着一张郦老师用钢笔写的"采菊东篱下，悠然见南山"。姥姥却说："看把你美的。"唉，姥姥哪知道我的心事啊。此后，二年级班主任由另外一个语文老师接替，一时间没有老师接替她的音乐课，文艺队也停了，我们非常失落。

　　其实最可怜的还是柴叔，顷刻间，一个家就散了，他又搬到了林场的宿舍，那里很空了，知青们都回城了。他每天闷声不响地在林场拼命劳动，他的烟瘾越来越重，每天除了干活就是抽烟，他再也不刮胡子，不修边幅了。父母亲和村人都很同情他，经常给他送一点好吃食。转眼就到了农历五月，初一那天，按我们辽西风俗，家家都要插艾蒿、做糖袋膏。糖袋糕是我们那里的俚语，那是一种用大黄米面包了红糖馅的糕点，类似于京城小吃"驴打滚"。先把大黄米面和好，在锅里蒸熟，再趁热包进红糖，先揉圆后再拍扁，放在事先准备好的炒黄豆面里滚一下，然后趁热吃，非常香甜。母亲一早就蒸好了面，喊我起来，在我的头发上别上艾蒿，又在我的手腕上缠了一个五彩线圈，这些都是我们当地的习俗，讨吉利和辟邪的。母亲催促我快点洗漱，她要开始做糕了，要先给柴叔送去。母亲说，他太可怜了，今儿五月初一，咋都得让他吃上顿热的糖袋糕。爸爸和我洗完脸后，母亲也做好了六个糖袋糕，把它装在一个铝饭盒里，用笼布包了几层保温，交给我端着，让我爸骑自行车驮着我给柴叔送去，糕要趁热吃，要不会硬掉的。爸爸驮着我风驰电掣般往林场赶，几次差点把我颠下来。远远地我就看见柴叔坐在场部门前的一棵大杏树下，手里拿着一本书，在念着什么，因为远，听不清。"可怜的人，唉……你去把糕给你柴叔端过去吧，让他趁热吃。""你怎么不去？"我说。爸爸叹了口气，说："还是你去吧，快去快回，饭盒先不用拿回来。"我走到柴叔旁边时，他还在专注地读着书，我不忍心打扰他，就站在不远处的一棵小松树下看着他。我终于听清了，他在念诗。我听到了"采菊东篱下，悠然见南山"。我的眼睛湿润了。过了好一会儿，柴叔抬头时看见了我，叫了我一声小名，我趁机走过去，把饭盒递给他说：

"柴叔，这是我妈做的糖袋糕，我妈说趁热吃。""好孩子，谢谢你们了！"柴叔摸了摸我的头说："我就吃，就吃。"他打开饭盒盖，拿出一块糕，咬了一大口。"甜！香！"我看见他的眼圈红了。"柴叔，那我走了！"我说完就跑开了。"饭盒！饭盒！"他在身后狂喊着。"下次拿！"很多年后，我才理解，爸爸为什么不亲自送给他，还让我不用拿饭盒，快去快回，是怕柴叔伤心也怕自己伤心，爸爸是不给他伤心的时间啊。

　　五月初四那天，我和爸爸又给他送了端午节的粽子。辽西的习惯，农历的各个节日都是中午过。端午这个节日也是很讲究的，我们北方农村人大都不知道端午的来历，不知道它的悲伤气息。那天家家都要到店里买一点雄黄，兑了酒，洒到家里的各个角落，防蛇虫的。还有就是大人小孩都要插艾蒿辟邪祛病。这一天人们都喜欢采很多艾蒿，回来编成麻花辫样的绳子，挂在屋檐下阴干，这艾绳是有大用处的，是夏夜里用来点燃驱蚊的。母亲一早就让我去公路边的山上割。村里汽车站点旁边的小山上有大片的野生艾蒿，长势非常好，这是好多天前我去割马草时发现的。于是，我就到那里去割。因为是过节，又是大清早，站点没有一个人。触景生情，走到那里，我又想起两个月前送别郦老师的情景，心里忽然就忧伤起来。我踏着晨露，径直走到山上，还好，那一大片艾蒿还在，一会儿工夫我就挥镰割了一大捆。鞋子和衣服都被露水打湿了，凉凉的，但是夏天也没什么冷。我索性就坐在一块大石头上。不知怎的，又想起了郦老师也想起了孤苦伶仃的柴叔。我坐在那里默默背起了所有我会背的诗词来，这些大半都是郦老师教我的。背的最后一首是"独在异乡为异客，每逢佳节倍思亲"。背了这首后，我心情非常怅惘，眼泪不觉就下来了，呆坐了许久，直到肚子有些咕咕叫，才想起早饭时间到了，我用榆梢把艾蒿捆好准备扛回家。还没扛上肩头，就看见从县城开来的第一班车停在站点上，准是村里在外面工作的人回来了，心想过节了，谁家亲人回家来，他家一定很高兴。车开走后，我仔细一看，我几乎不敢相信自己的眼睛，下车的竟然是郦老师。"郦老师，郦老师！"我把镰刀和艾蒿一丢，狂喊着跑下山坡。郦老师也看见了我，她立刻停下来，我扑到她身上又哭又笑的，弄了她一身露水和艾蒿叶。郦老师拉着我的手，掏出一块蛋糕塞到我手里说："火车上吃剩的，走得急，也没买什么东西，你快吃了吧。"我顾不得吃蛋糕，拉着她的手，一蹦一跳地向村子里跑，边跑边喊："郦老师回来了！郦老师回来了！"人们从各自的家里拥出来，像欢迎英雄凯旋一样围住她嘘寒问暖，各个都泪眼婆娑……

郦老师他们很快就去姐姐家接回了儿子。一周以后郦老师就又出现在小学的讲台上。他和柴叔又办了复婚手续，第二年又添了一个女孩。此后，她一直当班主任，教语文课，兼职音乐课。后来，他和柴叔都被落实了政策，她的父母平反，补了工资和赔偿款，他们在村里做起了漂亮的房子。郦老师对我们村人特别好，也是知恩图报吧。后来，她又去市教育学院进修了两年，在我读高一的时候就调到了镇中学教语文，教学成绩斐然，获得很多奖项。她依然喜欢让她的学生背诗词。放假时，我经常去镇上看望她，和她聊诗词，聊文学，那时蘅塘退士的《唐诗三百首》我能倒背二百八十多首，问及那十几首，我说我实在是不喜欢，背不出。她用手指点了一下我的额头说："你呀，没法子，性情中人，也是一根筋，改不了的！"然后就一起大笑起来。她的孩子都很优秀，学习成绩特别好。她说她这辈子是扎根农村了，就让她的儿女们以后去上海吧。后来我上了大学，她家也从村里搬到了镇上，但是村里的房子仍然舍不得卖掉，一到周末就和柴叔来村里住两晚，每次都去南山上登高望远吟诗，在她的潜移默化下，柴叔也对诗词入了迷。大学以后，回来得少了，但每次寒暑假回来依然会去看她。"采菊东篱下，悠然见南山"似乎成了我俩互相戏谑的口头语。每次见面，远远地看见，彼此就都自然地脱口而出。她依然自费订很多刊物，给学生们业余时间阅读。我最喜欢的是《散文选刊》，每次到她那里，聊天后，都拿一本杂志和她一起评论上面的文章。忽然有一天她说："我真希望有一天能在杂志上看到你的文章。你有这天赋，你完全可以的。"我当时也没把这话放心上。

毕业后，我来到几千里外的赣南，一直在医疗系统工作，很忙，有了孩子后就更忙了，一年只能回去几天，也就没有多少时间去看她。二〇〇七年的夏天，我回去，在公交车上偶遇她，她说她三年前退休了，刚从上海女儿家回来，儿子女儿大学毕业后都在上海成家立业了，都有了孩子，工作稳定家庭幸福，她这辈子知足了。他们让她老两口也去上海，但是她待不惯了。她说："还是咱们这里好啊，有山有水的，空气多新鲜，我都待了一辈子了，就是这里人了，离不开了。我准备把家再搬回咱们村里呢，我喜欢那里的幽幽南山，记得不，当年放猪时，我就和你妈说过，我死了也要埋到南山上的。"不知怎的，这句话让我猝然伤感。我忽然看见她的手提袋里有一本《散文选刊》，就抽出来翻看。没想到她突然说："你什么时候能让我在这书里看见你的文章啊？我都等几十年了。这本《散文选刊·下半月》是原创版，你真的可以试着投稿的。"我赧然。一年后，母亲打电话时突然对我说，郦老师患了乳腺癌，晚期了。我赶忙让母亲找来她的号码，给她打了电话。她告诉我说，她们已经搬回村里来住了，每天看着南山，她心里好受，她说她每天都和柴叔沿着羊肠小道慢慢爬南山的缓坡，一到山上就感觉心旷神怡，老了，爬不动高山了。提及她的病，她却乐观地安慰我说，没事，做手术了，也化疗过了，她没事了，癌细胞没那么容易把她杀死。还问我，蘅塘退士的《唐诗三百首》还能倒背两百八十多首吗？《散文选刊·下半月》她还在订着，等着看你的文章呢。可是两年后，癌症复发，肺转移，她还是去世了。我难过了好久。

今年的暑假，我带着孩子回去探望父母，返程的前一天，适逢七月半中元节，我和母亲一起去给去世多年的长辈们烧纸。母亲说，郦老师的坟墓就在咱们家祖墓的不远处，算来她都去世快十年了。我决计顺路去祭奠下她。我们额外带了一份供品，我突然想起，我的行李箱里有一本《唐诗三百首》和一本《散文选刊·下半月》，唐诗是我用来教小儿子的，《散文选刊·下半月》是我新近收到的样刊，我就一起带上了。世间的遗憾真的太多，当我终于在那本杂志上发表多篇文章，了却了自己和她的心愿时，斯人却已逝去，想想真的非常感伤。郦老师的墓在南山一片平缓的阳面山坡上，长着很多松树，下临着清清的溪涧，那是她生前就喜欢的地方。我们曾经在那里放过猪，她曾在那里教我背过王维的"明月松间照，清泉石上流"。山上有很多野菊花，只是那时节还没开放。还没走到近前，就看见墓前坐着一个人，是柴叔。我刚想走上前去，母亲却一把把我拉过来，隐到一片蓁子秋后面。母亲说别打扰你柴叔，你柴叔想郦老师，经常来这里给他念诗。我俩屏住呼吸藏在榛子秋后面，听柴叔专注地朗读着诗词。我又听到了"采菊东篱下，悠然见南山"。过了许久，柴叔下山了，我和母亲看着他的背影，不禁潸然泪下。我们来到墓前。把那两本书放在石质的供桌旁边，点燃了纸钱。"采菊东篱下，悠然见南山……"我哽咽着背起这首诗。

郦老师喜爱"采菊东篱下，悠然见南山"那种淡泊恬然的心态，高远清雅的境界，引得我从小就对南山产生了无限美好的联想。离开家乡后，"南山"成了我感知家乡美好的代名词。

心情灰暗的日子里，我经常打开喜马拉雅，听一听唐诗宋词，这些诗词总能给我孤寂的心灵带来一丝慰藉，也总是让我想起郦老师，想起家乡那带着诗意的南山。南山，带给我们的，何止是悠长的诗韵，更是旷世的情缘。这诗意的南山，就是我和郦老师在红尘世俗中的精神家园，亦是她安歇灵魂的圣地。

杏　花　殇

　　三奶奶的官名叫孙婉媚，这个名字只是静静地躺在她家那本薄薄的户口本里。村里长辈们叫他三彪媳妇，同辈叫她三嫂或者三弟妹，晚辈们叫她三大妈或者三婶，而我之所以叫她三奶奶，因为她丈夫张忠义小名三彪，是我本家爷爷。三奶奶特别讨厌这个官名，不到万不得已，从不提起，也不允许别人叫。小时候，我一直百思不得其解，与村里那些年龄不相上下的婶子大娘土里土气的凤珍、秀琴、玉兰等名字相比，她的名字算是洋气而又好听的了。大些时候，她对我说："丫头啊，这是一个令三奶奶伤心的名字，不是我的真名真姓啊，你三奶奶命苦啊，我不知道自己姓甚名谁，父母是谁，家在哪里。"说着，竟呜呜咽咽哭起来。我吓了一跳，慌忙安慰她，却又不知道该说些什么。待要问她原委，她却已是泣不成声。直到多年以后，我上了初中，才从她的好姐妹、我的姥姥口里知道原委。

　　三奶奶是南方人，可却不知道自己的家到底在哪里，只记得是一个美丽的小城，有小桥流水，家里有一个大花园，园子里种着下雪季节才开的梅花。她记得她的妈妈是个梳着漂亮发髻、有一双明亮大眼睛的年轻女子，喜欢弹琵琶，经常坐在窗前边唱边弹，每天都教她认字。爸爸似乎很忙，不常回家，对她来说印象比较模糊，只记得是穿着蓝色的长衫，戴着一副眼镜，斯斯文文的脸上却又带着一种让人敬畏的阳刚之气。她还记得爸爸妈妈是在一个下午，在她的撕心裂肺的哭声里被一群背着枪的人抓走的。那时妈妈正坐在窗前弹琵琶。记得妈妈撕心裂肺地喊她的名字，而她被一个不认识的人搂着，那个人带走她的时候，她慌乱中抱起妈妈的琵琶……后来她就发起了高烧，她以为她快死了，她一直抱着妈妈的琵琶不松手，昏昏沉沉中，她曾听到有男女两人的争吵声，她听到了什么"革命党""杀头"等可怕的字眼。渐渐地，她就什么也不知道了。再后来，他就到了"舅舅"家。

从记事开始，她就住在舅舅家。他们叫她"阿囡"。舅舅、舅妈喝酒还抽大烟，对她都很凶，她时常吃不饱，穿不暖。舅舅家租住在一条破破烂烂的小巷深处，他们从不允许她出去跟邻居家孩子们玩耍，而那些邻居好像也不和他们往来，仅有的几次外出机会，和舅舅、舅妈走在巷子里，见到他们，那些邻居总是下意识地拉紧自己孩子的手，等他们过去后，就小声地教育自己的孩子说不能随便出去，不能随便跟人家走，你看看，坏人都能把大家闺秀变成使唤丫头的。"拐子""拍花子的"，那些她听不太懂的词儿传入她的耳鼓。好奇心使她频频回头回脑地看，这时舅舅、舅妈就特别生气，舅舅大声呵斥她，有时还会踹她一脚，舅妈就像牵狗一样，狠狠地拽着她的胳膊快步把她拖进巷子深处的家里，关起门来，免不了又是一顿打骂。她在那个家里活得很卑微，就像一条狗。她终日穿着一套破烂的粗布衣裳，肮脏得连她自己都嫌弃自己。她来舅舅家时随身穿着一条漂亮的裙子和一双皮鞋，外面还披着一件非常漂亮的裘皮披风，还抱着妈妈那把琵琶。但是因为她长高了，衣服和鞋都嫌小了。这些全被舅舅、舅妈收起来了。舅舅有几次想拿出去当了换大烟，但是舅妈呵斥他说："当不了几个钱，一旦有了茬口，难道你要做新衣服给她吗？"舅舅就再不言语。他们喝醉时总爱拿她撒气，他们说这些就是你的全部财产了，能吃还是能穿？你这丧门星！

在一个初春的早晨，舅妈突然给她洗净了脸，套上已经嫌小了的裙子，还硬给她穿上皮鞋，披上裘皮披风，还给她梳了个漂亮的发髻，又让她背上琵琶，舅舅就带上她出门了。因为鞋子小，每走一步，都挤得她的脚生疼生疼的。那天阳光很明媚，好久没有出来过，她很开心，在走到一座桥边的时候，她看见墙角有几棵树，还没有叶子，但上面却开满了雪白的花朵，散发出一种独特的苦香味，她非常喜欢，就驻足仰头观看还低声怯怯地问："舅舅，这是梅花吗？以前我家有个大园子，里面就有跟这一样的花，可那花在下雪时候开。""什么你家，什么园子不园子的，你哪有家？要不是我，你早就冻死饿死了，再提这些，看我不打烂你的嘴巴！"舅舅凶巴巴地说。她吓得浑身缩成一团，可还是舍不得走，眼睛贪婪地盯着那几树花。透过花朵，她看见蔚蓝的天空中有几只欢快飞翔的小鸟，她的眼泪下来了。她不敢让舅舅看到，偷偷用手背揩掉。"快给我走！什么你都感到稀奇，这是杏花！"舅舅不耐烦地说。她只好一步三回头地走了，从此杏花就植根在她的心中了。

　　舅舅带她坐乌篷船，转了两次船，又走了好长一段路，直到她的脚磨出了水泡，烂掉，出血了，她痛得龇牙咧嘴再也走不动的时候，才在一座很气派的挂着很多大红灯笼的宅院前停了下来。宅院的门楣上有四个气派的烫金大字，可惜那时她只认得后面两个字"书院"。她还以为是一间读书的学堂呢。舅舅带她走了进去，宅院很精美，里面的女人个个衣着都很光鲜亮丽，但是却没有看到读书的娃儿们。女人们把她领到一间干净的小屋子里，先后有几拨女人来看她，舅舅点头哈腰地赔着笑脸。她们从头到脚地打量她，目光十分犀利，让她感觉那目光似乎穿透了她的肌肤骨肉，刺痛了她的心。最奇怪的是她们还带她去沐浴，沐浴时也有很多女人围着她看，甚至对她的身体摸摸捏捏的，最使她难堪的是，她们还检查了她的私密部位，嘴里说着一些她听不太懂的方言，看上去，她们似乎很高兴。后来，她们给她换了大小合适的衣服和鞋子，带她去正房的一间厅堂里。她看见，那个厅堂正中有一个神龛，上面供着一张画像，是一个穿着奇怪衣服、绾着奇怪发型的男人，她不知道画像上的人是谁。那些女人点了香烛，跪下来毕恭毕敬地对着神像拜了三拜，嘴里说着今天又讨人了，求祖师爷保佑，赏碗饭吃。然后又让她对着那画像跪拜，一连磕了三个头才让她起来。她不明白她们为什么说"讨人"，也不明白画像上这个奇怪的男人为什么能让包括宅院管事人在内的所有女人以最高礼仪顶礼膜拜。如果她知道这个人是历史上大名鼎鼎的齐相管仲，也是第一个设立"女闾"（妓院）的人，她会把他恨到骨子里。拜完祖师爷后，女人们又带她吃了饭，她就留在那里了，并且有了一个新名字：婉媚，姓孙，后来她才知道，这里的姐妹都跟着管事的姨妈姓孙。她换下的裘皮披风、裙子和皮鞋都不知道被宅子里的人放到哪里去了，只有那把琵琶一直留在她的身边。从此，舅舅再也没有出现过。后来她才知道，门口那四个字是"潆雅书院"，是高级妓院而不是读书习字的学堂，而她已是一名雏妓，她一生的宿命从那时就开始了。只是她是什么人家的女儿呢？为什么会有琵琶和裘皮披风呢？舅舅是她的亲舅舅吗？他是像《红楼梦》里的王仁卖亲外甥女巧姐那样把他卖到妓院，还是他压根就是一个拐子呢？她一辈子都没有正确答案。书院里有一个善良的娘姨，大家都称她为巾娣妈，听说是个没儿没女的寡妇。

巾娣妈经常关照她,对她说:"婉媚,这匯雅书院现在就是长三堂子你晓得不?原本是比长三堂子更高一档的,这年月,不好混,慢慢地沦落成长三堂子了,唉。"婉媚摇了摇头似懂非懂。巾娣妈长叹了一口气说:"真是造孽啊,你是苏州一带口音,看你的气质,应该是大户人家的小姐,要不不会有裘皮披风、皮鞋和琵琶。再说一般人也不会随身携带琵琶,说不定你是去学琵琶时被拐子拐走的呢。你的那个舅舅一定是个拐子,要不是绝对不可能把你卖到这种地方来的,孩子啊,万般都是命,半点不由人啊,好歹也要活着,老辈人说留得青山在,不怕没柴烧。你在这里时刻要多一个心眼,好汉不吃眼前亏,先熬几年吧,好歹堂子里有规矩,现在你还是清倌人,这几年除了教你学技艺,你不会有事的,说不定你命里有贵人呢,说不定贵人能带你脱离苦海呢。"婉媚也不跟她解释琵琶的由来,也没有和她提过自己对父母和家的模糊记忆。这么凄惨的故事,提了又如何呢?自己一个小女孩,巾娣妈一个娘姨,又能怎样呢?无非是互相流几滴眼泪罢了,可又有什么作用呢?

大一点后,她渐渐明白了自己的身份和处境。书院里时常有新来的性情刚烈的女孩子不屈服命运,被打被罚,甚至有人自绝。自绝的毕竟是少数,那些被打被罚的,最后在孙姨娘等几个管事的人软硬兼施下还是慢慢地屈服了,而自绝的,用一领破席子一裹,找脚夫拉到城外乱葬岗子埋了,不几日便香消玉殒,化为枯骨。想起这些,她便连连打寒噤。她时常在深夜里默默哭泣,可是,有什么用呢?她一个不到十岁的女孩子,又有什么办法走出这牢笼呢?她又想起巾娣妈的话:万般都是命,半点不由人。留得青山在,不怕没柴烧。她于是就接受了命运的安排,好汉不吃眼前亏,等待着想象中他命里那个贵人的出现。她干脆对别的姐妹说她是一个名门闺秀,在下人送她去学琵琶的时候被人拐走卖到妓院了,由于年龄小加上惊吓,她记不得父母和家人了,那时她觉得,这样说对自己也是一种安慰。无论怎么说,她知道自己是沦落风尘了。书院里每天都要学习写字,一般是描红,这会让她想起母亲,她喜欢。还请教习教各种乐器和礼仪,她也喜欢。不知怎的,所有的乐器中,她最爱的是琵琶。她容貌姣好,举止优雅,色艺双全。才十二三岁,就有花魁的范儿。孙姨妈越来越器重她,她知道她们是把宝押在她的身上了。她就这样慢慢长大了。

十六岁时她遇见了她的公子,她觉得,巾娣妈说的她命里的贵人终于出现了，她觉得她自己就是戏文《苏三起解》里的苏三，而公子就是王景龙王公子，虽然历尽磨难，结局却是欢喜的。她觉得自己马上就要浴火重生了。谁料，她一生的宿命却又开始了。公子是一个绸商的儿子，是江浙一带的名门望族，子承父业，在上海开一家丝绸公司，风流倜傥，出手阔绰，彼时他已有家室。一个偶然的机会在朋友的引荐下认识了她，一见钟情。从此他就成了书院里的常客。他也愿意出高价为她赎身。可她是雏妓，是花魁，身价极高的。几次商讨后，孙姨妈还是不让公子为她赎身，只让他为她点大蜡烛梳拢。他爱她，从来没有轻贱过她，他对她承诺说："你等着，我会有办法救你出风尘的。你是一块美玉，掉进了泥淖之中，我会把你拾起，珍藏好的。"这句话，曾是她青春芳华里一抹最闪亮的曙光，曾驱散了她心中的阴霾，也温暖了此后她的一生。雏妓一经梳拢，便成了妓女，便要正式接客。为了不让她受辱，公子支付高额的包银，让她成为自己的专宠。他和她一起读唐诗宋词，他说："杏子梢头香蕾破，淡红褪白胭脂涴。我一个有家室的人，真是玷辱了你呢！你是江南烟雨中的一枝杏花，美丽纯洁。"可是，她到底不是赛金花，可以出风尘嫁给状元，戴着大使夫人的头衔游历列国，甚至青史留名；也不似潘玉良那般命好，遇到潘赞化，得以留学法国，成为一代名画家。公子的父亲很快便察觉此事，大发雷霆，断了他的财源。那时是一九四六年，适逢内战即将爆发，上海滩的豪门望族都把事业和财产转移到香港和国外。公子的父亲强行把他和妻儿送到香港，从此便如风筝断了线。公子走了，她的世界重新被阴霾笼罩，她没有了任何活下去的寄托，孙姨妈软硬兼施，强逼她接客。她绝望了，数度自杀，甚至自残。没办法，只好把她转卖。无论到哪里，她都誓死不从。于是又被数次转卖，最后被卖到了唐山一个煤矿附近的下等窑子里。她身上只有两件东西了，一是那把琵琶，再就是公子给她的金镶玉戒指，戒指是她历尽千辛万苦保存下来的定情之物。

　　河北省的唐山市紧邻山海关，山海关是关里关外的分界线。唐山属于关里，自然环境和生活方式都与山海关及地处关外的我们辽西一带相同，但是那里人说话有独特的语调，被我们东北人称为"侉蛋儿"。唐山人也被我们称为关里老坦儿。唐山交通发达，有很多大大小小的煤矿，矿工被称为煤黑子。那时采煤技术差，矿工是极其危险的行业。来这里挣命的往往有两种人：一种是家里特别贫困的老实人，为生活所迫，才去冒险下煤窑当矿工的；一种是在家乡捅了什么大的娄子，亡命天涯，为了躲避民间寻仇或者官府通缉才来这里讨生活的。所以，煤矿也算是个藏污纳垢、三教九流集聚地。他们大都没有家室，今朝有酒今朝醉，所以，下等妓院也就是窑子遍地开花。煤矿附近的窑子那是非人的地方，可能就是《骆驼祥子》里小福子沦落的那个叫白房子样的地方吧。婉媚再次自绝，不想被前去狎妓的一位侠义男子救下，那男子就是我的三爷，是我爷爷的堂弟。三爷那时三十多岁，父母双亡，没有妻室，人生得虎背熊腰，性格粗犷侠义，原来家里以养蜂为业的，因为放蜂时跟同行抢山场，动起手来没轻没重，伤人致残，赔光了家业，一气之才下来挖煤的。他在煤矿里当了一个小小的头脑。他听了婉媚的诉说，万分同情，看着她那柳眉杏眼和瓷白的脸庞，他突然对她生出了一种怜悯和爱恋的情愫，他说："等着我，我一定娶你！"一个矿工无论如何也不能在短期内凑足为她赎身的银钱的，但他却成了她的保护神。他的彪悍在煤矿是有名的，又有一帮如他样的亡命徒兄弟，此前他又经常光顾这里，且出手大方，老鸨不敢惹他。他隔三岔五送些钱物给她和窑子里，她得以在那样污浊的环境中清净地安身立命。那时已是一九四九年。

一九四九年十二月，唐山解放了。到了一九五〇年，新政府改造妓女，于是三爷就领回了她，他决意不再做矿工，回老家过农家日子。到老家后，三爷摆了几桌简单的酒席，正式娶婉媚进门，她便成了我的三奶奶。可是生活不是过家家，在村人眼中，当过青楼女子的她到底是异类，尽管她和三爷都澄清她从没有接过客，可是没有人相信她，也没有人理解她。

她是南方女子，天生就具有一种灵秀高雅的气质，兼以在汇雅书院里学的礼仪和技艺，使她具有一种非同常人的绰约风姿。而这却成了人们非议她的根源。三爷郁郁寡欢，终日饮酒，脾气也变得乖张暴戾，经常拿三奶奶出气，三奶奶唯有暗暗垂泪。三爷虽然是粗鲁的矿工兼农夫，与昔时她的公子有着天壤之别，但是，她视他如生命。是他救自己出了风尘，明媒正娶了自己，使自己成为一个正常女人，她知足了。她只想从此相夫教子，平淡一生，可是，她却没法生育，后来领养了一个失去父母的孤女。三爷的堂弟五爷一直养蜂，他去过江浙一带放蜂，对那里的风物颇为了解。他很同情三奶奶，时常给她带一些那里的特产，或者接济她一些钱物。有时也会说几句蹩脚的南方话逗三奶奶乐。他经常对村里人说："你们是不懂啊！一个南方女子，流落到咱们这儿，沦落到这个地步，实在是可怜啊！咱这儿的人粗糙啊！"

　　她的女儿渐渐长大了，也是个漂亮的姑娘，但是，从小就听了太多的流言蜚语，她对母亲有一种厌恶的感觉，时常暗自嗟叹，自己为何在这样的家庭长大，有这样一个出身不清白的养母，她和母亲一点合不来，母亲的所有优雅都被她看成是卖弄风姿。她不愿意在人前提起母亲，越大越发沉默。二十岁上，三爷给她招了一个邻村父母双亡的小伙子做上门女婿。小伙子忠厚勤快，对岳父母也很孝心，很快就生下一男一女两个孩子，三爷和三奶奶视如掌上明珠，日子逐渐和美起来。三爷三奶奶也算是含饴弄孙了。可是三爷因为长期酗酒，患了严重的肝病，在外孙子刚满周岁的时候撒手人寰了。三奶奶非常悲痛，大病了一场。痊愈后，她把所有的心血都花在抚育两个小外孙上了。女儿还是和她隔阂很深，她也习惯了，平常总是小心翼翼地，一家人倒也相安无事。

　　她有一手刺绣和裁剪的好手艺，经常帮村里的妇女描龙绘凤，她也是这一带少有的识文断字的女人，常帮别人代写书信，代读书信。她永远都是十里八村人们饭后的谈资，女人们嫉妒和男人们明贬暗褒的对象。姥姥素与她交厚，我的母亲也很敬重她。她时常带着外孙和外孙女来我家串门。她会做许多小点心，色香味俱全，精美得令人叫绝。她还在春天采摘初开的玫瑰，捣碎，一层玫瑰花泥儿，一层红糖，置一个广口瓷瓶里，腌制玫瑰花卤。她每年都要送一罐给妈妈，说是能养血调经和美容。我们那里的农村人粗糙，不论大人还是孩童都是饮凉水止渴的，许多人家甚至都没有开水瓶，但是三奶奶却是喝茶的，尤其喜欢喝自制的花茶。她在春季采摘各种花蕾，晒干或者阴干泡茶喝。她尤其喜欢采摘杏花，风干后用瓶子装起来，说是有美容、止咳的功效，但是有小毒，不能多喝。她有一只精美的竹外壳暖瓶，还有一只带盖的透明玻璃杯子，这些是三爷在唐山时给她买的。每天，她都早晚两次泡花茶。我经常站在近前，痴痴地看她沏花茶。她先是小心翼翼地用小汤匙从大玻璃瓶里舀一点儿各色的干花儿，放进杯子里，然后倒进沸水。盖上盖子，而后目不转睛地凝视着杯子，看着各色干花儿在水中沉沉浮浮，慢慢地舒展，慢慢地润泽，慢慢地栩栩如生，那一刻，她紧锁的眉头也渐渐舒展开来，露出一抹优雅的笑容。而一缕淡雅的清香，也随着氤氲的水汽从杯盖的缝隙中轻轻飘出，满杯绽放的花朵，姹紫嫣红，仿佛春光一片。她并不急于饮用，而是端起杯子，用手转着圈儿，从各个角度仔细地端详着这杯水中花儿，用鼻子贪婪地嗅着花香，然后，闭上眼睛，向左右轻轻地摆动着头，像是完全陶醉在花香里了。须臾，再睁开眼睛，小心地呷一口，咂咂嘴儿，仿佛飘飘欲仙了。我想，那一刻，一世的沧桑，一世的劳碌似乎都被她忘却了，一切的纷繁复杂也似乎都离她远去了。我想，那一定也是她最幸福的一刻。她常用小杯子倒一点花茶水给我喝，也经常对我说："丫头，喝点花茶吧，花就是茶，茶就是花，女人如花，花养女人。丫头，你不懂啊，这花茶的妙处，一半是要用眼睛来领略的，剩下的一半才交给嘴巴。"当时我也听不懂这些。她泡花茶，一般都是选择女儿女婿出门做事以后，倘若他们在家，会给她白眼的。兴致好时，她会拿出那把琵琶，弹上一曲，有时也会边弹边唱，直唱得自己泪眼婆娑。只是那唱词我一句也听不懂。她告诉我说，那是苏州评弹《杜十娘》。然后就用带着南方腔调的普通话给我朗诵歌词：

"窈窕风流杜十娘，自怜身落在平康。她是落花无主随风舞，飞絮飘零泪数行。青楼寄迹非她愿，有志从良配一双，但愿荆钗布裙去度时光。"她总是把这几句重复了又重复。那时我还小，也不甚懂，只知道唱的是一个忧伤的故事。直到后来看了电影《杜十娘》，才知道原来这是一个结局并不完美的爱情故事。原来那十娘也是青楼女子，也被富家公子所负，我便义愤填膺，为三奶奶和十娘抱不平起来。有次她又来我家串门，跟姥姥拉着家常，又说起这段评弹，我突然插话说："三奶奶，欺负你的那个公子要是在中国就好了，他家开工厂的那就是资本家，他又那么坏，说不定都被枪毙了，可惜香港没人管，也就没人给你报仇了。"三奶奶万分惊愕地看着我，她说："丫头啊，你这是怎么了？这么善良的一个小丫头，可不许有这么恶毒的想法，你还小啊，不懂得人间的事儿，有很多事自己是做不了主的。""谁让他对你那么坏，他不就像《杜十娘》里那个李甲一样的吗？他害得你这么苦，还不该遭到报应吗？你怎么不恨他，还替他说话啊？""丫头啊，你还小啊，等你长大了就知道了，三奶奶不恨他，一点都不恨，三奶奶感激他，他给我带来了一辈子最美好的一段回忆，你长大了就知道了。"说到最后，三奶奶的眼圈又红了。我愣愣地看着她，还是不懂。

闲暇时，她还教我读诗词："江南好，风景旧曾谙；日出江花红胜火，春来江水绿如蓝。能不忆江南？江南忆，最忆是杭州；山寺月中寻桂子，郡亭枕上看潮头。何日更重游！江南忆，其次忆吴宫；吴酒一杯春竹叶，吴娃双舞醉芙蓉。早晚复相逢！"不知怎地，我特别喜欢听三奶奶用带着南方口音的腔调读这些词句，我觉得这一定是世界上最美好的句子，只是，每次读完，她的眼圈都是红红的，她叹息着说："只怕这辈子再也回不了江南了，只有在梦里重游了，等我死了再魂归故里吧，可是我不知道我家具体在哪里，一个亲人也没有，就是回了也不知道该去哪里寻，该去找谁啊。我的孩子，你要记着，你三奶奶是南方人，南方人啊。"有几次，她都抑制不住，抽泣起来。那一刻，我突然觉得她好可怜，好可怜，我的眼泪跟着流下来，心也跟着悲凉起来。

后来我上高中，去了县城读书，跟她接触的机会少了。每个节假日我回来都一定去看她，她总是偷偷地给我东西。有时是一方绣花的手帕，有时是一些精致的吃食，有时是她自晒的花茶。她特别喜欢和我聊天，说有文化的女孩就是不同，和你这样的人聊天，心里敞亮。春日里，我们俩还一起到村头的杏山上去挖野菜。那里种着成片的杏树，清明前后花开如雪。我和她都喜欢杏花。每次到那里，她都很兴奋，摸摸这棵树，嗅嗅那朵花儿。还喃喃地跟他们说话，就像遇到老朋友一样。她最喜欢的就是长在最高处的那棵大水杏树。那棵树是五爷家的，树干巨大，树冠如一把张开的巨伞，五爷说那棵树好老了，连他的父亲都说不清楚是什么时候种下的。但是每年都花开如雪。三奶奶每次去杏山，都要站到那棵树下，手搭凉棚，向南面眺望，可是，她的目光却被群山挡住了。可她并不介意，依然痴痴地向南眺望着，仿佛她的目光能穿透山顶坚硬的岩石，到达那个有小桥流水的城市有梅花的园子。有次她对我说，啥时我得跟你五爷说说，我死了把我埋在这里，我用一块地跟他家换。我听了十分伤感。

高二时的一个周末，我从学校回来，去看她。那天她兴致极好，适逢女儿女婿带着孩子去县城照相，要第二天才回来。她便留我和姥姥吃饭，姥姥给她带来了在野外挖的新鲜荠菜，于是她就兴致勃勃地给我们包了荠菜馅馄饨。饭后，又烧了开水，给我们泡起花茶来。这次她泡的是隔年的桃花茶和玫瑰花茶，她在茶里掺些蜂蜜水。蜂蜜是五爷送的。她的竹壳暖瓶已经很旧了。姥姥说，赶明儿她让人到供销社捎个新的来给她。三奶奶却微笑着拒绝了。她说暖瓶还有玻璃杯子都是三爷在唐山买给她的，陪她三十多年了，如今三爷走了两年了，她更一刻也离不开，看到它们就像看到了三爷一样。

说着竟流下了眼泪。我和姥姥的眼睛也不觉湿润起来。

没有人会知道，就是这开水瓶断送了她的命。

我高三那年，她刚好六十岁，她的外孙子三岁多，患了支气管炎，咳嗽不止。在镇上医院开了些药，其中有一瓶是止咳糖浆，很甜的。孩子趁她烧开水的工夫蹬着凳子从柜子顶上拿下来，一口气全喝光了，待她发现时已经呈昏睡状态。大家七手八脚地把他送到镇医院抢救，还好，一天后脱离了危险。她去医院给孩子送换洗的衣服。女儿女婿大发雷霆，她向他们解释说她烧开水的工夫，孩子就……"你这样的人谁不知道你的底细，还喝什么花儿啊朵儿的，玩什么谱！"她怯怯地说："我是想给孩子泡点止咳的杏花茶。"女儿说你有这能干就好了，狠狠地夺过孩子的衣服转身就走了。第二天，她又烧了一瓶开水提到医院，想用来给孩子吃药和热敷输液肿了的双手。不想正赶上孩子病情反转，突然抽搐，抢救半晌刚稳定下来。看见她来，女儿女婿惨白的脸变成铁青，咬着牙说："你这老祸头，你就折腾吧！这下你满意了吧？"她想摸摸孩子的脸，女儿一把推开她说："你别碰他，你这窑姐儿、婊子，要不是你摆谱喝开水，孩子能出这事儿吗？医生说有可能会留后遗症呢，孩子要是有事，我饶不了你！""我是想给他泡点杏花水儿止咳。"她再一次怯怯地解释说。女儿看见她手里的开水瓶，一把夺过来，摔到地上，"砰"的一声巨响，开水瓶打爆了，白色的水蒸气瞬间腾起，在场的人都吓了一跳，以为谁引爆了炸弹呢。惊恐过后，人们都跑来围观，相互间窃窃私语着，她知道他们在说什么，无非是她的出身。三奶奶脸上红一阵白一阵，在众人的目光中跌跌撞撞地回去了。

那时，正是人间四月天，一片春和景明。我从学校回来跟家里人商量填报高考志愿的事。到家时夜幕已经降临了。姥姥拿出一包东西递给我，说是三奶奶下午送来的，她还不知道我今天回来。我打开一看，竟是四块手工绣花的手帕，绣的是竹、菊、兰、梅，非常精致。我顿时爱不释手。姥姥却叹着气说："你三奶奶可怜啊，又被女儿女婿欺负了，骂得可难听了，她女儿这个白眼狼，白养她二十多年了，哪能骂自己妈妈是婊子、窑姐呢，谁受得了这个呢，这不是往她心上捅刀子吗？这是在往死路上逼她啊。我都陪了她一下午，劝了她一下午了，这不刚回来嘛。"我非常气愤，当即就想去看她。姥姥说："别去，你去了，她会更挂不住劲的，等会我再去，实在不行就陪她在她家睡一夜。这回你三奶奶的心真是伤透了。"姥姥答应我第二天带我去看三奶奶，我也就没再坚持当夜去。

我什么心思也没有，拿着那几方手帕呆呆地在灯下坐着，回想起自懂事以来跟三奶奶相处这十几年来的点点滴滴，回想着她对我的好，说实话，我是非常崇敬她的，她身上有一种异乎常人的优雅，有一种独特的气质。又想起她对我和姥姥讲过的遭遇，凄凉的身世，我突然就想起了《琵琶行》，觉得他就是浔阳江上那个悲摧的琵琶女，可谁又是她的知音呢？琵琶女尚且有江州司马曲罢悯然，为她泪湿青衫，而谁懂三奶奶呢？只恨我自己年龄还小，尚且不知人世的悲哀，不觉又泪眼婆娑起来。

那天正是农历的三月十五左右，春寒料峭，我家庭院里的杏树是早熟品种麦香，已是落花时节，月光下，花瓣随着春风簌簌飘落。院墙外槐树和椿树的叶子还刚刚冒出来，还不够茂密，月亮、远山、近树组成一幅冷色调的水墨画。心情也随着这样凄清的冷色而苍凉。而就在这时，姥姥却推门回来了，她对我说："睡吧，你三奶奶没事了，我和几个跟她要好的老姐妹都在陪她劝她，她想开了，她说了，自己的女儿女婿，没什么见怪的，他们也是看到孩子那样，也是急的，就口无遮拦了。等他们出院回来，我非好好教训教训她们不可。""你怎么不陪她睡一晚呢？"我问。"你知道，你三奶奶是个讲究人，爱干净，规矩多，在她那睡觉太麻烦她，她好了，还给我们做了小糖饼呢，这不，听说你回来了，还让我给你带了几块来，你趁热吃了吧。"姥姥拿出用手帕包着的几块小饼说。我接过来，咬了一口就哽咽起来。虽然糖饼是甜的，可我却觉得有什么哽在喉咙那里，涩涩地难以下咽，勉强吃了一块，又和姥姥聊了一会儿，就各自去睡了。可我怎么也睡不着，我拉开窗帘，看着窗外如水的月光，想着三奶奶肯定也是无眠的，她一定也是对着月亮在流泪，回想她凄惨的身世，我突然间相信了冥冥之中似乎有人在主宰着人的命运，渐渐朦胧睡去了。

午夜时分，我被一阵琵琶声吵醒。仔细听了下，是在村头的杏山上，弦弦掩抑，声声凄切。过了一会儿，又听到和着琵琶唱了起来的声音，我听清楚了，正是三奶奶经常弹唱的苏州评弹《杜十娘》。我紧张得从炕上跳下来，去叫姥姥。姥姥早就穿好衣服起来了，她说："怕是要出事啊！"也不等我穿衣服，便踮起小脚，踏着月色，蹒跚地一路小跑着循声而去。

迟了，还是迟了，我刚到山脚下，杏山上便响起姥姥凄厉的哭喊声。村里的人们也都慌忙跑上去。三奶奶在杏山上自尽了。我看到，三奶奶平躺在那棵大水杏树下，身下是绵软的草地，她就仰面睡在那里，她穿着一套绣花的旗袍，头发盘起来，用我们那地方的天然发胶——榆树根水粘得整整齐齐，用一根布带把琵琶缚在怀里，手上戴着金镶玉戒指。姥姥边哭边说她赶到时，三奶奶就是这样在地上睡着的。我看见头顶上杏树的枝杈上挂着一根断了的绳套。不知是老天的垂怜还是她坠落时的振动，洁白的花瓣飘落下来，像一场雪，在她的身上覆盖了薄薄的一层，如同香冢。

三奶奶走了，带着她终生未解的谜，带着他对公子的眷恋走了。我一直在想，她到底是哪里人，姓甚名谁呢？如果她真的是名门闺秀，要是没有意外，她说不定就是一位张爱玲、林徽因式的才女，或者嫁进豪门幸福一生；如果他是寻常百姓家的小家碧玉，或许她提儿挈女在江南的小城中相夫教子平淡一生；如果她是农家姑娘，或许她在毛舍竹篱之中纺织井臼，与夫婿相伴一生，醉里吴音相媚好。可是，她却躲不过"命运"两个字。一切都成了命运的童话。

五爷来了，他站在树下，看着三奶奶的尸体半晌没有作声，只是默默地流着眼泪。过了许久许久，他说："就听我的吧，先派人去镇上医院把她的女儿女婿找回来，家族里的年轻人回去拿竹席、木杆、绳索、木板等物品，在这树下就地搭一个灵棚，停灵三天，现在连夜派人去买丧葬用品，要买齐全，买好的来，钱我来出，衣服就不换了，家族里的妇女们给她整理整理，她喜欢这样的装束，就遂她的心吧，我在南方养蜂，看见那里女子就是喜欢穿旗袍。到时咱把棉寿衣同纸活一起烧给她吧。棺材就先用我给自己准备的那口柏木棺，明日下午入殓，后天上午入土。我三嫂曾经对我说过，她最喜欢杏花，北方的杏花和江南的梅花类似，她说她早就认它为梅了。她活着时喜欢这里，几次跟我说过要换地，死后就把她安葬在这里吧，过几年再把我三哥的骨殖迁过来合葬。这块地我就送给她了。这儿地势高，敞亮，看得也远，就让她在这里朝南远望她南方的家乡吧。"众人听了无不落泪。

我跟学校请了假，送三奶奶最后一程。三天后，姥姥带领母亲和我穿着重孝去参加葬礼。我们流着泪站在杏树下，看一锹一锹的黄土逐渐掩埋了三奶奶的大红棺木，带走了她半个多世纪的情仇。那时，天空突然飘起春雪，和着头顶大杏树上的残花，纷纷扬扬地飘落，仿佛是上天撒下的一片片天使的羽翼，轻轻敲打着我们的心灵。泪眼问太虚，一片冰心何去？无觅！无觅！

二月二龙抬头

　　元宵过后，年味渐渐淡了，那些好吃食也都差不多吃光了，很多地方直接把元宵称作年消。记得九十年代刚到赣南时，去一个亲戚家，正月十七八的光景吧，那亲戚翻箱倒柜的，也只搜罗出几样简单的吃食给我，她很内疚地叹着气说："年消，年消，真的年消了，什么都没有了。"那时我就奇怪，什么是年消呢？亲戚解释说，就是元宵节啊，元宵节过后年就算过完了，要开始干活了，这以后要说像样的节日，就只能等到端午了，直到现在我还记忆深刻。可是，在我的家乡，元宵后还有一个隆重的节日，那就是二月二。二月二，龙抬头，也是很隆重的节日。那天要放引龙、填仓、剃龙头、煮猪头和蒸焖子。

　　小时候，每到那一天清早五点钟前后父母亲就起床了，父亲先刷了牙，洗了脸，端起一簸箕草木灰，拿一根枣木棍，直奔村头的大井边，井边已经有很多乡亲们了，大家手里都拿着同样的东西。父亲探头俯身向井里"嘿、嘿、嘿"大喊三声。然后就背对着井口，弓身往家的方向走，把簸箕斜端着，一路用木棍敲打着簸箕沿儿，那灶灰便如流水般撒到地上，绵延不断，弯弯曲曲的呈一条龙形。这可是技术活儿，洒灰一定要匀，要不到不了家就没有了，龙是引不到家里的。父亲是高手，一路上，他一边说着吉利话，一边用手里的枣木棍均匀敲打着簸箕沿儿，几分钟光景就进了大门，然后继续敲打着，在院里地上画龙，直画到厨房的水缸边，绕缸一圈，不多不少，簸箕里的灶灰刚好用完，龙成功引回来了。母亲很高兴。口里大声喊着："二月二龙抬头，二月二龙抬头！"这个风俗，在明朝沈榜的《宛署杂记》中有记载："都人呼二月二日为龙抬头，乡民用灰自门外蜿蜒布入宅厨，旋绕水缸，呼曰引龙回。"

在父亲走出家门到井边引龙的同时，母亲先去仓房里，把冻了一个多月的猪头、猪蹄和猪尾巴都拿出来，放到屋子里慢慢融化。然后就开始扫院子，几分钟的工夫就把院子打扫得干干净净，再端出一簸箕芝麻秆灰，那是年三十晚上上供接神时，煮守岁水饺烧成的，讨个吉利，寓意芝麻开花节节高。母亲也用一根棍子敲打着簸箕沿儿，转着圈把灰均匀地撒在地上，不一会儿在院子的中间就画出五个圆柱形，这就是粮仓了，还要再给每个粮仓画上一个高高的梯子。粮仓里没粮食可不行，待父亲成功引龙回家后，母亲又拿出几个葫芦瓢，里面装着早就准备好了的五谷粮，有高粱、谷子、玉米、水稻、大豆等，倒在粮仓里，这叫作"填仓"，预示着新的一年里五谷丰登，粮满仓。必须强调的是，引龙和填仓一定要赶在太阳出来前。填完仓后，母亲从仓房的大皮缸里拣出十几个冻豆包，放到大锅里蒸好，再趁热把它们拍扁成饼状，在锅里放上一些豆油，把豆包一个个放进去，不停地翻动，两面烙至金黄，就起锅了，这叫"火烧子"。那天早晨，条件好的人家是烙春饼、烙白面饼，或者烙加肉的馅饼或者韭菜鸡蛋馅盒子，家里那时贫困，能烙上一顿黄米面的豆馅火烧就不错了。这也是有讲究的，叫"烙虫虾"。一进二月，北方天气也逐渐回暖，一些不怕寒的植物比如大葱、小葱、韭菜、秋菠菜以及一些蒿草等开始返青，二月二前后适逢二十四节气中的"惊蛰"，春雷乍起，各种冬眠中的动物都被春雷惊醒。虫子们蠢蠢欲动了，蛇、蜈蚣、蚰蜒等也结束冬眠开始来吓人了。那时北方农村多是木石结构的房子，房顶铺着用秫秸秆扎成席子一样的东西，叫房箔，上面覆盖黏土，叫大泥。这样结构的老房子，经常有长虫（蛇）和蚰蜒、蜈蚣栖息，时不时掉到屋子里来吓人和伤人。所以，二月二要把他们烙住。姥姥说这天女人们是不能在房中梳头的，不然，掉下的头发会变成蚰蜒爬到房梁上的。那天女人们也忌动针线，说是怕戳伤龙的眼睛。我们那里有"二月一，龙睁眼；二月二，龙抬头；二月三，龙出汗"的农谚。

火烧烙好了，妈妈就赶紧催促我们起床，说快起来吧，火烧子烙好了，快起来吃火烧敲房梁啊。我和弟弟一骨碌爬起来，其实是火烧起了作用的，因为房间里早就充满了一种焦香的味道。妈妈给弟弟洗好脸，最重要的是用肥皂把他的双手洗得无比干净，拿出两根秫秸秆，然后就用眼睛瞟着正在整修农具的爸爸，爸爸就马上停下来，洗了手，抱起弟弟举过头顶，弟弟手握两根秸秆，轻轻地敲打房梁，这时姥姥也走过来，一句句地教弟弟说："二月二，敲房梁，长虫（蛇）蚰蜒不下房；二月二，敲房梁，大囤小囤粮满仓。"

吃着豆沙馅火烧，喝着酸菜粉条汤，爸爸心里美滋滋的，脸上挂着一丝满意的笑容。"喝口吧？"妈妈端过酒壶说。"不了，还是等着下午煮猪头请客时再喝吧，省点。"爸爸憨笑着说。

二月二，除了早晨引龙、填仓和烙虫虾外，白天还有几项节目呢。俗话说"二月二龙抬头"，这天大人小孩都争着剃龙头，也就是剪头发。我们那里的风俗，正月是不允许剪头发的，说是"克舅舅"。那时在农村，只有乡镇所在地的集市上才有理发馆，村民们舍不得花钱，都是自己买了理发工具，让村中一些心灵手巧的人帮忙剪。我的父亲和叔叔都是理发的好手，因此，每到这一天就忙得不亦乐乎。父亲早早地就把一间厢房打扫干净，搬了几张凳子过去。甚至还在墙上挂了母亲陪嫁的一面镜子，他还系上了一条围裙，最暖心的是他还像专业理发师一样做了一条油布围裙给人家围在身上，以防碎发钻进衣服里，这油布是当兵的亲戚送的。八点半的光景，人们便陆续上门了，大多是一些男人带着小孩子。寒暄后，爸爸就开始当起理发师了。一般都是小孩先剪。给体弱多病的男宝宝前面剪一个桃形，寓意逃过所有灾难，还要在颈后留一撮长发，我们这里称为万年蒿，寓意长命百岁；给健康的小孩剪一个苹果形，寓意岁岁平安。至于成年人，爸爸会转来转去左右观察，根据头形设计发型。一上午时间就剪了十几个，尽管很累，但是看到街坊邻居们那满意的眼神听着那道谢的话语，非常满足。

中国的传统节日总是与吃连在一起的。春节是最隆重的节日，要大快朵颐自不必说，元宵节吃元宵，而清明节除了要用酒肉等供品祭奠泉下的先人外，阳世子孙们也要大吃一顿，端午节吃粽子、中秋节吃月饼，到了冬至要吃饺子、小年祭灶日少不得吃麻糖。这些习俗，举国范围都大同小异。我的家乡过二月二，也很讲究吃食，那天最重要最开心的一件事还是煮猪头和猪蹄，那时农村还很贫困，一年到头只有杀了年猪才多见几顿荤腥。在父亲给村人理发的同时，母亲也就开始忙碌了。先用三块石头搭一个简易灶，拿一些干劈柴，笼起火，然后把早晨解好冻的猪头架在石头上用火烤，期间要提着猪耳朵不停地转换角度，直烤至肉皮微微发黄，这叫燎猪头，然后用同样的方法又燎了猪蹄和猪尾巴，燎的目的一是为了烧掉残余的毛发，再就是增加香味。猪头燎好后，母亲在厨房大灶锅里装满水，然后架起劈柴，开始烧水。这锅水是用来煮猪头的，但是母亲并不急着把猪头放进去，而是解下围裙，洗干净手，到神龛前点上三炷香，拿一个干净盆子把猪头、猪蹄和猪尾巴用盐兑了温水洗净，沥干水，先把四只猪蹄摆在盆底，然后把猪尾巴安放在猪嘴巴里，放到猪蹄上，摆到神龛前，还要摆上豆馅火烧、苹果等，这是祭神的。一切安排停当后，母亲退后两步，恭恭敬敬地对着神龛鞠三个躬，嘴里说着神仙保佑、国泰民安等吉利话。母亲说，原本要用一整只猪来祭祀的，但是家里贫困，杀了年猪也没有留下多少肉，那些上好的猪肉几乎全卖了还债，这样的祭祀方式是贫苦人家通用的，神是不会怪罪了，全当歆享了一整头猪了。我当时很感动神仙的豁达。

祭完神后，母亲把猪头重新端到厨房，此时，灶下火正红，大锅里水已沸腾，母亲把猪头等放到大锅里，再放上姜、花椒、大料、大葱等香料，就开始用文火慢慢煮。半小时的光景，锅里就开始香气四溢了，真的让人尤其是我们这些小孩子垂涎欲滴。但是，还不熟，还要煮一个小时左右，于是我们便慢慢等。大约一个小时后，猪头、猪蹄和猪尾巴都煮熟了，母亲捞出来，放在大铝盆里冷却，锅里的汤水很浓，散发出诱人的肉香，母亲便舀了两碗出来，给我们姐弟喝，真香啊。剩下的还有大用处呢，蒸焖子。焖子是我家乡的特色食品。用自产的地瓜淀粉，和了肉汤，加些盐和酱油等烫至半熟，放进一个个大瓷碗里上屉蒸，冷却后或炒或切片放姜葱等调料和五花肉蒸，非常美味。

大约一点钟光景，焖子蒸好了，冷却后，从大瓷碗里倒出来，一坨一坨地倒扣在桌子上，晶莹剔透的，香气四溢。猪头也冷却得差不多了，妈妈就先割下一只猪耳朵，挑了最好的耳朵尖儿肉，切了一盘出来，拌上青蒜苗、香油、香菜、酱油、辣椒等，再把焖子也切一盘，拌上一点青蒜酱，烫了一壶散酒，把酒菜都放在炕桌上，再打一盆温开水放在洗脸台上，这些都是妈妈给爸爸准备打尖的，正餐一般四点钟左右开始。这时，爸爸也给所有的人都剪完了头发，累得人都快散架子了，正慢慢地收拾剪头发的家伙，妈妈就笑吟吟地走过去说："他爸，累坏了吧。我来收拾，那屋炕上给你准备好了酒菜，去喝口解解乏吧。等下还指望你当大厨，做今儿过二月二请客的菜呢。"

爸爸解下围裙，去洗了手和脸。却不坐下，先去东屋请我姥姥来吃，姥姥按惯例是不吃的，她说她年纪大了，消化不好，冬天天气又短，一天只吃两餐，可是爸爸每次都要先去请她吃，这也是孝心和礼数吧。爸爸坐到炕上，慢悠悠地吃喝，一杯酒下肚，感觉十分舒爽，叫了我们姐弟过来一起吃，我们先前吃了焖子又喝了肉汤，早就饱得差不多了，爸爸一会儿给我夹一块猪耳朵，一会儿又给弟弟嘴巴塞一块焖子，还让我们叫过妈妈来一起吃。妈妈说她吃了早晨剩的火烧不饿，但是爸爸一定叫她过来，还倒了一杯酒，说："她妈，喝口，天天不得闲，过了二月二，又得开始做地里活了，辛苦了。难得今年过年杀了头年猪，以后日子会越过越好的。"妈妈就端起酒杯抿了一口。"吃菜，你拌的猪耳朵、蒸的焖子味儿真好！"爸爸夹起一块猪耳朵放进妈妈嘴里。妈妈羞红了脸。我和弟弟看到这情景感到好幸福。

　　一点半的光景，爸爸吃喝完了，妈妈让爸爸先眯一会儿，她就开始准备请客的饭菜了。先用一口大锅焖上白米饭。然后就开始拆猪头肉、剁猪蹄和猪尾巴，分类放在一个个盆子里。约莫半小时，猪头肉拆好了，只剩下一副骨架，猪蹄、猪尾也都剁好了。母亲又开始切酸菜丝，切得细细的。把猪头架子砍成几块，跟酸菜一起炖，还要放上粉条，快起锅时还要放一些切得薄薄的五花肉下去，出锅后再撒上点味精、香菜末和葱末，味道十分鲜美。二月二，以猪头肉为主菜。

　　母亲把猪头肉拆好，把酸菜炖好后，父亲也睡醒了。他又系上围裙开始忙碌起来。先喊过我和弟弟剥蒜，又拿出一瓢花生米，放在油锅里炸酥，再倒半碗芝麻，在锅里炒香。然后舀出一饭碗酥炸花生米倒在捣蒜臼里捣碎，和芝麻一起放在一个大瓷碗里，再把蒜瓣切碎，把香菜切成末，再切一点点干辣椒，然后把蒜末和辣椒末放在一个大碗里，加一点白糖和细盐，再倒进酱油浸着。把猪耳朵切成细细的条，把猪舌头切成薄薄的片儿，拿一个中号的铝盆，先把猪耳朵条倒在盆里，舀一些浸了蒜末辣椒的酱油，再加一些香芝麻和花生末，锅里倒上油，烧热，淋一些倒盆里，最后加上香菜末，用筷子拌匀，这盘凉拌猪耳朵就做好了，看着金黄金黄的，闻着香喷喷的特别诱人。爸爸用同样的办法又做了凉拌猪舌头。我和弟弟口水都快出来了，但是姥姥和妈妈说小孩要从小懂规矩，不能先吃。爸爸趁她们不注意，一人夹了一筷子给我们吃，我们就满足地跑开了。接着爸爸又做了五香卤猪脸、芹菜炒猪头肉、红焖猪蹄、尖椒炒干豆腐、清蒸五花肉焖子片、鸡蛋羹等，共十个菜，寓意十全十美。猪尾巴妈妈舍不得给别人吃，往往是留起来，加了杜仲等中药材给爸爸做汤吃，爸爸劳累过度，有腰痛病。三点半光景，客人们陆陆续续来了。请的都是我们家族里的长辈们，落座后，妈妈就开始忙碌了。给这个点烟，给那个倒茶，忙得不亦乐乎。大家寒暄一阵后，就正式开饭了。妈妈又忙着倒酒添菜。这顿饭，大家吃得特别开心。那些年长的爷爷大伯边开心地划拳行酒令，边比赛样地说着有关二月二的谚语和典故。从他们口里我知道，关于二月二的民间谚语还真不少，像"二月二，煎年糕，细些火，慢点烧，别把老公公的胡须烧着了"。再如"二月二，龙抬头，大仓满，小仓流。二月二，龙抬头，大家小户使耕牛"。我的一个本家叔叔是中学语文老师，他说他不会农谚，但是会背一首写二月二的诗："二月二日新雨晴，草芽菜甲一时生。轻衫细马春年少，十字津头一字行。"直到去年，我偶然想起这首诗，才在网上查到它的作者竟是唐代大诗人白居易。

这顿饭，直吃到六七点钟。父亲喝得酩酊大醉，躺在炕上，连客也送不了。待客人都走后，母亲给他做了一碗酸辣醒酒汤喂他喝下，又用温水给他擦了脸擦了脚，铺盖好。父亲还是兴奋地说个不停："他妈，咱们明年还杀年猪，还请客过二月二，我高兴！高兴！"说着说着竟唱起小曲来了："二月二，龙抬头，天子耕地臣赶牛；正宫娘娘来送饭，当朝大臣把种丢。春耕夏耘率天下，五谷丰登太平秋，五谷丰登太平秋。"

青 山 如 是

故乡多山，山让故乡有了地理坐标，它属于燕山余脉。山是村庄的脊梁，村里所有的房子都依山而建。故乡的山是游子心中一幅永不褪色的写意画，也是一个游子的精神支柱，想起故乡，首先就想起故乡的群山。

幽 幽 南 山

"秩秩斯干，幽幽南山。"从诗经时代起，山就以它的幽深和永恒，激活了人们的想象力，带给人们无限的遐思，让文人墨客们写出了许多灵动飘逸的文字。

记得初中时一位老师曾经讲过，南山，不一定是横亘在某一个村庄或者某一座城市南面的山脉，正如陶渊明的"采菊东篱下，悠然见南山"中所描写的南山一样，并不是横亘在他草庐的南面，而是一种物象，一种惯常的说法。南，总是给人一种温暖的、阳光的、美好的感觉，我总是觉得南是阳光雨露的源头。幸运的是，家乡那重峦叠嶂的群山刚好是横亘在村庄的南面，是名副其实的南山。

村里的田土都在南山的缓坡上。千百年来，我的先人们一辈又一辈，一年又一年，一遍又一遍，爬上南山的缓坡，在那里挥汗如雨，辛勤耕耘，向南山索要赖以生存的粮食。粮食是人类的生存之本，南山就是他们赖以生存的福地和血脉延续的根本。他们耕耘着山地也在耕耘着生活，他们把一粒粒种子撒在南山肥沃的黑土中，埋下去的是希望，收获的是生生不息的生活。

可以说，南山，是家乡祖祖辈辈所有人的母亲。每次离开故乡，上车的刹那，总是禁不住回身去眺望远处的群山，目光总是被幽幽南山牵扯得生疼生疼的。

故乡的南山，是善于装扮自己的，是善变的也是风情万种和灵动的。春天百花妖娆、夏天树木葳郁、秋天层林尽染、冬天冰魂雪魄。风晨雨夕，不拘一格，气象万千。登高远眺，秋高气爽的日子，心旷神怡，宠辱皆忘；飞雪飘零的时节，面对夕阳旧磊、古松残雪，无限凄凉。

山峰仿佛珍藏了大地的隐私，饱览了人间的疾苦。沧海桑田的地质变迁，人世间的酸甜苦辣，它都默默地一一记录在案。不是吗？连世界最高峰珠穆朗玛峰都曾经是一片沧海。故乡的南山，包罗着世间的万象，为这一片地域上的一切生灵提供庇护和濡养。南山在俯瞰着人间，在洞察着我们这个村庄的一切。

作为一个山里娃，视野总是被群山挡住，心胸是狭隘的，心智是肤浅的。小时候总是羡慕山外的世界，幻想着山的那边有一个理想中的童话世界。读中学后，那些地理书上介绍的名山大川成了我仰望和奋斗的目标。成年以后，走出大山，好多梦幻在现实中灰飞烟灭，才发现自己不过是个极普通的女子，很多东西都是可望而不可即的。对那些名山大川的仰望，渐渐地只剩下一个纤瘦而遥远的梦幻，甚至有时自己都忘记了曾做过这样的梦。忘记也好，无法成真的梦想，对自己来说始终是一种煎熬。

几十年来，虽也游历过几座名山，但我最喜欢的还是家乡的南山。她虽然没有华山的险峻，也没有岱宗的神秀，但她在不同的时刻，会表现出不同的风姿；在不同的心境下看山，亦会有不同的感受。

空山新雨后，没有比沐雨后的南山更迷人的了。草木苍翠欲滴，没有来得及消散的雾气，如淡雅的纱带，缠绕着山峰，仿佛是山在舞动着广袖，传递着舒畅的信息。阳光把山上各种水滴都变成了一粒粒五彩的珍珠，此刻心中的阴郁也随着云开日出一扫而光了。

而烟雨蒙蒙中的南山，也是别有一番韵味的，山上的氤氲雾气与天上的云连接在一起，仿佛给山罩上了一层神秘的面纱，山与天仿佛合为一体了，我想或许那里就是白云生处、神仙寓所吧？山一定是有灵性的，要不那些名山上怎么都住着神仙呢？那终日云雾缭绕的绝壁巉岩高不可攀，登上它，驭风乘云，一定可以去蟾宫折桂、去瑶池采莲。绝壁上垂下的一条条绿藤，一定是天上仙人垂下的飘飘衣带，让人不敢高声语恐惊天上人。

青山应如是

　　小时候，刚懂事时，姥姥说我是南山上捡来的，说得有板有眼的，说是某一天清早爸爸上山捡牛粪时看到我，用粪箕把我背回来的，我信以为真。妈妈常常唠叨爸爸很懒，说等他起床时邻居刘二大伯已经从山上背一篓柴草或者一粪箕牛粪回来了。当时我在想，怨不得我家只有我和弟弟两个孩子呢，是因为爸爸太懒，起床晚，出山干活晚，山上的小孩都让如刘二大伯那样的勤快人捡走了，他家有七个孩子呢。我特别喜欢南山上的羊肠小道，那是祖祖辈辈人们用脚踩踏出来的，是村庄和山之间的纽带，但是对我来说就好像连接胎儿和胎盘之间的脐带。有事没事，我经常到山路上去玩耍，就像一个婴孩向大山母亲去汲取养料。跟父母或者堂姐妹一起上山时，对山上的一草一木一块石头都很亲切。我觉得自己就是山的孩子，是山结出的一枚果实。尤其是遇到风景很美自己很喜欢的地方就倍感亲切，我就觉得自己一定是从这里孕育出来并被捡回村里去的。

　　南山是我生命的全部。饿了去山上摘果园里的桃子、梨子或者摘坡上的野草莓、野板栗；渴了去喝山泉水；被父母责骂了，不开心，可以躲到山上去消气。山总是以她慈母般的胸怀抚慰我受伤的心灵。长大以后，渐晓人事，才知道原来孩子是人类男欢女爱的产物，不禁对自己幼年时的幼稚感到好笑。但是对于山，还是一样有着无比深厚的感情。

　　大些时候，开始出山为家里做事。家里让我去割马草，我最喜欢去的地方叫大石沟。那处山坳极美，有一片美丽的松林有一汪清澈的泉水不说，还有几块巨大的岩石，我想那几块巨石也许就是那里名字的由来吧。那里不仅有马最爱吃的黄米草，运气好时在夏季还能采到甜甜的野果，在秋季可以采到榛蘑或者榛果。我和伙伴们最喜欢躺在石头上歇息，或唱歌或吃带来的干粮或吃采到的野果。伙伴们喜欢爬到那块最大的高出地面很多的岩石上嬉戏，而我却对那块露出地面两尺左右高的岩石情有独钟。那块巨石方方正正的，平坦洁净，周围长着很多榛子秧和欧李秧，不知为何，每次去那里翻腾，总会给我带来惊喜：不是找到几枚成熟的大榛果，就是找到几枚熟得红得发紫的欧李。要知道，那里地势平坦，早就被村里孩子们翻过不知道多少次了。每次躺在那块巨石上享用那些美味，心里总是美滋滋的，总是有一种异常舒服的感觉。

那两块巨石之间隔着一片梨树林，是刘二大伯家的。有一次我去割马草，又躺在那块平坦的大石头上歇息。记得那是初秋时节，梨子挂满枝头，二大伯怕压断树枝，用木架子做成支撑，把树枝顶起。那次我又在石头旁边收获了几枚熟透了的欧李，用手帕垫着放在石头上，心里一直在纠结着是自己享用了还是带回去留给姥姥吃。二大伯走过来说："这丫头怎么躺在这？不怕蚂蚁爬身上吗？这时节了，还能采到果子？看来你这干妈没白认，确实关照你，我就说了，这石头有根有眼的，不会错的，你看看村里像你这般大的，谁有你长得水灵，学习又好？……"我诧异地看着他，表示听不懂。他又接着说："你不知道这石头是你干妈？你百日时认下的，还是我让你妈认的呢！上面那大石头干儿子干闺女太多了，招呼不过来，我跟她说这块好，没听说村里谁认过，你是她独女呢，能不关照吗？记着啊，每次来这里临走都要给你干妈行个礼，你干妈会保佑你的！"我愈加诧异。离开时，趁着小伙伴们不注意，还是偷偷行了一个礼。因为刘二大伯是村里德高望重的长者，他的话，可信度很大。至于那几枚果子我还是决定带给姥姥吃。

姥姥看到我带回的野果，高兴得眼泪直打转，她说："我外孙女长大了，知道疼姥姥了。乖乖，你吃吧，姥姥牙口不好，怕酸又怕甜的，这时节了，怎还有这种果子？哪儿摘到的？"我告诉她是在大石沟。"姥姥，我刘二大伯说，那里一块大石头是我干妈？"姥姥吃了一惊。说："是的，是的，你小时候不好养，算命先生说要认一块石头当干妈，你百日时你妈就带你去认了。听说大石沟很多大石头，我是小脚，上不了山，没去过，不知道你干妈是哪块石头。"这时，妈妈干活回来了，听到我们的对话，就走过来说，确实那里有我干妈。不是最大最高的那块，而是从地里生出来的那块巨石。说是当年算命先生说我命硬，要认一个石头干妈才好养活，妈妈寻思着大石沟石头多，就带着供品抱着我去了。那时还是大集体，那片梨树林属于四队的，那天是农历三月初八，正是梨花怒放时节，不巧的是，那天知识青年们在队长带领下正在给梨树施肥。劳动间隙，他们正在歇息，一群男男女女都爬到那块最大的巨石上歇息、嬉闹。妈妈是个刚过门一年多的新媳妇，又是来搞给我认干妈这种封建迷信活动，吓得不敢前去。这时当队长的二大伯看见我妈手里的供品，知道她的来意，就对我妈说："她嫂子，上面人多，那块石头是村里不同辈分很多老老少少人的干妈，现在公家对封建迷信抓得紧，我看你就别上去也别等了，然后指指身边的这块平坦的巨石说，我看这块石头不错，从地里长出来的，平平坦坦的，能保佑孩子一辈子平平安安，你信我的就认这块石头给孩子做干妈吧！"妈妈觉得他说得有道理，再说也实在不敢去那块巨石旁边。就拿出香烛摆上供品，按着我给大石头磕了三个头，算是拜干妈礼成。然后她说让干妈抱抱我，就把我放在大石头上，她说我不哭不叫的，一直在那里笑，嘴里还呢喃着她听不懂的语言，也许是在跟干妈说话呢。接着她又对着大石头鞠了三个躬，算是拜干姐妹礼成。妈妈说，那石头是有灵气的，此后一直保佑我很好，从没有生过大病，没有过大灾难。说等我长大了，能挣钱了，一定自己买了供品去拜干妈。那时我觉得，那石头，那干妈确实是有灵气的，确实也是关照我的，每次我能采到野果就是，那是母亲对女儿的恩赐。大石沟对我，多了一分亲情。后来，我读初中、高中都要住校，弟弟也长大了，割马草的活就交给他了，很少有机会再去大石沟。但是，每次在家里遥望那幽幽南山时，总是会不经意地望那个方向——大石沟，因为我的干妈在那里，那带有母性的山，越发显得温柔而妩媚，我想干妈也一定在俯视着我，关注着我的一切。

　　"我见青山多妩媚，料青山见我应如是。"记不清是什么时候我从表哥口中听到这两句词的，并不知道出处，也不理解其意，只是觉得好听，非常喜欢。有时走在路上，就不经意间自言自语地念出来了，这让我的伙伴们很是诧异。我只是对他们说，你们不懂，也不去解释原因。我觉得我和南山尤其是和大石沟就是这样的关系。

　　再后来，我定居南方，回去的时间很短，偶然也会提着供品去拜谒。但是，总是觉得愧对干妈。那里总是让我有母爱的感觉。母亲说我的干妈很有灵性。她对我讲述了一件事。那时家里养羊，初春时节，山上草木返青，羊群是最难管的，因为它们会去扑青。母亲说大石沟的草好，经常去那里放羊。有一次，羊群扑青跑下山，眼瞅着就要到巨石下面的地里，那里刘二大伯种了黄豆，豆苗刚出土，母亲好怕羊群糟蹋豆苗，可是又追不上。就在高处对着我的石头干妈她的干姐姐大声喊着："老姐姐，快啊，快帮着拦住羊群！你猜怎么着？那羊群跑到你干妈旁边，忽的一下全停住了，然后掉头就往回跑，就像有谁拿着鞭子在后面赶着一样，真的是太灵异了。"也许，冥冥中真的有神灵吧。我的干妈庇佑着我们呢。

多情谁似南山月

在村子里远眺峰峦叠嶂的南山，我总是觉得那座山顶立着尖尖岩石的山峰是最高峰。母亲说那峰叫小铁沟顶，不是最高峰，五华顶才是南山的最高峰。看上去它最高，是因为那座山峰离村子较近的缘故。无论怎样它都是我最喜欢的山峰。有月亮的晚上，峰顶的岩石在月光下显得极为险峻，山高月小，有一种凄怆、冷峻的美。午夜时分，月亮就挂在峰顶上，时时让人想着那月亮里的嫦娥姐姐会带着玉兔走出来坐到岩石上纳凉，俯瞰人世的三千繁华。而那时我是躺在家里的南炕上，脸正对着窗户，那时家里还是老式的格子窗棂，糊着窗户纸，为了采光好，恰巧在对着我睡觉位置的那扇窗的窗棂上装了一块玻璃。午夜时分，透过玻璃正好能看到月亮在峰顶的画面。从窄窄的玻璃窗看过去，或是满月，或是下弦月，或是上弦月，那山峰和月亮就像一幅裱糊在画框里的动态的国画画卷。我和那峰峦那月亮默默相对，相顾无言，却又似心有灵犀，此时无声胜有声。

青葱岁月里，一段青涩的校园情感在寒假里完结，开学的前一天晚上正是农历的正月十五，夜里，我躺在炕上，闭着眼睛任泪水汹涌。午夜时分，我起床给骡子添夜草，推开门，我看见那轮满月正挂在峰顶上，默默地与我相对，就像特地在那里等着我一样。那个冬夜非常的寒冷，但那夜的月光是温柔而又温暖的，仿佛嫦娥姐姐带着笑意的脸庞。我在心里默默与她对话："我真的不知道，你在那里等我，等我好久好久，而我却姗姗来迟。"回到屋子里，重新躺到炕上，心里还在惦记着窗外的那轮满月。那时，家里的老房子已经翻新，装上了铝合金玻璃窗，那画卷也扩大了一倍。但隆冬时节，玻璃窗上结满了霜花，我看不到月亮，只看到窗外的白月光，而我和那月光也如隔着一层幔帐。我从被子里钻出来，用嘴里的热气哈玻璃窗上那些寒夜里生出来的花。那晶莹剔透的花朵瞬间融化，化成水，一串串滴落到窗台上，仿佛是花的眼泪。

就在那一瞬，月光倏地从那个洞里挤进来，照在我的脸上，怜爱而又温柔地抚着我的啼痕。"山月不知心底事，水风空落眼前花。"脑海里没由头地蹦出这两句词，突然又懊悔起来，果真不知吗？她分明已洞穿我的心思啊，我和月亮是有灵犀的，我再一次泪流满面。突然间眼前一片黑暗，须臾又亮了，我抬头望着南山上的月亮，她正从一片浓重的乌云里钻出来。"多情谁似南山月，特地暮云开。灞桥烟柳，曲江池馆，应待人来。"我突然又想起这几句词，这才是月亮和我之间的默契。只可惜，心中的那个背影已远走。月亮难道是在启示我吗？人生总有被乌云遮住的时候，而乌云也总有散去的时候。这是一种灵魂深处的默契，也是我年少时不可言说的秘密。

辽西的人们古道热肠，其中之一就体现在对残疾人的态度上。由于当时医疗水平有限，无法像现在那样用高端的医疗技术和仪器进行优生筛查，似乎每个村庄里都有很多残疾人。盲眼的、瘸腿的、智障的……他们是一个特殊的弱势群体，为了生存，就去学唱大鼓书、拉三弦、拉二胡等手艺。为了给这些人一个生存下去的空间，村子里隔三岔五就有各地的残疾人来唱大鼓书或者拉二胡卖艺，几个生产队轮流做东招待他们的住行，并付费给他们。

记忆定格在三十多年前，仲秋时节，月朗风清，村前的场院上，两个卖艺的盲人对坐在两张破旧的木椅上，如醉如痴地拉着《二泉映月》的曲子。时值秋收，庄稼人困倦，大都回家睡了，空旷的禾场上，只有我和招待他们住行的刘二大伯，而他也披着老羊皮袄，斜靠在草垛上睡着了。不知道为何，两盏高悬在场院上空的马灯灯油都已耗尽，先后熄灭了，而盲人是无法感知的。这时候我才发觉，月光正如水般照在他们的脸上，那么柔软，那么温情，就像慈母的手爱怜地抚摸着自己的婴孩。他们的面孔在月光中也变得柔和起来，瞽目也不那么丑陋可怕了。那时我突然幻想，要是月亮里捣药的玉兔，此刻能扔一点医治盲眼的药下来该多好。

场院的远处就是那座我最喜欢的山峰——小铁沟顶，此刻，月亮就挂在峰顶，月光下，那峰显得尤为冷峻、肃穆与威严，而那一刻琴声正如泣如诉。寒山、明月、琴声，好一幅如诗如画的凄怆有声的秋图啊，那场景，至今仍十分震撼我的心灵。

托体同山阿

　　一个村子，就是一个小小的世界，尘世间的悲欢离合祖祖辈辈在这里上演。山，记载着一个村庄的历史，山上那一座座坟茔就是先人们曾在这世间停留过的印证，也是一个村庄历史的最好佐证。水泉沟在南山的不远处，山坳里有两座高大的坟茔。通往山顶的羊肠小道就在两座坟茔之间。从小到大，我不知道多少次在那里穿行过。虽说是坟茔，但是也不知道害怕。那两座坟茔的外观是一模一样的，就像一对双胞胎，我们当地称双胞胎为"双（读四声）棒"，我们村里人就叫它双棒坟。我不明白，它们为什么不并肩埋在一起，而是人为地用一条小路分开呢？它们又是谁的坟墓呢？这个问题困扰年少的我很多年，但坟茔终究是坟茔，总是有一定忌讳的，不好问人，怕被训斥。十几岁时终于忍不住问了邻居的刘二大娘，二大娘八十多岁了，是个积古的老人家，开朗而和善，忌讳少。没想到却听来一段凄美的爱情故事。她说那坟茔是前村里王姓男子和后村里张姓女子的。王姓男子就是村里八十年代第一个开小卖店的店主的爷爷，他家是十里八村第一个万元户。他家上几代就开商铺和旅店，称作王店，家境优越。王姓男子和张姓女子相爱，可是男子的父母亲死活不同意，原因是张姓女子的一只手天生有残疾，少两根手指。张姓女子花容月貌的，又心灵手巧，少两根手指丝毫不影响她描龙绣凤。可王姓男子的母亲就是不允许儿子娶一个残疾人。最后张姓女子悬梁自尽了。王姓男子肝肠寸断，每天去坟墓前哭泣，数次自绝。他们族中一位长者在搭救他后说，这女子是姑娘家又是横死鬼，现在有你来祭奠烧纸，如果你死了，按乡俗是没人去给她扫墓的，只能自生自灭，用不了几年就成了没人管的孤坟，不久就会被风雨侵蚀荡然无存的，而她一个横死鬼也是大庙不招小庙不留的，就成了孤魂野鬼，永世不得超生，她是为你而亡的，你忍心她永世不得超生吗？你应该好好活着，年年来给她上坟烧纸，不枉她为你而殒命。男子觉得有道理，就不再寻死，而是如行尸走肉般活着，他家的生意他一概不管不顾，只是年年每个阴鸷节令都不忘来给女子上坟烧纸，年岁渐渐大了。一年的清明，男子又来烧纸，那位长者又在坟墓前对他说，人一辈子也就几十年，你三十多了吧？人过三十天过午啊，你的命还能有几年？以后这女子又得落个我原来说过的下场，你应该娶妻生子，把家里香火延续下去，让你的后代子孙接替你来扫墓。男子似乎明白了，回家后突然对父母说要娶妻生子。家里很快就托媒人去物色女孩，男子很快也就成婚了，还好，没几年就生了几个儿女。他还是每年都扫墓，不同的是每次来都是带着一群儿女的，哪怕是最小的孩子尚在襁褓中也要用背带缚在身上背来。由于每年清明都上坟填土，那女子的坟茔越来越高。男子的儿女渐渐成人了，男子也病入膏肓了，他给儿女们下了遗嘱，说死后要葬在女子旁边。他去世后，长子带着风水先生去看阴宅，他对风水先生说了父亲的遗愿，但是族人坚决反对他和横死的女子并排葬在一起，风水先生也是个性情中人，于是就对他儿子说就葬在羊肠小道的另一侧吧，那里风水不错，也不犯忌，跟女子的坟墓就隔了几米宽。于是，两个痴情的人就那样隔着小路并排埋在一起。我相信，宇宙间是有另外一个三维空间，另外一个世界的，我想象着每个夜晚他们都会伸出手来隔着小路牵手。这个凄美的故事让我当着二大娘的面落泪。二大娘说："哟哟，真是个重情义的姑娘。那张姓女子还是幸运和幸福的，时至今日还有王姓男子的子孙来给她上坟填土，要不早就成孤魂野鬼了。那双棒坟背后椅子座形的山坳里有两座姑娘坟，是你俩姑的，现在估计早看不见坟头了，那可是你大爷爷的闺女，你爸的亲堂姐，可怜的丫头，都是出麻疹死的，姐俩一个传染一个，一个十三岁一个十五岁。大的叫湘竹，小的叫小焕，两姐妹相差半个月死的，幸亏那时你大奶奶先去世了，要不半个月死俩闺女，她还能活？你大爷爷在你小焕姑死的时候可能因为湘竹先死了的缘故，心疼得麻木了，都不知道哭了，没有母亲的小孩子死了没人放声哭，家族里婶子大娘们也都是无声地啜泣。只有我怕她下辈子是哑巴，我放声哭了一场。"我特别感激二大娘。等不得回家去问父母亲，我几乎是飞奔着跑到南山水泉沟的缓坡上，正是五月的光景，那两座双棒坟上草木葱茏，坟头上压着同样的黄表纸钱和纸花，清明刚过了一个月，那些纸钱和花束都还很完整，那一定是王姓男子的后人们放的，我心里十分欣慰。以这两座坟为基准，我翻到山的背后，在那处椅子座形的山洼里我找到了两座矮矮的小土丘，每座旁边都躺着三块青砖，由此我判断，这就是我两个姑姑的坟墓。坟墓上杂草丛生，看不到一点点人活动的迹象。我都这么大了，父亲也快四十岁了，他的姐姐们如果还在也是如我的母亲一样，是少妇了。父亲都那么英俊，我同胞的大姑老姑也都是那么漂亮，湘竹和小焕姑姑能不漂亮吗？我竭力想象着她们的容颜，可是画面总是很模糊。不知怎地，画面总是停留在一座老房子里，地面的门板上直挺挺地躺着一个少女，穿着寿衣，脚已经被绊脚绳缚住，口鼻之间却还有一缕游丝之气，正值豆蔻年华的她是多么不舍这个世界。周围的亲属都已经麻木了，不悲伤了，他们知道已无力回天了，守了几天几夜了，他们倒希望她快点断了这口气，早日脱离苦海回归极乐。可是过了三天还是这样。家里人请巫师作法，巫师说姑娘是被院子里的花神附体了，须得花落了她才能走。那时正是农历三月，院子里的大杏树花开如雪。杏花花期很长，等它落了那要七八天，女孩还要受那么久的折磨，亲友们都面露悲痛之色，但却特别无奈。就在那天夜里，一个小男孩拿着一个小耙子悄悄爬到杏树上，用耙子把杏花一枝枝地打落，这就是我的父亲。可是他人太小了，打不了多少，他急得哭起来。一个青年男子闻声走出来，看到这场景明白了一切，登时泪流满面，这是他们的姐夫，我的大姑父。他拿起一把大竹扫帚，上下挥舞，杏花簌簌地飘落，地面一片雪白。第二天清晨，女孩终于咽下了最后一口气，平静地走了。人们看到，一树杏花已经全部飘落在地上，花瓣里有几个清晰的马蹄印，而那时已经是集体经济，私人是没有养马的，而女孩恰恰是属马的。这是二大娘描述的小焕姑姑去世的场景，这场景几十年一直在我心头无法抹去。湘竹姑姑去世的场景我不知道，二大娘说她恰巧回了娘家，她也不知道。而今，面对着这两座矮矮的坟墓，我的眼泪竟汹涌而出。家乡的风俗，姑娘的棺材不能密封，底部是要钻几个孔洞的。我一直想象着她们的肉身被风雨侵蚀腐化，她们的血从薄薄的木板的孔洞中渗透到泥土里，而我的血管中流着和她们同样基因的血，这山与我，真正的是血脉相连。我疯狂地采着山上的白芍药花，和一些不知名的野花，放在她们的墓前。

第二年清明时候，我借口去拾柴火，提了一个荆条筐偷偷地带了一束纸钱和一把小铲子上山。我把坟墓上的杂草铲掉，在不远处一个小土洼里取了几十筐黄土，把两座坟头填得高高的，还焚烧了纸钱。几天以后，村里掀起轩然大波，说水泉沟后山的两座姑娘坟不知道怎么被填得跟新坟一样。我直接对他们说是我干的，我不愿意让我的两个姑姑自生自灭。村人和父母亲都很惊异，可他们能说什么呢？只能钦佩我的重情重义。两个姑姑那样可怜，她们也应该享受一点阳世亲人的祭奠了。父亲抽了好久的烟才开口说："阴气太重了，以后别去了，怕撞客着，以后我会年年给他们上坟的。"姥姥心疼得眼泪直流，说我像戏文里的女大侠，但是人家会笑话的，以后不能这么干了。夜里她偷偷在我的枕边放了一把桃木剑辟邪。

初中时开始住校，在家的日子少了，但是随着年龄的增长，对故乡的感情对死亡的感知却与日俱增。那时是一个月回家一次，每个月回来都要把村前村后的人打问个遍。每年都有我的长辈乡亲作古，还有一些青壮年因为这样那样的原因英年早逝，这一切都让我那青春的心灵充满了哀伤。他们的坟墓都埋在南山上，死去何所道，托体同山阿。南山于我，多了一分又一分凄美的亲情。

春叔的大名叫张九振，是我本族的近门堂叔。他天生就只有一只眼睛，村里人都叫他"瞎春头"。他自幼父母双亡，为人豪爽侠义，他的几个哥哥姐姐都已成家，他一个人住在父母留下的老屋里。那时正是七十年代中期，他正值十八九岁的青春年华，与其他青年一样，他也有了自己的意中人，那是一个下乡女知青。两个人如胶似漆，甚至一度到了谈婚论嫁的程度，女青年说会带他回城生活，他为此不顾哥哥姐姐的极力劝阻，卖了老屋借住在学校的空房子里，卖屋的钱全部花在女知青的身上。可惜，没多久，知青大返城，女知青毅然决然地回城了，留下春叔每日借酒消愁。他彻底沉沦了，以至于小偷小摸、作奸犯科起来，先后几次被派出所抓抓放放。哥哥姐姐们恨他不争气恨他一意孤行，大家都管不了他也就不管了。后来，在政府的扶持下，他做起了三间平房。由于肆意的放纵和自暴自弃，他三十多岁就患了严重的肺病。那时我正在读初二，学一篇文言文《周处》，讲的是古代一个凶强侠气少年——周处改邪归正的故事。我曾经天真地把全文抄在一张纸上，折成三角形，从他家厨房窗户的破洞里塞进去，希望春叔看了可以改邪归正，可以重新做人。可是直到我读初三时他去世，我去他的屋子，才发现那个三角形的信笺寂寞地躺在他家灶台边的一个破筐子里，落满了灰尘，显然从来没有被打开过。记得他去世那天正是元宵节，他的两个同胞哥哥无声地啜泣着，我瞬间也泪流满面，当殡仪馆的车把他装走的刹那，我不顾一切放声大哭起来，因为我记得刘二大娘说过，一个人死时没人放声哭，下辈子是哑巴。我可怜的春叔，这辈子已经瞎了一只眼睛，我绝对不能再让他下一世成为哑巴。他就被随便埋在他家祖茔的不远处，从没有人给他扫墓。几年后，他的亲侄女、我的堂姐因为谈恋爱受挫自杀了，就埋在他的身边。堂姐是个善良的姑娘，我想她一定会照顾春叔的，我总是想象着他们在另一个世界相依为命，快乐地活着。因为埋葬了他俩，那座山成了不吉利的地方，成了村里人的禁地，每次我远远望过去，总是忍不住流泪，想起他们在世时的种种。每到阴鸷节日，我总是想起他们的凄凉。有一次我去那座山附近砍柴火，从山上回来竟然病了，头痛发烧。姥姥找"先生"来看，说是撞客着了他们，说要烧纸钱给他们才能免灾。我极为高兴，终于有个理由名正言顺地给他们送纸钱了。爸爸在第二天清早扛了一大捆纸钱给他们烧，说来也怪，我竟很快就好了。后来，一连几年的七月半前后，我都如法炮制。现在想起那些，我还为我自己的有情有义而感动。

再后来村里的赤脚医生、我的邻居李凤玲老姨和她丈夫也在六十岁的年龄去世了，多行善事的他们一定是去了天堂；村里两个精神残障人士锁哥和胜秋侄子也去了；七十多岁的饱经沧桑的胜春侄子也因为脑出血走了。那么多看着我长大的人都走了，我真的很伤感。

"少小离家老大回，乡音无改鬓毛衰。""他乡生白发，旧国见青山。"在异乡我终于感受到了这几句诗的沉重。每一次踏上故乡的土地，心中都有着无限感慨。山还是旧时的山，月还是旧时的月，而物是人非，那么多熟悉的面孔都再也见不到了，我总是觉得有很多话还没来得及跟他们诉说，他们就匆匆地走了，让我一次又一次品尝心存遗憾的滋味。每次回家，我都要漫山遍野地走一遍，去找寻他们的墓地。我记得他们生前对我说的每一句话，记得他们生前的喜好，一般都会带一盒父亲的香烟，喜欢抽烟的就敬两根烟过去。他们那些或简陋或豪华的坟墓，在我眼里都是有生命有温度的，在他们的墓前或坐或站一会儿，我依然感觉十分亲切，没有丝毫的恐惧，一如过去站在他们的家门口寒暄，仿佛那坟茔就是他们新搬了的一个家。就连山谷中那几座无法考证时间也无法考证主人的古坟，竟也是那样亲切，好像从孩提时代起，就在冥冥之中默默庇佑着我。山无言，唯有山风脉脉传情；山无语，唯有山泉嘤嘤叮咛。山铭记着我的一切，童年啊，少年啊，我的青梅竹马啊，我的喜怒哀乐啊……相看两不厌仿佛遇知音。仰望问青山，这世间到底有几个女子有我这样奇异的想法呢？也许是自己认得几个字的缘故吧。

山里的故事

"从前有座山，山里有座庙，庙里有个和尚讲故事……"从小就是听着姥姥哼这样的童谣长大的。我问姥姥那座山和那座庙在哪里？姥姥笑而不答，我又问她是谁教她哼这个童谣的，她说是她的姥姥。那个和尚在故事里活了千年，也让我惦念了半个世纪，我想他一定是得道成仙了。

家乡的群山，有着无尽的传说，似乎座座都有故事，或是凄美或是圆满。冬日的夜晚，坐在温暖的家里，讲着山上的故事，好不惬意。听老辈人说其实山里真的有座庙，庙里也有一个和尚。只是那庙不是真正意义上的庙，只是一间草庐而已，没有佛像更没有历史渊源。那和尚也不是真正的和尚。那是一个年近五旬身形魁梧的男子，据说他是没有经过剃度的，只是他就像《水浒》里的武松一样，以出家人自居，充其量只算是一个隐士或者说居士吧。他颈部挂着一串用山核桃自制的佛珠，一个人在南山最高峰五华顶半山腰的悬崖边用山石砌墙茅草做顶结了一间草庐。草庐下面是一泓深潭，潭水很深，但却清澈见底，叫作老驴槽。潭中的水来源于悬崖绝壁上的瀑布。那里风景绝佳，是个修身养性的好去处。谁也不知道那和尚来历，他就自作主张在那里占山为僧了。除了一年有几次下山置办一些油盐粮米和必要的衣物外，他轻易是不下山的。置办这些生存必需品的钱，是他采野生木耳和蘑菇卖钱换来的，山上野味多，可他是不杀生的。村里善良的人们怕他冻馁，经常也送些粮米豆腐和衣被等给他。投桃报李，他也会送些自采自制的黄芪茶等给人家。据说，我的一个祖爷爷去送被子给他时曾经问过他："你到这里受苦是啥目的？"他竟答曰："傻目的。"久而久之，村里人就把那一片山林叫作傻目地了。那是三十年代，那山因为有了他的存在而平添了一分人气，变得有情有义起来。他本本分分，清心寡欲，与世无争，渐渐成了熄灯后十里八村人们的谈资，也是村里善良人们的牵挂。逢年过节，大家都不忘记送点豆腐皮、豆沙包、炸油条等好吃的给他，也有人送衣物被子等。大家采药采蘑菇时也会去他那里喝他自制的茶。问他是哪里人，他一律半傻半痴地说些人们听不懂的话语，也就没人再问了。大家就称他为傻僧。

　　一晃两年过去了，傻僧依然在那里怡然自得。那年夏天，日本鬼子进了村，而且还不走了，建了碉堡工事。史书上所写的那些坏事都被他们做尽了。傻僧似乎无动于衷，出家人不理凡间事嘛。小鬼子渐渐喜欢上了南山里的木耳和野味，开始上山。不知怎地，鬼子兵总是莫名其妙地失踪，终于有一天鬼子们怀疑到了傻僧。他们派十几个人到五华顶扫荡，大家都为他捏了一把汗，希望他这爬高山如履平地的人能够逃脱。那天白天，山里砰砰砰响了几声枪声，人们以为傻僧肯定是遇难了，村人们还想等鬼子下山后去安葬他呢。没想到，到了傍晚山里突然燃起了大火，山连着山峰连着峰，整个南山深处一片火海。好在火一直在南山深处，和村子还隔着几重山，村里人男女老少齐上阵铲出了一条防火带，火没有蔓延到村里。直到半个月后下了一场秋雨才灭。"夜里，远远望去，就像在山脊上挂了一排红灯笼一样，映红了半边天，在几十里开外都看得到。"这是我邻居刘二大伯经常说的话。他说那时他才八九岁，跟爷爷和父亲上山曾见过那个傻僧，还吃过他给的山核桃呢。火灭后，人们上山去寻找傻僧，看见他倚在一块山石上，已经炭化了，他的草庐也已化为灰烬。人们把他安葬在他的草庐旁边。村里一位精通文墨的老者还用木板给他树了一块墓碑，上面写着"傻僧之墓"。老人们每逢清明和七月半还会提着供品和纸钱去祭奠。十几个鬼子悉数都被烧死了。在一个山洞里，人们又发现了几个鬼子兵的尸体，已经腐烂了，但还是看得出他们不是烧死的，而是被刀劈死的，人们明白了一切，他们是傻僧杀的，火也是傻僧放的，他是想和鬼子们同归于尽。人们猜测他的种种来历，我本家的一位爷爷那时二十多岁，以采药、采木耳为生，经常到那一带的山林去，素与傻僧交厚，他坚持说他是国军，黑龙江人士，马占山的部下，曾参加过江桥保卫战，后来队伍被打散了，他因为对时局不满就隐居山林了，还说他是有家室的，但是直到现在也没有人来找过他。人们将信将疑，总之没有确切答案。渐渐地，老辈人都作古，他的故事几乎被淡忘了，他的坟墓也被风雨侵蚀，找不到坟头了，大家只知道一个大致的地点。那个地方依然被家乡人称为傻目地。那一次看家乡的卫星地图，那里赫然标着"傻墓地"三个字，我的眼前不觉一亮，这于我实在是一种莫大的安慰。不管有意还是无意，傻墓地，傻僧的墓地，这也是给他一个交代吧。这个悲壮的故事，使那山又多了一股凛然之气。后来，我曾经跟着父亲和弟弟到过那个地方，去采摘野生木耳，坟墓的确已经找不见了，但还能看到一些炭化的树桩和几段残垣断壁，但是我坚信，傻僧的骸骨就在那里，吸受着日月精华，他早就与山融为一体了。快下山时，我突然想起日前在一篇文章上看到的宋朝诗人吴芾的一首五律，遗憾的是我怎么也想不起诗的标题，就把内容朗诵给傻僧吧：

> 高僧隐青山，宴坐咀白石。
>
> 不知几何年，人犹访遗迹。
>
> 顾我顽钝姿，但知能肉食。
>
> 回首仰高风，扪心有惭色。

青山有幸埋忠骨，只有深深鞠三个躬以表达我的敬意。

然而故事到此却依然没有完结。我本家的那位爷爷到二〇〇五年时候已是九十高龄，患了老年痴呆，几乎不认识村里人了，可是却依然记得傻僧和傻墓地，逢人就讲傻僧的故事。还曾几次往南山上走，说去找傻僧喝他的黄芪茶，所幸都被家人及时发现而找回来。那年冬天特别寒冷，他最小的外孙结婚，女婿接了他去喝喜酒，他竟一去未回，趁着女儿一家摆酒席忙乱之际走丢了。儿女们发动各种关系寻找，甚至在电视台登了广告，依然无果。当时也有人提议到傻墓地去找，但被否定了，一个九十岁的老人怎么可能爬上满是积雪的高山呢？亲戚们原本是到了五华顶山脚下的，但是看到满山厚厚的积雪就撤回来了。

第二年春天，邻村一位采药的人在傻墓地发现了他的尸体。据采药的人说他的尸身呈跪拜状蜷缩在地，那里正是傻僧的坟墓，当年这个本家爷爷曾参与埋葬傻僧。他是去祭奠他的老友抑或是找他的老友叙旧去了。只是，一个九十岁的老人到底是怎样爬上积雪满山的五华顶呢？这真的是一个谜。曾有人提议就把他葬在那里，被他的儿女们拒绝了。是啊，他一个儿孙满堂的高寿老人怎么可能埋在荒山野岭呢？于是儿孙及村人们就把他的尸体运了回来，归葬在祖茔。傻墓地那里，他的儿孙们也摆了祭礼，还给傻僧修了一座小小的庙宇，傻僧终于歆享了人间的祭祀。

留得青山入梦来

就如伊斯兰教徒朝拜麦加，藏民朝拜大昭寺一样，我来湘西的凤凰古城的确是因为沈从文。自中学时代，我就喜欢他的作品，尤其是他的《边城》和《湘行散记》。在烽火狼烟的年代，湘西闭塞的群山腹地，一颗璀璨的文学之星却冉冉升起，真的让人惊叹。我素来喜欢他文字的柔美、纯净。即便是写湘西辛亥革命时期的滥杀无辜，也不会用激进的语言控诉。可是，他的文字却极具画面感，总能让人自己想象出那血淋淋的场面，让人久久无法忘怀，无声的控诉也许正是他文字的特色。茶峒的山水在他的《边城》里是那样秀美，茶峒人是那样纯朴。动荡的时代，清贫的家境，翠翠和祖父简单而快乐，他们那如清溪水般纯净的心灵，真的让人羡慕不已。这些文字使我坚信：这世界不缺乏美，是缺乏发现美的那双眼睛。

二〇一五年七月，我和大儿子随团去湘西旅游。到达凤凰古城时已经是下午三点钟。导游先安排我们住宿凤天国际大酒店，感觉环境还不错。四点钟的时候，导游就召集我们开始去景点。古城内是不允许开车的，我们一行人步行前往。第一站是凤凰地标性建筑著名的风雨桥——虹桥，然后就是土司城和熊希龄故居。这些对我来说都没有诱惑力，我一直碎碎念着沈从文故居。儿子也对团友们说："我妈妈来凤凰就是为了沈从文而来的，她喜欢沈从文的作品，就像伊斯兰教徒朝拜麦加，藏民朝拜大昭寺一样的。"引得团友纷纷对我行注目礼。可是导游却说要第二天上午才去沈从文故居。晚饭后，是自由活动时间，导游打趣地说，凤凰跟丽江类似，也是著名的艳遇之都，沱江两岸多酒吧，你们去碰碰运气，看看有没有艳福，但是要注意安全哟。

沱江是凤凰的母亲河，我和儿子在江边漫步，但见两岸真的是酒吧林立，灯红酒绿中笙歌不绝于耳，觉得导游说得还真对。我们不经意中就走到沈从文故居门前，可是已经关门了，只能在外面徘徊一会儿，看看院墙上挂着的简介牌子。原来先生的故居是一栋建于清末的百年老宅，青砖黛瓦和油漆斑驳木门，透着古朴的底蕴，只一眼，便擦出火花，觉得这闭门羹别有风味，明天正式入内参观肯定是饕餮大餐。今晚与先生故居的不期而遇，权且就算我在艳遇之都不同寻常的艳遇吧。

不觉又移步到江边。沱江两岸大部分都是明清时期的古建筑，清清沱江水映衬着那独特的吊脚楼，韵味无穷。突然在一上坡处，一座古色古香的建筑吸引了我，确切地说，是那招牌吸引了我：青山如是楼。我不懂书法，但这五个字让我眼前一亮心里一阵激动。我知道，"青山如是"这几个字瞬间就激活了我的文艺细胞。"我见青山多妩媚，料青山见我应如是。"如小时候一样，我不经意地就吟出这句词，儿子说这是辛弃疾的吧，我点头称是，对他说这是多年以来我极喜欢的一句稼轩词。那一刻，我突然想起故乡的南山，想起小时候不经意间说出这句词曾让伙伴们极为惊诧的往事来，不禁愈加地心潮起伏，酒店起这个名字我觉得一定有故事。

和众多的江边古建筑一样，青山如是楼的外观也是仿明清时期建筑，一眼望去给人一种古朴典雅的感觉。翘角飞檐，雕梁画栋，亭台轩榭，纵横交错，与周围的其他古建筑相映生辉，因为有那五个字，又显得是那样卓尔不群。我不觉走进去，儿子满腹狐疑地跟在我后面，但是没有作声。不大的院落中翠竹掩映，百花争艳，清新怡人，自然生态与人文相映成趣，真的好有韵味。我径直走进宾馆的"大厅"，其实这厅很小，里面布置得古色古香。一位服务生微笑着对我说，请问您是要入住吗？对不起，今天客满了。我微笑着说："不是，我是被你们酒店这高雅的名字吸引了。青山如是楼——'我见青山多妩媚，料青山见我应如是。'好有文化底蕴啊，起名字的人一定是位不凡人士。""您知道吗？我们宾馆是很有渊源的，这个名字是著名画家黄永玉先生命名并书写的，您看这块招牌，是他的真迹，是大师的墨宝啊。凤凰是他的家乡，您是来旅游的吧，有没有去他的故居？文学巨匠沈从文先生是他的表叔呢。青山如是楼是他回家乡时有感于家乡的秀美山水和我们这座楼的自然环境及建筑风格，欣然作画并提笔命名的。"原来是这样，我瞬间懂了。虽说人生无处不青山，但是故乡的青山，永远是游子心中最神圣的地方，也是一个人最想终老的地方。走出酒店的大堂，远眺凤凰古城被夜色墨染的四围青山，突然想起一代文学巨匠沈从文先生就长眠在故乡的青山之上。曾在一本杂志上看到过表侄黄永玉给他题写的最别致的墓志铭：一个士兵如果不是战死沙场就是回到故乡。我突然感觉是那样欣慰，沈从文先生是一个具有传奇色彩的人物，自少年时代走出乡关，可以说他几乎走遍了天下，可是去世以后，他却魂归故里，埋骨于家乡的听涛山上，他的骨灰融入故乡的泥土里，与故乡的青山融为一体。凤凰古城因为他这堪称人中龙凤的赤子的永恒回归，而让我们免去了凤去台空江自流的慨叹。此时，耳畔莫名响起王杰的《回家》："走过的世界不管多辽阔，心中的思念还是相同的地方。"也许这句歌词是对游子心最好的诠释。沈从文先生是一个走遍天下还永远舍不得故乡青山的人，最后终于投入故乡青山的怀抱，给那青山又增添了一丝妩媚。

回到住处，我跟团友们讲起青山如是楼的典故，他们无不拍案称奇。一位安徽籍做教师的团友突然说："名人都有终老青山的情怀，真正的青山在我的故乡当涂县，诗仙李白的坟墓就在那里，还有宣城太守谢朓的坟墓也在那里。谢朓是最爱青山风景的，他称那里为天子都，经常在那里游山玩水。而李白非常崇拜谢朓用现在的话说李白是谢朓的铁杆粉丝，这有诗为证呢：'一生低首谢宣城'就是李白写的。他还曾有死后与谢朓为邻的夙愿，'宅近青山同谢朓'嘛。"我听得入了迷，但是也质疑，浪漫主义诗人李白连死也浪漫，据说他是醉酒后在采石矶捉月溺水而终，他只有衣冠冢在采石矶啊。团友说解释说当涂人慕诗仙之才，为了替他实现夙愿，迁衣冠冢到青山谢朓墓旁边，成全了这对忘年神交，让他们成为异代芳邻，实现了李白的夙愿……

第二天上午，参观沈从文故居，在故居陈列室里看到了一帧帧从文先生不同时代的旧照片。在他坎坷而极具传奇色彩的生命历程中，这些老照片，抓拍的是一个个瞬间，留下的却是永恒的记忆。我坚信，每一帧照片背后一定都有一个故事，或是完美或是凄然，都是他留给这世界的宝贵财富。先生的旧物红木书桌、笔墨、古老的架子床……一切都让人感到那样的亲切，仿佛闻到了先生带着翰墨飘香的气息；看着他和蔼的面庞，不知怎的，心里默念起："照我思索，能理解我；照我思索，可认识人。"

我和儿子在故居的纪念图书销售中心买了一整套印有先生故居标志的沈从文作品集。随团出来后，心绪还是难平，就跟导游打了招呼，想单独在故居附近走走，也许脚下踏的就是从文先生当年的足迹呢。信步走到附近的一家小艺术馆里，见一位老艺人正在为游客现场挥毫泼墨，不觉驻足观看，他写的竟是"留得青山入梦来"七个大字。下面是清朝冷士嵋的一首诗《梦里青山图为桐上人题》：竹屋蒲团万壑东，萧然一幻坐来空。十年尘虑都亡尽，留得青山入梦来。"留得青山入梦来"这七个字瞬间就把我的心系住，心中的那分共鸣蛊惑我花不菲的价格买下了这副字。在店员为我打包装的时候，我在店里浏览了一圈，又看到一幅字画，是冷士嵋的《梦里青山图为桐上人题》第二首：片云孤鹤寄人间，心自禅空梦自闲。莫把画图看作画，画中山是梦中山。觉得这首也甚好，可是总不至于买两幅吧。"莫把画图看做画，画中山是梦中山。"同是青山，丹青妙手见其美，隐于林者见其秀，山野樵夫见其柴，山里有急事的人家也许只是怨恨山路弯弯又迢迢……这都是心境的问题。可是这入得心来的意境又到底是何种境界呢？出了店门，远眺四围青山，不觉又心猿意马起来。

家乡的青山是带有母性的，陪伴着一个人的生命历程，永远地珍藏在游子的心灵深处，从不会随时光流逝而淡化、减少和流散。那些与青山有关的带有亲情味道的绵密悠长的回忆，缭绕在记忆的云烟之中，化作一缕缕乡愁，那乡愁仿佛是物质的，随时可以抓上一把，撒到每一处异乡的土地上，让它遍地开花。我总是觉得，游子对故乡青山的情结，是流淌在血液中的，这血脉中流动的分子，又怎能轻易改变呢？

家乡的南山就是我梦中的山，我不也时时做着终老家乡青山的梦吗？"留得青山入梦来"，这梦一定是美好的。